COLLECTION POÉSIE

L'île rebelle

Anthologie de poésie britannique au tournant du XXIe siècle

Choix de Martine De Clercq

Préface de Jacques Darras

Traductions de Martine De Clercq et Jacques Darras

ÉDITION BILINGUE

nrf

GALLIMARD

MODERNISME ET INSULARITÉ

Somptueuse amplitude de vue tout à coup, inouïe profondeur de paysage ! La somme de textes réunis ci-après pour célébrer l'entrée de la poésie britannique dans les premières marches du XXIe *siècle donne au lecteur le sentiment d'être juché sur le mur d'Hadrien sinuant à travers les landes du Yorkshire, d'où l'on embrasse l'immense désert devant soi en direction de l'Écosse ou, derrière soi, des Midlands. Ces quelque cinq cents pages sont une invitation à contempler, admirer mais aussi, pourquoi pas, discuter le gigantesque travail effectué par la traductrice, Martine De Clercq, sur plusieurs années. Assurément, le temps que l'ouvrage soit fabriqué et publié, d'autres œuvres auront paru, d'autres poètes se seront révélés, c'est la nature même de l'existence et la loi du genre. Pourtant l'assemblage ici proposé, à raison de deux ou trois textes par auteur, a l'insigne mérite d'offrir une coupe géologique rigoureuse aussi bien qu'une splendide occasion de plaisir esthétique.*

La Grande-Bretagne, commençons par le rappeler, est l'association de plusieurs pays rattachés, de gré ou de force au cours de l'Histoire, à la monarchie anglaise. L'Écosse, par l'Acte d'union des Parlements en 1707, avant que les

ultimes velléités du dernier héritier Stuart fussent défaites en 1746, lui-même se voyant contraint de fuir à travers les îles Hébrides déguisé en femme tel un personnage de Shakespeare. Le pays de Galles fut annexé, quant à lui, par Henry VIII dès 1536. Or, ces deux dernières nations ont conservé pour le moins, jusqu'à aujourd'hui, leur singularité, tant par leur pratique de la langue gaélique d'origine que par l'accent qu'elles impriment à l'idiome anglais quotidien. Bien mieux, voici qu'en ce début du XXIe siècle ces nationalités se réveillent et s'affirment sur le plan de l'autonomie politique, l'Écosse envisageant même un retour à l'indépendance. Quant à la présence de l'Irlande au large des côtes de l'Angleterre, on sait combien elle fut source d'infinis et douloureux conflits depuis la première conquête anglo-normande au XIIe siècle, jusqu'à l'insurrection de 1916 suivie de la partition de 1921. Il y a aujourd'hui une Irlande du Nord demeurée partie intégrante de la Couronne britannique, ou Royaume-Uni, face à une république d'Irlande, au sud, totalement indépendante.

Ces fragmentations historiques et politiques composent un paysage à géométrie variable, aimerait-on dire, dont les étrangers ne saisissent pas souvent l'infinie complexité. À quoi s'ajoute la persistance d'une structure devenue plus symbolique que contraignante, le Commonwealth, par quoi sont liées à la monarchie aussi bien qu'entre elles d'anciennes colonies comme le Canada, l'Australie, les Antilles (West Indies), l'Inde ou le Pakistan. Seul élément commun, la langue. C'est en effet la force de l'anglais que d'avoir su se constituer au cours des derniers siècles en outil de communication mondiale. On imaginera d'autant mieux l'ampleur d'ouverture linguistique dont dispose la poésie britannique.

L'auteur d'anthologies aura donc le choix de classer les poètes selon leur provenance nationale ou de les suivre dans leurs migrations transfrontalières. Les confiner à leur aire géographique originaire peut sembler arbitraire dans certains cas, mais il pourra s'agir aussi d'un désir de clarté. Pour ce qui est de l'Irlande, par exemple, nombre d'anthologies actuelles la considèrent comme faisant partie de la sphère britannique au sens large. À l'évidence, les échanges entre Irlande du Nord et Irlande du Sud d'une part, mais aussi entre les deux îles, sont pratique courante. Comme l'a déjà montré une anthologie récente[1]*, les poètes d'Irlande du Nord fournissent ainsi le plus fort contingent des poètes « nationaux » actuels.*

*Le présent livre assume le choix de s'en tenir à la poésie britannique au sens politique strict de l'expression : Angleterre, Écosse, Galles. Y est abordée la production des vingt premières années du XXI*e *siècle. Elle prend, ce faisant, le relais de l'anthologie de la Pléiade, couvrant les siècles précédents. Quelques considérations sur la scène britannique ne sont pas inutiles à ce stade. Il y a d'abord une poésie qu'on peut qualifier d'officielle, la monarchie ayant créé le poste de « poète lauréat » en 1617. Se seront succédé récemment à ce poste Ted Hughes, Andrew Motion puis la première femme jamais couronnée, Carol Ann Duffy et aujourd'hui Simon Armitage. On ne doit pas relativiser ce lien historique entre poésie et monarchie, face auquel d'autres poètes ne font pas mystère de leurs sentiments foncièrement républicains, tel l'auteur dramatique et poète Tony Harrison. Il peut paradoxalement arriver que la radicalité des opinions s'accommode très bien du conservatisme de la forme.*

1. Martine Chardoux-De Clercq et Jacques Darras, *Poésie irlandaise contemporaine. Anthologie bilingue*, Le Castor Astral, 2013.

Non moins centrale et institutionnelle est The Poetry Society *fondée en 1909, forte aujourd'hui de quatre mille membres, qui publie sans discontinuité depuis 1912* The Poetry Review. *Confiée à des rédacteurs aux principes esthétiques souvent opposés, cette dernière a conservé sa volonté d'ouverture aux poésies du monde entier comme aux tout jeunes poètes de langue anglaise. Si l'on ajoute à son travail éditorial celui d'un journal à la fois centenaire et hebdomadaire,* The Times Literary Supplement (TLS), *qui publie dans chaque livraison au moins deux poèmes inédits et recense mensuellement les productions poétiques les plus neuves, on se fera une meilleure idée de l'importance de la scène poétique outre-Manche. À quoi l'on ajoutera les excellents éditeurs que sont Carcanet à Manchester, Bloodaxe à Newcastle et Faber & Faber, la vieille maison fondée en 1929 à Londres, dont T. S. Eliot fut l'un des tout premiers administrateurs. C'est donc dans cette foisonnante et constante production qu'il aura fallu à la traductrice choisir et composer avec le plus de clarté et de rigueur possible la fresque qui suit. Peut-être insinuera-t-on qu'il y manque les « marges », mais ce n'est pas tout à fait exact. Nous avions nous-même édité dans la revue* in'hui, *en 1984, une volumineuse anthologie consacrée par Pierre Joris et Paul Buck aux poètes « marginaux » d'alors*[1]. *À relire l'ouvrage aujourd'hui, il apparaît que de la vingtaine de poètes qui y sont recensés auront seuls émergé Tom Raworth, Jeremy Prynne, Denise Riley*[2] *et Roy Fisher, que l'on retrouvera « établis » dans les pages qui suivent.*

1. Pierre Joris et Paul Buck, *Matières d'Angleterre*, Revue in'hui n° 19, Trois Cailloux, Amiens, 1984.

2. Dans le cas de Denise Riley, nous regrettons profondément que le long poème en XX parties qu'elle a consacré en 2012 à la mort de son fils, « A Part Song »

C'est le propre même d'une « marge », en effet, que de glisser vers le centre tout en se renforçant par les ailes. Les poètes de 1984 suivaient l'inclination de leur mentor Eric Mottram vers le modernisme américain, le critique entendant prouver qu'il n'existait pas de cloisons poétiques définitives à l'intérieur de la même langue et que le modernisme des États-Unis était au moins aussi moderne que le modernisme européen. Dès la fin de la guerre de 1914-1918, en effet, l'Américain T. S. Eliot avait froidement pris la mesure de la nouveauté technologique naguère saluée par Apollinaire dans son poème de 1913, « Zone »[1]*. Pour Eliot cette prétendue beauté nouvelle (l'avion, l'auto, la tour Eiffel, etc.) célébrée par le poète français et jusqu'à l'outrance par le futuriste italien Marinetti (le char d'assaut, etc.) avait tragiquement détruit les canons de la beauté classique occidentale. On pouvait dire en ce sens que « The Waste Land »*[2]* était le symétrique antithétique de « Zone ». Le monde postmoderne qu'y passait en revue le poète américain n'était plus qu'un interminable champ d'échecs et de ruines, de paroles pulvérisées, de bribes de journaux qui, à l'inverse des puérils jeux surréalistes ou dadaïstes, ne faisaient plus « papier collé » entre eux.*

C'était d'ailleurs un autre Américain, Ezra Pound, qui avait actionné la paire de ciseaux donnant sa découpe

(« Chant de séparation »), assurément l'un des sommets de l'élégie moderne, n'ait pu être intégré à notre anthologie. Le lecteur pourra toutefois se reporter à la traduction qu'en a donné Martine De Clercq dans le n° 5 de la revue *Inuits dans la Jungle* (Le Castor Astral et In'hui, 2014). « Morts, soyez-moi d'une compagnie / Qui brûle comme le titane / Compactée dans le pâle / Éclat de continuer à vivre seule » (Chant XVI).

1. Guillaume Apollinaire, « Zone », *Alcools*, 1913.

2. Thomas Stearns Eliot, *The Waste Land* (1922), traduction de Pierre Leyris, *La Terre Vaine*, Le Seuil, 1947.

définitive au poème d'Eliot[1]*. Cet autre moderniste avait débarqué à Londres en 1909, entraînant dans son sillage le grand symboliste irlandais William Butler Yeats, avec lequel il allait passer la Première Guerre mondiale à l'abri d'Ashdown Forest, dans le Sussex. Ensemble, ils affûteraient mutuellement leurs vers, Pound faisant muter le sien du flou symboliste vers les allitérations médiévales anglo-saxonnes ou la ligne précise et claire d'un François Villon. Devenu parisien de 1920 à 1924, après avoir épuisé les plaisirs de Londres, le même Pound n'exercerait en revanche pas la moindre influence sur la poésie française, alors à la veille de connaître sa révolution surréaliste. Ce ne serait que bien plus tard que les écrivains Denis Roche et Philippe Sollers le récupéreraient, pas nécessairement pour de bonnes raisons, dans leur revue* Tel Quel.

L'échec parisien de Pound tout comme le repli « insulaire » de T. S. Eliot créèrent, à partir de là, deux mondes totalement divergents. Si l'on veut bien considérer l'avènement du surréalisme comme un second modernisme, privilégiant la notion d'inconscient conceptualisée par Sigmund Freud et substituant l'image profonde aux perceptions extérieures, on comprendra la raison d'une telle divergence. Au surréalisme, les Américains (Pound, Williams) opposèrent l'imagisme – source future de l'objectivisme – modelé par les techniques du cinéma ou de la photographie. Jamais chez eux l'attention poétique ne le céderait à l'automatisme du

1. Thomas Stearns Eliot, *The Waste Land. A Facsimile & Transcript of the Original Drafts Including the Annotations of Ezra Pound, Edited by Valerie Eliot*, Faber & Faber, 1971. D'où il ressort que la recomposition du poème a été effectuée par Eliot suivant les coupes, suppressions et corrections indiquées à même le manuscrit par Ezra Pound.

langage ni ne s'approfondirait dans le sens de l'exploration joycienne. C'est pourquoi le lecteur de cette anthologie risque de se sentir décontenancé s'il recherche à tout prix le « travail de langue » auquel l'a habitué depuis si longtemps la poésie française. Rien de semblable ici, le poème se veut presque toujours narratif, discursif et consécutif, se gardant dans la majorité des cas de laisser « l'initiative aux mots » comme le demandait Mallarmé, ce précurseur ingénu du surréalisme.

L'irruption d'Eliot et de Pound sur la scène londonienne, l'un s'abritant derrière le masque timide du personnage de Prufrock[1]*, l'autre choquant la bonne société anglaise par ses manières de cow-boy de l'Idaho, eut donc de tout autres conséquences sur la poésie britannique. Pound le médiéviste réveillait la prosodie ancienne avant que sa fulgurance n'aille s'éteindre sous l'étouffoir fasciste italien. Son influence se répercuterait chez Basil Bunting (son ex-secrétaire), chez David Jones le Gallois, comme plus récemment chez Ted Hughes ou encore l'Irlandais Seamus Heaney, traducteur en 1999 du grand poème fondateur anglo-saxon* Beowulf[2]. *L'impact de T. S. Eliot fut plus lent, plus continu et peut-être plus profond. Adoptant la citoyenneté anglaise en 1927 tout en intégrant la même année la religion anglicane, le poète affirmait par cette double conversion son retour à la terre ancestrale et, plus décisivement encore, la fin de son américanité. Dans ce double geste son modernisme se posait, paradoxalement, en antimodernisme.* Four Quartets *(*Quatre Quatuors*), qu'il publierait pendant la Seconde*

1. Thomas Stearns Eliot, « The Love Song of J. A. Prufrock », *Prufrock and Other Observations*, 1917. Traduction de Pierre Leyris, Le Seuil, 1947.
2. Seamus Heaney, *Beowulf*, Faber & Faber, 1999.

Guerre mondiale – quatre chants successifs entre 1936 et 1942 –, offrait une méditation sur le lien entre nation, poésie et religion[1]. Dans le même temps, Eliot consolidait son pouvoir – certains diraient son emprise – à la tête de la plus prestigieuse maison d'édition de poésie (Faber) comme à celle du trimestriel The Criterion (1922-1939).

Personne ne peut sous-estimer, en ce sens, l'importance du legs laissé par Eliot à ses héritiers. C'est particulièrement l'esprit de contre-émigration, donc de retour à l'insularité, que sa propre aventure signifia. Même une figure aussi politiquement et poétiquement opposée que celle de Wystan Hugh Auden, apparue entre les deux guerres, semble s'être définie en réaction à la geste eliotienne. Homme du Yorkshire, élevé à Birmingham, nourri aux mouvements sociaux et socialistes des années 1930, Auden prit en 1939 le chemin inverse d'Eliot, émigrant aux États-Unis avant d'adopter la nationalité américaine sept ans plus tard. Sur place, en Angleterre, la geste « régressive » d'Eliot alliée au virage épique d'un Pound qui réintroduisait l'Histoire et la politique dans ses Cantos (1924-1958), fut subséquemment modulée par le Briggflatts de Basil Bunting[2], les Anathemata[3] du Gallois David Jones ou les Mercian Hymns[4] de Geoffrey Hill. Autre

---

1. Thomas Stearns Eliot, *Four Quartets*, Harcourt, Brace and Co. New York, 1943, Faber & Faber, Londres, 1944. Traduction de Pierre Leyris, *Quatre Quatuors*, Le Seuil, 1950.

2. Basil Bunting, *Briggflatts*, Fulcrum Press, 1966. Traduction française de Jacques Darras, In'hui, Trois Cailloux, 1986, Amiens.

3. David Jones, *The Anathemata*, Faber & Faber, Londres, 1952. Traduction française de Jacques Darras, *Les Anathemata*, In'hui, Trois Cailloux, Amiens, 1988.

4. Geoffrey Hill, *Mercian Hymns*, Andre Deutsch, Londres 1971. Traduction française de Jacques Darras, *Hymnes de Mercie*, In'hui, Trois Cailloux, Amiens, 1989.

acquis définitif du poème national, redevable à W. H. Auden cette fois, l'entrée en poésie du paysage urbain et industriel. Il faut se souvenir qu'était apparue entre-temps une brillante école anglaise du film documentaire, sous la direction du producteur écossais John Grierson. Night Mail (Courrier de nuit*), réalisé par Basil Wright et Harry Watt d'après un poème d'Auden datant de 1930, accompagne la course d'une locomotive depuis la gare de Euston Road à Londres jusqu'à Aberdeen en haut de l'Écosse, selon la verticalité géographique de l'île. Le poème d'Auden est une parabole parfaite entre réalisme social et idéalisme politique.*

Voici que l'aube fraîchit, que la pente est passée.
Maintenant c'est Glasgow vers laquelle elle descend
Les remorqueurs hurlant dans la clairière aux grues,
Les plaines d'outillage, les hauts fourneaux dressés
Comme des joueurs d'échec de noirceur gigantesque.
C'est l'Écosse tout entière qui à présent l'attend :
Les hommes veulent des nouvelles au fond des vallées sombres
Comme aux rives des lochs où la mer est vert pâle.
Ils attendent des lettres que leur envoient les banques,
Des lettres de leurs enfants, les filles et les garçons […][1]

Trente ans plus tard, en 1964, une autre locomotive entraîne un nouveau convoi ayant à son bord un voyageur poète, auquel son poème « ferroviaire » apportera succès et renommée. Son nom, Philip Larkin. Bibliothécaire à Hull, port industriel sur la côte est de l'Angleterre, Larkin se rend à Londres. Qu'y a-t-il de si exceptionnel à son banal trajet intercités ? Rien, sinon que son voyage s'effectue un

1. Wystan Hugh Auden, « Night Mail », 1936. Notre propre traduction sous le titre « Courrier de nuit ».

dimanche de Pentecôte et qu'à chaque station du convoi le poète observe par la fenêtre de son compartiment une succession de mariages en goguette venus accompagner sur le quai couples mariés ou invités. Son poème, « The Whitsun Weddings » (« Pentecôte nuptiale »), enregistre le spectacle avec un mélange d'envie et d'incrédulité. Indiscutablement cinématographique, il s'inscrit dans la suite du poème d'Auden. Mais un saut d'aiguillage terminal lui fait prendre la direction de T. S. Eliot pour se conclure par des considérations mythologiques, sinon religieuses, sur la fécondité.

[...]
Londres, notre but. Cependant que nous franchissions les brillants aiguillages,
Dépassions des voitures Pullman à l'arrêt, approchèrent
Des murs noirs de mousses, et ce fut quasiment fini,
La frêle coïncidence de nos voyages ; ce qu'elle avait maintenu
Fut prêt à se désassembler avec toute la force
Que confère le changement. Nous ralentîmes,
Les freins prirent le contrôle, se tendirent, s'amplifia le sens
D'une chute, telle une averse de flèches lancée
Hors de portée, retombant mystérieusement changée en pluie[1].

À l'exception du célèbre poème de Cendrars[2], déjà ancien, imagine-t-on pareille intrusion du cinéma dans la poésie française des années 1960, voire contemporaine ? Assurément non. Selon le critique Philip Hobsbaum, Philip Larkin a

---

1. Philip Larkin, *The Whitsun Weddings*, Faber and Faber, Londres 1964. Notre propre traduction sous le titre *Pentecôte nuptiale.*

2. Blaise Cendrars, *La prose du Transsibérien et de la petite Jehanne de France*, avec mise en forme de Sonia Delaunay, Les Hommes nouveaux, 1913.

apporté un changement décisif dans le paysage poétique depuis les cabs d'Eliot et leurs chevaux fumant dans la lumière des lampes à gaz. Avant lui, les poètes avaient tendance à surimposer leurs images de la vie urbaine à une vision pastorale de l'Angleterre, à demi fantasmée, à demi remémorée[1].

L'observation est juste mais on pourrait tout aussi bien faire remarquer que les poètes romantiques du Lake District déploraient déjà, dès 1800, la perte d'un paysage communal et pastoral « rousseauiste », sous l'effet des « renclôtures » destinées à accroître les rendements agricoles. Plus finement critique, le « contre-modernisme » d'un auteur longtemps considéré comme romancier provincial, et accessoirement comme poète, Thomas Hardy, avait dénoncé les incursions d'un capitalisme technologique libéral dans l'économie paysanne. L'auteur du Mayor of Casterbridge, (Le maire de Casterbridge)*, ayant abandonné le roman en 1894 après les violentes attaques – jusqu'à l'autodafé – faites à son dernier ouvrage* Jude the Obscure (Jude l'Obscur)*, pour ne plus se consacrer qu'à son œuvre poétique, est, depuis près d'un demi-siècle, l'objet d'une constante réévaluation, donc source d'inspiration et de réflexion. Il est vrai que le machinisme et le travail en usine, avec leurs conséquences sur la structure de l'habitat, furent une invention anglaise. Ainsi, malgré leur constante modernisation, les immenses cités ayant modifié*

1. Philip Hobsbaum, extrait de *Larkin's England* repris dans *A Century of Poetry Review Edited with an Introduction by Fiona Sampson*, Carcanet, Manchester 2009. Décisif dans la formation à Londres de The Group (1955-1965) avec Peter Redgrove, Alan Brownjohn, Peter Porter, Philip Hobsbaum fut, à partir de 1962, l'animateur du Belfast Group, à Queen's University, aux côtés de Seamus Heaney, Michael Longley et Derek Mahon. Il devait terminer sa carrière à l'université de Glasgow.

le paysage originel du Nord et des Midlands (Liverpool, Birmingham, Leeds, etc.) sont toujours des foyers de conflits et de débats. Quoi qu'on en pense, le divorce est toujours palpable entre un Nord déshabillé de ses structures industrielles, s'accommodant tant bien que mal de ses petites maisons de brique rouge grimpant sur le dos des collines, et un Sud prospère de cadres ou de retraités à l'abri des bocages du Berkshire, du Kent ou du Sussex. Les perspectives ne sont pas les mêmes selon qu'on se trouve à une heure de tunnel de l'Europe ou à plus d'un siècle de l'ancienne richesse industrielle.

Quelques-uns des poètes réunis dans cette anthologie ont une vision aiguë de la détresse frappant ce monde qui fut « moderne » en son temps. Ils sont, à leur façon, les héritiers du Waste Land *d'Eliot sans pour autant se ranger aux compromis d'un Larkin. Autrement dit, ils ne négocient pas. Le plus expressivement violent d'entre eux, Tony Harrison, analyse dans son long poème « V » le clivage de plus en plus net entre populisme anti-élitaire et mauvaise conscience petite-bourgeoise*[1]*. Guère moins critique dans son approche quoique plus mesuré dans l'expression, Sean O'Brien, lié à Hull et à Newcastle, lui aussi, explore la noirceur industrielle du Nord tout en s'aménageant quelques brefs moments de respiration méditerranéenne. Liz Lochhead, l'Écossaise, pratique la parole libre d'une citoyenne de Glasgow avec l'insolence et la drôlerie apprises au contact de ses devanciers Alasdair Gray et Tom Leonard, eux-mêmes marqués par l'enseignement décomplexé de l'universitaire Edwin*

1. Tony Harrison, *V*, Bloodaxe Books, 1985. Traduction française de Jacques Darras, *V*, Le Cri, Bruxelles, 2008.

Morgan. Pourrait leur être adjoint, à bonne distance, Simon Armitage, resté fidèle au Yorkshire de sa naissance, et plus précisément aux alentours de Leeds, où il enseigne la poésie à l'université. Ses poèmes empreints de verve élisabéthaine dénoncent l'absurde civilisé de nos sociétés, jusque dans leurs engouements irrationnels pour des sports comme le football – si essentiel en Angleterre !

Pour rendre justice à cette prépondérance du Nord urbain dans le paysage poétique britannique, il convient finalement de mettre en lumière l'une des figures les plus marquantes de ces dernières années. Nous voulons parler de Geoffrey Hill, originaire de Leeds lui aussi, qui aura courageusement tenté de se frayer une voie au-delà d'Eliot, de Pound et de Larkin tout à la fois. A-t-il réussi ? Difficile de se prononcer pour l'instant. Empruntant une déconcertante variété de mesures prosodiques, il a d'abord essayé une synthèse entre l'épique historique poundien et le paysage économique des Midlands dans ses Mercian Hymns (Hymnes de Mercie) *avant de bifurquer vers Charles Péguy puis de terminer son périple dans les parages de l'éthique victorienne la plus ouvrièrement austère*[1]*. John Ruskin, à son côté, paraîtrait presque drôle. Paradoxalement, l'itinéraire de Hill semble l'avoir amené dans des terres voisines de celles qu'arpente un Jeremy Prynne, parti naguère de Charles Olson, autre source du modernisme américain, pour parvenir à un hermétisme plus clos sur lui-même que celui de Mallarmé. L'un et l'autre apparaissent tels des compagnons de radicalisation esthétique. Voire puritaine ?*

---

1. Geoffrey Hill, *Broken Hierarchies. Poems 1952-2012*, Oxford University Press, 2013.

Notre question elle-même risque de paraître sévère. S'il y a repli critique, quelquefois tortueux, chez les hommes, une simplicité claire semble s'être emparée des poètes femmes. C'est l'un des mérites majeurs de cette anthologie. Au sein de ses quelque cinq cents pages, l'humour et la joie sont de marque très nettement féminine. Étrange constat ! Pourtant c'est ainsi, il n'y a pas à redire. L'essentiel était de faire apparaître pour la première fois en version française des noms inconnus des lecteurs. Celui d'Ursula Askham Fanthorpe, pour commencer, qui publia son premier recueil à cinquante ans en 1978. Enseignante ayant démissionné de sa fonction pour occuper le poste de réceptionniste dans un hôpital psychiatrique, elle déclare préférer « les rôles en coulisse » et affirme : « Je suis là pour vous faire croire à la vie. » Ruth Fainlight et Anne Stevenson, l'une et l'autre amies proches de leur compatriote Sylvia Plath autant qu'intimement intégrées à la scène britannique, déconstruisent chacune avec intelligence la fabrication des mythes. Elaine Feinstein mêle dans sa poésie la tendresse et l'humour d'une mère juive, y compris envers soi-même. Mais c'est un trio explosif qui atteint véritablement le comique dans ses démêlés avec l'ordre naturel. Wendy Cope a conquis un marché de plusieurs milliers de lecteurs avec son humour à la fois déchaîné et modeste. Selima Hill acclimate un surréalisme spontané dans ses métamorphoses animales. Carol Ann Duffy met en pièces les légendes et les contes populaires qui exploitent la prétendue innocence des jeunes filles.

Spécialité britannique, l'humour était jusqu'ici prérogative des hommes. Les temps changent sous nos yeux. La poésie qui sacralisa longtemps l'esprit de sérieux, comme si elle fût substitut laïque des religions, renoue ici avec une langue

d'une simplicité évangélique. Des alliés inopinés en provenance de l'étranger, Antilles, Inde ou Pakistan, confèrent de leur côté « un sens plus impur aux mots de la tribu ». Ils dévoient la syntaxe, le lexique, l'intonation avec une telle bonne conscience qu'on y perd son anglais d'origine. Cela peut produire des résultats aussi sophistiqués que la poésie d'un Derek Walcott, originaire de Sainte-Lucie, dont le magnifique « Aigrettes » apporte, dans les pages qui suivent, un éblouissant témoignage. Cela peut tout aussi bien laisser libre cours à la loquacité de Daljit Nagra, l'Indien, si difficile à transposer dans un idiome français équivalent. Quant à l'émigré hongrois George Szirtes, il semble sorti d'une Europe autrichienne défunte ou jamais totalement advenue. Aux antipodes, voici la Franco-Anglo-Indienne Pascale Petit dont le surréalisme exotique semble émaner des toiles mexicaines de Frieda Kahlo. Métissage est le mot qui s'applique à tous et à chacun, illustrant la vigoureuse vivacité de la langue anglaise, dont la pluralité des sources explique à elle seule le triomphe universel en ce commencement du XXIe siècle.

Il est possible que le repli de l'Américain Eliot sur la terre anglaise, donc sur l'insularité, cultivée avec moins d'intensité et de profondeur par Philip Larkin, ait correspondu à une longue période de sacrifice et de résistance de l'héroïque peuple anglais. Le nationalisme, en poésie comme en politique, peut se comprendre dans de telles circonstances. À terme, cependant, il risque de ne pas suffire. Tel est le dilemme dont sont aujourd'hui conscients les esprits les plus éclairés. Sans doute est-ce pourquoi, loin de poursuivre les combats des siècles antérieurs, quelques poètes semblent vouloir explorer des voies trop peu fréquentées depuis longtemps. L'originalité d'une démarche comme celle d'Alice

Oswald est frappante à cet égard. Réactivant à sa manière le « pastoralisme » de Ted Hughes, le poète du Devon et du Yorkshire, elle renoue plus radicalement encore avec les romantiques des Lacs. On se souvient que, déçus par la Révolution française, ces derniers s'étaient repliés très haut, aux lisières du Lancashire et du Cumberland, recueillant en humbles sociologues de leur temps la parole d'un monde rural en crise. Le travail poétique accompli par Alice Oswald sur telle rivière du Devon, la River Dart, est leur héritage[1]*. L'eau et ses flux occupent une bonne part de la poésie britannique contemporaine. Que ce soit l'Écossaise Kathleen Jamie, la Galloise Gillian Clarke ou, ne l'oublions pas, le poète de Birmingham Roy Fisher, tous éprouvent une attirance authentique pour l'élément liquide.*

Il est possible en vérité que la poésie britannique ait reçu son baptême laïque ou méthodiste lors de la scène initiale où William Wordsworth, dans son Prélude*, se remémore la musique d'enfance de la Derwent*[2]*. Avec cette nuance que l'eau « moderne » commande un regard nettement plus orienté par les lois économiques et écologiques régissant la planète. Quel étonnement, n'est-ce pas, de voir comme les explorations astrales les plus lointaines ont elles-mêmes l'eau en visée, comme si le ciel n'était plus qu'un grand réservoir ! Sur terre se dessine une brutalité nouvelle liée à la raréfaction de l'élément liquide, vital pour notre existence, de sorte que le poème, s'il ne veut pas s'assécher, doit réfléchir à sa propre viabilité – sa propre labilité. Nous ne prétendrons certes pas, à ce stade, ériger le poème britannique en château d'eau*

1. Alice Oswald, *Dart*, Faber & Faber, 2002.
2. William Wordsworth, *The Prelude. Book I*, 1850.

de l'inspiration poétique universelle. Toutefois, la double tradition rurale et urbaine de cette poésie, si déterminée, au Nord en particulier, à confronter les richesses d'un paysage hercynien à l'exploitation de ce même paysage par l'industrie métallurgique et minière, pose comme nulle part ailleurs les termes de la contradiction du monde moderne. Comment nous sortir de l'impasse ? N'y aurait-il pas un au-delà de l'insularité comme du repli des sociétés sur leur richesse géographique et symbolique propre ? Ne gagneraient-elles pas plutôt à s'ouvrir à davantage d'échanges et de mixité ? Forte d'une longue expérience de navigation conradienne, la Grande-Bretagne d'aujourd'hui emporte sur ses ponts et passerelles une multiplicité d'ethnies et de communautés de toute allégeance, sans renier pour autant la fermeté monarchique de son cap, la démocratie relative de sa hiérarchie, la plasticité absolue de sa langue maritime. Comme elle nous le laisse supposer, il semble qu'elle essaie de tenir pour elle-même la difficile synthèse entre accepter le changement à doses progressives tout en s'ouvrant à la complexité de la grande famille humaine, sans cesser d'explorer par le poème l'énigme de notre présence dans l'Univers.

JACQUES DARRAS

L'île rebelle

ANGLETERRE

MICHAEL HAMBURGER

(1924-2007)

Critique renommé, auteur de *The Truth of Poetry* (1969), Michael Hamburger est avant tout un traducteur réputé, grand passeur de la littérature allemande : Hölderlin, Celan, Rilke, parmi bien d'autres. Il a ainsi contribué au mouvement d'ouverture à la poésie européenne initié dans les années 1960 et toujours fécond. Né à Berlin dans une famille d'ascendance juive, il émigre en Angleterre avec les siens en 1933, étudie à Oxford en même temps que Philip Larkin, poète le plus célèbre de sa génération, et après l'interruption de la guerre enseigne l'allemand à Londres puis dans diverses universités. À la rencontre de deux traditions, sa poésie méditative et mélancolique, souvent fondée sur la description de la nature qu'il observe dans le Suffolk rural où il réside, déploie une sensualité qui se heurte à un moralisme souvent ironique et à une féroce dénonciation de la superficialité de son temps.

January

Damped light. The daily lane.
Four times above it
The dubious bird,
And no binoculars on me.
A blackbird silhouette
But the tones leafless, bare
As where it perches, the high willow bough,
Not the accented phrase
That's small-talk still.
No stress, arpeggio, trill,
More monologue than call–
To whom, to whom whom whom, whom whom…
And that continuous.
With quarter-notes in it?
If so, not for these damned iambics,
Not for noise-cluttered ears
Another "elegy" for Edward Thomas's England,
His bird, the missel-thrush
Suburbanized even then, but commonly met,
Vernacular of the footpath, pavement, road.

Janvier

Lumière tamisée. L'allée quotidienne.
À quatre reprises là-haut
L'oiseau incertain,
Et je n'ai pas mes jumelles.
Silhouette de merle
Mais tonalité effeuillée, nue
Comme la branche élevée du saule où il se perche,
Pas la phrase accentuée
Proche encore du babillage.
Nul accent, arpège, trille,
Monologue plus qu'appel –
Pour vous, pour vous vous vous, vous vous…
En continu.
Avec des quartes ?
Si c'est le cas, pas destinées à de maudits iambes,
Ni aux oreilles saturées de bruit
Une « élégie » de plus à l'Angleterre d'Edward Thomas,
Avec son oiseau, la grive musicienne
Alors déjà suburbaine, bien que fort commune,
Vernaculaire du sentier, du trottoir, de la rue.

Revenant now at best
In half-light, half-remembrance, half-recognition
Here, where, by order once again
The skeletal hedgerows have been slashed
So that container trucks grown cottage-sized,
Tanker, delivery van
Suffer no damage, no delay
To their prefabricated bulk
Ever more smoothly coming, going, gone.

And in between, on the same willow bough,
This hint of a return the rumbling drowns.

Muted Song

Darkening days of the year
Before the solstice, Advent
In the ripped grove's detritus.
Wind from the Urals, cruel.
One last campanula's mauve
Bravely, silently peals,
Gazania, dipping, flaunts
Flame petals, African, still.
Under stripped apple-trees
Ungathered fruit, the yellow,
russet or crimson, lies,
Dole to the songbirds, deer.

Un revenant, au mieux, maintenant
Dans le demi-jour, à demi oublié, à demi reconnu,
En ce lieu où l'ordre a été donné une fois de plus
De raser les haies squelettiques
Afin que poids lourds de la taille d'une maison,
Camions citernes, fourgons de livraison
Avec leur masse préfabriquée
Ne souffrent ni dommage ni délai
Mais glissent en souplesse avant de disparaître.

Et entre deux, sur la même branche de saule,
Ce rappel du passé noyé par leur grondement.

Chanson en sourdine

Jours de l'année qui s'assombrissent
Avant le solstice, l'Avent
Dans les débris du verger dévasté.
Vent venu de l'Oural, cruel.
Le mauve d'une dernière campanule
Carillonne hardiment en silence.
Le Gazania, immobile, africain, ploie,
Déploie ses pétales de feu.
Sous les pommiers dénudés
Gisent des fruits délaissés,
Jaunes, roux ou cramoisis,
Aumône aux oiseaux chanteurs, aux chevreuils.

It's nightfalls only let
A half-remembered light
Dapple cloud-leaded skies,
The star in hiding glitter.
Chilled the roof fibres raise
To buds their sustenance
And numb limbs dance
To rhythms that absence beats.
A nearly deaf man sings
Come, that we waiters praise
Who serve expectancy,
The always never-yet.

Leurs crépuscules laissent à peine
Une lumière à demi oubliée
Piqueter les ciels aux nuages de plomb,
Scintiller l'étoile cachée.
Transies de froid, les fibres du toit offrent
Aux bourgeons leur subsistance
Et les membres gourds dansent
Au rythme des battements de l'absence.
Un homme presque sourd chante
Veilleurs, il nous faut rendre grâce
Nous qui servons l'attente
Le sempiternel jamais-encore.

CHARLES TOMLINSON
(1927-2015)

Plutôt tourné vers l'Amérique, Charles Tomlinson est l'un de ceux qui ont fait le lien entre modernisme international et tradition anglaise. Il a traduit de nombreux poètes, en particulier Octavio Paz. Il fut aussi l'éditeur de l'ouvrage de référence des traductions de poésie vers l'anglais : *The Oxford Book of Verse in English Translation* (1980). Né à Stoke-on-Trent dans un milieu ouvrier, il étudie à Cambridge auprès de Donald Davie avant de devenir lui-même professeur de poésie à l'université de Bristol. Il se démarque très tôt du Mouvement dont il dénonce l'étroitesse, s'inspire des modernistes américains (William Carlos Williams, Wallace Stevens) puis de poètes expérimentaux comme Louis Zukofsky, Robert Creeley ou le Péruvien César Vallejo. Poète de la perspective et de la perception visuelle, il explore à sa manière le mystère du monde comme l'atteste le titre de son premier livre de poèmes, sorte d'acte de foi : *Seing is Believing* (1958). Il conjugue, dans l'acuité de sa vision reflétée dans un vers abrupt, paysage mental et vision morale de l'univers.

New Jersey-New York

The mergings of cars, the chains of light
Announcing bridges, intersections,
They would see it all differently
From appartment windows,
Not nervously alert to the swervings
As traffic swings out to fill the thoroughfare
That is feeding one in–between
Lights and lights, buildings and buildings–
With a million cars, each one
A travelling eye
Letting things occur, letting them appear
As they will, the city itself another nature
Cutting into the density of spaces
With its stepped-back panoramas, the place
As merciless and beautiful as the universe.

New Jersey-New York

Les flux de voitures, les rampes lumineuses
Annonçant ponts, intersections,
Ils verraient tout ça différemment
De leur fenêtre d'appartement,
Sans guetter nerveusement les embardées
Quand le trafic se déploie en éventail sur la chaussée
Qui vous absorbe – entre
Lumières et lumières, immeubles et immeubles –
Un million de voitures, chacune
Promenant son œil
Au hasard des événements, les laissant se produire
À leur gré, la ville elle-même cette autre nature
Découpant la densité des espaces
Avec ses panoramas reculés, faisant place
À une beauté cruelle comme celle de l'univers.

A View from the Shore

I woke this morning
to find Brooklyn Bridge
festooned with a fringe of vineleaves
along the entire length
of the frame of its steel harp
and beyond: an aquatic ivy
was clasping the stone piers and climbing
towards the topmost cables:
drivers could no doubt see
the flicker of leaves
ascending past them and–glancing down–
even sun picking out the spear tips
where shoreside reeds pressed on the eye
their foreground to a car-crammed vista: here
overnight a crisis in the environment
had found its vent
and out of the hemmed-in cornucopia
that was nature once, had started
unstoppably to pour itself back
through this crack in the universe
on this outflanked riverbank
where the triumph of suspended steel
and its aftermath
had first begun.

Vue de la rive

Ce matin au réveil
j'ai trouvé le pont de Brooklyn
festonné d'une frange de feuilles de vigne
sur toute la longueur
du cadre de sa harpe d'acier,
au-delà, un lierre aquatique
s'agrippait à ses piliers de pierre et grimpait
vers les câbles les plus élevés ;
nul doute que les automobilistes aient vu
ce frémissement de feuilles
les dépasser en hauteur et – plus bas –
le soleil même faire miroiter l'extrémité des tiges
sur la rive où les roseaux imposaient à l'œil
leur premier plan sur fond saturé de voitures ; là
en l'espace d'une nuit une crise de l'environnement
avait trouvé son expression
et jaillissant de la corne d'abondance brimée
que fut jadis la nature, était revenue
se couler inexorablement
par cette faille de l'univers
au bord de ce fleuve flanqué d'un pont
où le triomphe de l'acier suspendu
et sa postérité
avait connu son origine.

In the Mirror

Angled towards the window,
the mirror sees things I cannot see–
even brings indoors to me
lost landscapes, vignettes
of cattle browsing beneath trees
that could have been painted.

"Why do you", she asks,
"keep looking at yourself?"
I am not "looking at myself" I explain
"I am looking at a train
that has just entered the picture
in the silent distance."

I can see time
through the mirror
by the town clock, but in reverse,
as if a curse
had been put on it
to travel only towards yesterday.

And now the train has disappeared.
Where have the cattle gone?
Of all the herd
only one to be seen–
a black shape in soliloquy
on a deserted green.

Dans le miroir

Orienté vers la fenêtre,
le miroir voit ce qui est hors de ma vue –
ramenant jusqu'à moi
des paysages perdus, des vignettes
de bétail paissant sous les arbres,
sujets possibles de tableaux.

« Pourquoi », me demande-t-elle,
« ne cesses-tu de te regarder ? »
Je ne « me regarde » pas, lui dis-je
« Je regarde un train
qui vient d'entrer dans le tableau
dans le silence du lointain. »

Je vois l'heure
dans le miroir
à l'horloge de la ville, mais à l'envers,
comme si une malédiction
lui imposait
de revenir à hier.

Maintenant le train a disparu.
Où sont passées les bêtes ?
Du troupeau entier
on n'en voit plus qu'une –
forme noire qui monologue
sur le vert d'un pré déserté.

Gazing here,
Narcissus would have failed
to examine his own image,
letting his grimace stare
out of a dead centre–
margins are where true happenings are.

Narcisse, s'il avait voulu s'admirer ici,
n'aurait pas réussi
à contempler sa propre image,
se voyant renvoyer sa grimace
depuis un centre aveugle –
dans les marges, c'est là que tout se passe vraiment.

U. A. FANTHORPE

(1929-2009)

Dans l'éloge funèbre qu'elle lui consacre, Carol Ann Duffy rend hommage à U. A. Fanthorpe, sa « mère en poésie ». Elle souligne ainsi l'influence exercée par celle-ci sur la poésie féminine anglaise, en particulier grâce au renouveau du monologue dramatique. Originaire du Kent, Ursula Askham Fanthorpe, ancienne étudiante d'Oxford, met fin vers la quarantaine à sa carrière d'enseignante pour prendre un emploi de réceptionniste dans une clinique psychiatrique. Cette nouvelle vie riche en contacts humains lui inspire un premier livre de poésie, *Side Effects* (1978) qui la rend instantanément populaire ; elle s'y attache à donner la parole aux sans-voix, aux marginaux, avec une grande compassion. Elle se consacre alors entièrement à la poésie avec le même regard sans concession, un ton toujours légèrement décalé. Subtilement subversive, elle reste cependant attachée aux valeurs nationales et à la tradition anglaise qu'elle détourne avec humour dans une langue très ordinaire, totalement dénuée de sentimentalisme.

A Minor Role

I'm best observed on stage,
Propping a spear, or making endless
Exits and entrances with my servant's patter,
Yes Sir. O no sir. *If I get*
These midget moments wrong, the monstrous fabric
Shrinks to unwanted sniggers.

But my heart's in the unobstrusive,
The waiting-room roles: driving to hospitals,
Parking at hospitals. Holding hands under
Veteran magazines; making sense
Of consultants's monologues; asking pointed
Questions politely; checking dosages,
Dates; getting on terms with receptionists;
Sustaining the background music of civility.

At home in the street you may see me
Walking fast in case anyone stops:
O, getting on, getting better *my formula*
For well-meant intrusiveness.
At home,

Rôle mineur

C'est sur scène que l'on m'observe le mieux,
Affublée d'une lance ou faisant d'incessantes
Entrées et sorties pour débiter servilement
Oui, Monsieur. Oh non, Monsieur. Si je rate
Ces moments minuscules, c'est tout l'énorme mécanisme
Qui se réduit à des ricanements grinçants.

Mais mon cœur préfère la retenue,
Les rôles en coulisse : aller en voiture à l'hôpital,
Se garer à l'hôpital. Prendre une main sous
Une revue d'anciens combattants ; interpréter
Les monologues des spécialistes ; poser poliment
Des questions pointues ; vérifier dates et
Dosages ; sympathiser avec les réceptionnistes ;
Alimenter la musique de fond de la civilité.

Dans mon quartier vous me verrez peut-être
Hâter le pas de peur que l'on ne m'arrête :
Oh, ça va, ça va mieux, est ma formule
Destinée aux curieux bien intentionnés.
Une fois rentrée,

Thinking ahead: Bed? A good idea!
(Bed solves a lot); answer the phone,
Be wary what I say to it, but grateful always;
Contrive meal for a hunger-striker; track down
Whimsical soft-centered happy-all-the-way-through novels;
Find the cat (mysteriously reassuring);
Cancel things, tidy things, pretend all's well,
Admit it's not.

Learn to conjugate all the genres of misery:
Tears, torpor, boredom, lassitude, yearnings
For a simpler illness, like a broken leg.

Enduring ceremonial delays. Being referred
Somewhere else. Consultant's holiday. Saying Thank you
For anything to everyone.
Not the star part,
And who would want it? I jettison the spear,
The servant's tray, the terrible drone of Chorus:
Yet to my thinking this act was ill-advised
It would have been better to die. *No it wouldn't!*

I am here to make you believe in life.

Avec la perspective de : *Aller au lit ? Bonne idée !*
(Dormir résout bien des problèmes) ; répondre au téléphone,
Prendre garde à ce qu'on lui confie, toujours exprimer sa gratitude ;
Concocter un repas pour gréviste de la faim ; se mettre en quête
De frivoles romans à l'eau de rose, résolument optimistes ;
Se mettre à la recherche du chat (mystérieusement rassurant) ;
Annuler des trucs, ranger des trucs, prétendre que tout va bien,
Reconnaître que non.

Apprendre à décliner tous les types de malheur :
Pleurs, torpeur, cafard, lassitude, désir irrésistible
D'une maladie plus simple, une jambe cassée, par exemple.

Se plier aux retards rituels. Aux transferts
De service. Aux congés du spécialiste. Sans oublier de dire *Merci*
Sans raison à tout le monde.
Pas le rôle vedette,
D'ailleurs, qui en voudrait ? Au diable la lance,
Le plateau de service, l'horrible psalmodie du Chœur :
Plutôt qu'une conduite aussi incongrue
La mort eût sans doute mieux valu. Faux !

Je suis là pour vous faire croire à la vie.

Née

She had strong views on Mrs Humphry Ward,
The Brontës, poor souls, women called George,
Novelists known as A Lady.

            There was always
An edginess. Whenever we went too far,
Children or parent, she'd flare O you Fanthorpes!
As if at some foreign breed.

She lost some magic when she married us.
Not race or class, but a sense of being her.
Red hair was part of it, and the surname
That gave her the convent's nickname, Reddy.

Marriage turned her Ginger, *and unsettled her.*
We knew the men who might have been our father,
Doctor, diplomat, soldier. We understood
They'd have had better, smarter children.

The way she said My family left us standing.
Racier than anything we knew, her father,
The seventh son, who wouldn't marry the heiress,
Walked from Devon to London, his flute in his pocket;

Her handsome mother, lover of dogs, not children,
Descendant of the gentle Tudor scholar,
Who never used a fullstop in her life.

Bien née

Elle avait des avis tranchés sur Mrs Humphry Ward,
Les Brontë, pauvres âmes, les femmes prénommées George,
Les romancières se faisant appeler Madame.

Elle était toujours
À cran. Chaque fois que nous dépassions les bornes,
Parent ou enfant, elle nous lançait *Oh vous les Fanthorpe !*
Comme si elle s'adressait à quelque espèce étrangère.

Elle avait perdu de sa magie en nous épousant.
Pas sa race ni sa classe, mais une certaine idée d'elle-même
Liée à ses cheveux roux ainsi qu'à son nom
Qui lui avait valu au couvent le surnom de *Rouquine.*

Le mariage la changea en *Rousse* et la déstabilisa.
Nous savions qui auraient pu être nos pères
Docteur, diplomate, soldat. Nous comprenions
Qu'ils auraient eu des enfants meilleurs, plus intelligents.

La façon dont elle disait Ma famille nous laissait cois.
Comment imaginer plus racé que son père,
Septième d'une fratrie qui, refusant d'épouser une héritière,
Etait allé à pied du Devon jusqu'à Londres, flûte en poche ;

Ou sa mère, une beauté plus férue de chiens que d'enfants,
Descendante d'un noble érudit de l'époque Tudor,
Qui n'avait de sa vie utilisé le point final.

She did everything well. Had a head for figures,
Understood the Married women's Property Act.
Created faultless parcels, Fs and Ps flamboyant,
Converted the exile of marriage into art.

Vaguely we knew we'd missed something by happening.
We were the children of Mrs Humphry Ward.
Marriage is burial, *she used to say.*

I could have written novels, or played the french horn.

Mother Scrubbing the Floor

She had a dancer's feet, elegant, witty.
We had our father's, maverick spreaders of dirt.

Dirt from London, dirt from Kent,
Mud, dust, grass, droppings, wetness, things,
Dirt barefaced, dirt stinking, dirt invisible.

Whatever it was, she was ready:
The rubber kneeler, clanking galvanised bucket,
The Lifebuoy, the hard hot water.

Elle était la perfection incarnée, douée pour les chiffres,
Se pliait au Code de bonne conduite des Femmes Mariées.
Créait des paquets impeccables, traçait des F et des P flamboyants,
Convertissait l'exil du mariage en art.

Nous avions le vague sentiment d'être là par erreur.
Nous étions les enfants de Mrs Humphry Ward.
Le mariage est un enterrement, disait-elle.

J'aurais pu écrire des romans, ou jouer du cor anglais.

Ma mère frotte le sol

Elle avait des pieds de danseuse, élégants, spirituels.
Nous, ceux de notre père, rebelles propagateurs de crasse.

Crasse de Londres, crasse du Kent,
Boue, poussière, herbe, déjections, humidité, j'en passe.
Crasse effrontée, crasse puante, crasse invisible.

Quoi que ce fût, elle était prête :
Tapis de caoutchouc, seau galvanisé cliquetant,
Sa bouée de sauvetage, de l'eau bien chaude.

Let me! *we'd say, meaning* Hate to see you do this.
Too old. Too resentful. Besides, you'll blame us
That you had to do it.

She never yielded. We couldn't do it right,
Lacking her hatred of filth, her fine strong hands.

Don't want you to do this, she said Don't want you to have to.
Just remember this: love isn't sex
But the dreary things you do for the people you love.
Home's the girl's prison
The woman's workhouse, she said
Not me, *she said.* Shaw.

I do remember. I stand where she knelt.

Laisse-moi faire ! disions-nous en pensant *Te voir me fait mal.*
Tu es trop vieille. Trop aigrie. Et puis, tu finiras par
Nous le reprocher.

Jamais elle ne cédait. Nous n'en aurions pas été capables.
N'ayant pas sa haine de la saleté, ses belles mains fortes.

Pas question que tu le fasses, disait-elle, *que tu te sentes obligée.*
Souviens-toi bien de ceci : l'amour ce n'est pas le sexe
Mais toutes les corvées qu'on fait pour ceux qu'on aime.
Pour une fille, la maison est une prison,
Pour une femme, le bagne, disait-elle.
Ce n'est pas de moi, ajoutait-elle. *C'est de Shaw.*

Je m'en souviens bien. Je suis debout là où elle était à genoux.

ELAINE FEINSTEIN

(1930-2019)

Moderniste lyrique, implacable témoin de son époque, de la douleur individuelle ou collective, Elaine Feinstein, bien que très ancrée dans la tradition anglaise, tire son originalité de son cosmopolitisme, de sa familiarité avec les poètes d'Europe de l'Est qui ont irrigué son œuvre. Celle qui est aussi romancière prolifique, biographe, a décrit son parcours dans *It Goes with the Territory: Memoirs of a Poet* (2013). Née près de Liverpool dans une famille d'immigrés juifs originaires d'Odessa, elle passe sa jeunesse à Leicester puis étudie à Cambridge où elle finit par s'installer. Se sentant à l'étroit dans l'insularité de la poésie anglaise des années 1950, elle se tourne vers le modernisme américain, le Black Mountain College et le projectivisme de Charles Olson avec son insistance sur le souffle et la liberté formelle. C'est cependant à travers la traduction des poètes russes, en particulier de Marina Tsvetaïeva, qu'elle trouve sa voix propre. S'identifiant à cette écorchée vive aux prises avec ses tragédies intimes comme avec celles de l'Histoire, elle apprend à ne plus craindre d'exprimer ses émotions les plus triviales, à les tenir à distance ironique, et adopte la fluidité d'un rythme qui suit l'articulation du discours. Elle fait ainsi le choix d'un regard clinique, refusant les effets de style.

Migrations

1

In late March, birds from the Gambia,
white throat warblers, who wintered in
the branches of a feathery acacia;
Mandelstam's goldfinch; pink foot
geese from the Arctic. All
arrive using the stars, along
flyways as old as Homer and Jeremiah.

2

Avian immigration is down this year,
but humans still have reasons to move on,
the usual chronicle of poverty, enemies,
or omonous skies the colour of tobacco.
They arrive in London with battered luggage,
and eyes dark as black as cherries

holding fast to old religions
and histories, remembering
the shock of being hunted in the streets,

Migrations

1

Fin mars, des oiseaux venus de Gambie,
des fauvettes gorge blanche, qui ont hiberné dans
les branches d'un acacia duveteux ;
le chardonneret de Mandelstam ; des oies
à pattes roses en provenance de l'Arctique. Tous
arrivent guidés par les étoiles, suivant
des voies aériennes aussi vieilles qu'Homère et Jérémie.

2

L'immigration aviaire est en déclin cette année,
mais les humains ont encore des raisons de se déplacer,
chronique ordinaire de la pauvreté, ennemis,
ou ciels menaçants couleur tabac.
Ils débarquent à Londres avec des bagages déglingués,
et des yeux aussi sombres que des cerises noires,

s'accrochant à de vieilles religions
de vieilles histoires, se souvenant
du choc d'avoir été pourchassés dans les rues,

the pain at leaving their dead
in broken cemeteries, their resilience
hardwired as bird's skill in navigation.

On the Jubilee line, a black woman
has the profile of a wood carving from Benin.
In Willesden Green Polskie delikatesy, *or a grocer*
piling up African vegetables. An English woman
buys hot ginger and white radish: the filigree
of migration, symbiosis, assimilation.

3

All my grandparents came from Odessa
a century ago, spoke little English,
and were doubtless suspect as foreigners
– probably anarchist or Bolshevik–
very likely to be dreaming of bombs.
It is never easy to be a stranger,

to be split between loneliness
and disloyalty, to be impatient
with dogma, yet still distrusted
in a world which prefers to be secular.
When I listen to the gaiety of Klezmer,
I understand why migrants like ghettos.

These people come from desperate countries
where flies walk over the faces of sick children,
and even here in Britain the luckless

de la douleur d'avoir abandonné leurs morts
dans des cimetières saccagés, leur résilience
programmée comme les talents de navigation des oiseaux.

Sur la Jubilee Line, une femme noire
a le profil d'une sculpture en bois du Bénin.
À Willesden Green, *Polskie delikatesy* côtoie l'épicier
empilant des légumes africains. Une Anglaise
achète du gingembre épicé et du radis blanc ; filigrane
de la migration, symbiose, assimilation.

3

Tous mes grands-parents sont venus d'Odessa
il y a un siècle, parlant à peine anglais,
paraissant sans doute suspects à cause de leur nationalité
– des anarchistes ou des bolcheviks, probablement –,
rêvant de bombes, vraisemblablement.
Ce n'est jamais facile d'être étranger,

d'être partagé entre solitude
et déloyauté, réfractaire
au dogme, et cependant soupçonné
dans un monde qui préfère le séculier.
Lorsque j'écoute la gaieté de la musique klezmer,
je comprends le goût des migrants pour les ghettos.

Ces gens arrivent de pays désespérés
où les mouches courent sur le visage d'enfants malades,
il se peut même qu'ici en Angleterre les malchanceux

will find gangmasters to arrange
work in mudflats as cockle pickers.
Why should they care my ancestors

had a long history of crossing borders,
when I am settled now after all those journeys?
And why do i want to make common cause
with them anyway? Only because I remeber
how easily the civil world turns brutal.
If it does, we shall have the same enemies.

Christmas Day in Willesden Green

for my autistic grandchild

At fourteen, his eyes are dark as wood resin,
his hair red-gold; he is an elf-child
with delicate lips, and pale, unblemished skin.
The scented candles and the roasted goose
with apples in its throat don't interest him.
He flicks a dangled string and sets it loose

snatches a cracker biscuit, shaking off
the smoked fish, and then smiles suddenly
as if amused by some mischievous thought
growing out of a landscape I can't reach,
the unknown pathways lying under speech.
On these cold Christmas windows, heavy rain

tombent sur des caïds les envoyant travailler
comme pêcheurs de coques dans les vasières.
Pourquoi se soucieraient-ils que mes ancêtres

aient par le passé traversé tant de frontières
alors que moi, j'ai fini par m'installer au bout du voyage ?
Et pourquoi donc voudrais-je faire cause commune
avec eux ? C'est juste que je me rappelle
la facilité avec laquelle le monde civil devient brutal.
Si c'est le cas, nous aurons les mêmes ennemis.

Noël à Willesden Green

à mon petit-fils autiste

Quatorze ans, il a les yeux noirs comme de la résine,
les cheveux acajou ; c'est un petit elfe
aux lèvres délicates, à la peau claire, sans impuretés.
Les bougies parfumées et l'oie rôtie
au gosier farci de pommes ne l'intéressent pas.
Il fait claquer un fil qui pend et le relâche

saisit un biscuit salé qu'il déleste d'un coup sec
de son poisson fumé puis sourit soudain
comme amusé par quelque pensée espiègle
surgie d'un paysage hors de ma portée,
dont les chemins inconnus vont sous la parole.
Sur les vitres froides de Noël, une forte pluie

begins, like the crackle of crumpled cellophane,
or an untuned radio; while Johnny remains soundless,
like a small bird gathering twigs and loam,
completely absorbed in his own business:
gold wrapping paper and coloured ribbons
are the treasures he brings to his sofa home.

It is the first year in seven the whole family
has eaten with him; we have feared his wild
behaviour and forgotten his misfortune,
as if that pain belonged to other people. Now he is mild,
we relax in noise and wine. Is he bewildered
among so many strangers or reconciled?

s'annonce dans un crissement de cellophane froissée
ou de radio qui grésille ; Johnny lui reste silencieux
tel un petit oiseau rassemblant brindilles et terreau,
totalement absorbé par ce qui l'occupe :
papier d'emballage doré et rubans colorés
sont les trésors qu'il ramène au sofa, son refuge.

C'est la première fois en sept ans que la famille réunie
prend un repas avec lui ; nous avons craint sa conduite
sauvage et avons oublié son malheur,
comme si cette douleur n'était pas la nôtre. À présent qu'il est calme,
nous nous détendons bruyamment en buvant du vin. Se sent-il perdu
ou bien apaisé parmi tant d'inconnus ?

ROY FISHER
(1930-2017)

Occupant en Angleterre la position paradoxale de moderniste accessible et apprécié, Roy Fisher est fortement enraciné dans sa région natale des Midlands où il puise les thèmes majeurs de son œuvre : « Birmingham est ce qui me sert à penser[1]. » Il s'inspire là du *Paterson* de William Carlos Williams ainsi que d'autres Américains, Charles Olson et Robert Creeley. Il se situe cependant également dans la lignée du modernisme anglais, celui de David Jones et de Basil Bunting, par sa manière de relier les paysages à l'histoire et aux civilisations disparues, non par nostalgie de quelque âge d'or mais afin d'élaborer une sorte de palimpseste qui rende compte de la sensibilité du monde moderne. Cherchant une appréhension du flux, de la recomposition et de la décomposition, son écriture antipastorale met en scène le processus mental tandis que sa vision objective et distanciée remet en cause avec scepticisme à la fois le sublime romantique et le réalisme anglais. Après des études à l'université de Birmingham, il a enseigné dans le secondaire puis à l'université de Keele. Il fut également musicien de jazz.

---

1. « Birmingham is what I think with », cité par Sean O'Brien, *op. cit.*, p. 113. *(Sauf mention contraire, toutes les notes qui suivent sont de la traductrice.)*

Birmingham River

Where's Birmingham river? Sunk.
Which river was it? Two. More or less.

History: we're on our tribal ground. When they
moved in from the Trent, the first English

entered the holdings and the bodies of the people
who called the waters that kept them alive

Tame, the Dark River*; these English spread their works*
southward then westward, then all ways

for thirty-odd miles, up to the damp tips of the thirty-odd
weak headwaters of the Tame. By all of the Tame

they settled, and sat, named themselves after it:
Tomsaetan. *And back down at Tamworth, where the river*

La rivière de Birmingham

Où est la rivière de Birmingham ? Engloutie.
Quelle rivière ? Il y en eut deux. Plus ou moins.

L'Histoire : nous sommes sur notre sol tribal. Lorsqu'ils
quittèrent la Trent pour s'installer ici, les premiers Anglais

pénétrèrent les domaines et les corps de ceux
qui nommaient les eaux les gardant en vie

Tame, *la Rivière Sombre* ; les mêmes poursuivirent leur
avancée
vers le sud, l'ouest puis en tous sens sur une

trentaine de kilomètres, jusqu'aux abords humides
d'une trentaine de ses petites sources. Tout le long de la
Tame

ils s'installèrent, se fixèrent, adoptèrent son nom :
Tomsaetan. C'est plus bas à Tamworth, là où la rivière

almost began to amount to something,
the Mercian kings kept their state. Dark

because there's hardly a still expanse of it
wide enough to catch the sky, the Dark River

mothered the Black Country and all but
vanished underneath it, seeping out from the low hills

by Dudley, by Upper Gornal, by Sedgley, by
Wolverhampton, by Bloxwich, dropping morosely

without a shelf or a race or a dip,
no more than a few feet every mile, fattened

a little from mean streams that join at
Tipton, Bilston, Willenhall, Darlaston,

Oldbury, Wednesbury. From Bescot
She oozes a border round Handsworth

where I was born, snakes through the flat
meadows that turned into Perry Barr,

passes through Witton, heading for the city
but never getting there. A couple of miles out

she catches the timeless, suspended
scent of Nechells and Saltley–coal gas,

commence à ressembler à quelque chose
que les rois de Mercie édifièrent leur État. Sombre

parce qu'elle ne présente aucune surface d'eau calme
assez grande pour refléter le ciel, la Rivière Sombre

a donné naissance au Pays Noir disparaissant
presque en dessous, revenant sourdre des coteaux

près de Dudley, Upper Gornal, Sedgley,
Wolverhampton, Bloxwich, s'abaissant avec morosité

de guère plus de quelques mètres par kilomètre,
sans le moindre écueil, rapide ni chute, à peine

grossie par de maigres ruisseaux la rejoignant à
Tipton, Bilston, Willenhall, Darlaston,

Oldbury, Wednesbury. À partir de Bescot
elle trace une frontière humide autour de Handsworth

où je suis né, serpente à travers les prairies
plates devenues Perry Barr,

traverse Witton, prenant la direction de la ville
sans jamais l'atteindre. Environ trois kilomètres

plus loin elle prend l'odeur intemporelle
flottant au-dessus de Nechells et Saltley – gaz de houille,

sewage, smoke–turns and makes off
for Tamworth, caught on the right shoulder

by the wash that's run under Birmingham,
a slow, petty river with no memory of an ancient

name; a river called Rea *meaning* river,
and misspelt at that. Before they merge

they're both steered straight, in channels
that force them clear of the gasworks. And the Tame

gets marched out of town in the policed calm
that hangs under the long legs of the M6.

These living rivers
turgidly watered the fields, gave

drink; drove low-powered mills, shoved
the Soho Works into motion, collected waste

and foul waters. Gave way to steam,
collected sewage, factory poisons. Gave way

to clean Welsh water, kept on collecting
typhoid. Sank out of sight

under streets, highways, the back walls of workshops;
collected metals, chemicals, aquicides. Ceased

eaux usées, fumée –, tourne et se dirige vers
Tamworth, rejointe sur la rive droite

par le filet d'eau qui est passé sous Birmingham,
petite rivière lente et minable sans nom ancien

resté dans la mémoire, appelée *Rea* ce qui signifie *rivière,*
mal orthographié de surcroît. Avant qu'elles ne confluent

toutes deux sont dirigées de force dans des canaux
qui les font contourner l'usine à gaz. La Tame

finit par se faire expulser de la ville vers le calme policé
qui plane sous les longues jambes de l'autoroute M6.

Ces rivières vivantes ont
abondamment arrosé les champs, donné

à boire ; entraîné des moulins de faible puissance, fait
marcher les Manufactures de Soho, collecté les déchets

et les eaux sales. Cédé la place à la vapeur,
collecté les eaux usées, les poisons industriels. Cédé la
place

à l'eau propre du pays de Galles, continué de capter
la typhoïde. Ont été englouties loin des regards

sous les rues, les avenues, les murs arrières des ateliers ;
ont ramassé métaux, produits chimiques, herbicides. Cessé

to draw lines that weren't cancelled or unwanted; became drains, with no part in anybody's plan.

de tracer des traits qui ne soient ni effacés ni indésirables ;
sont devenues
égouts, sans plus aucun rôle dans les projets de quiconque.

DEREK WALCOTT
(1930-2017)

Celui qui fut l'un des grands virtuoses du lyrisme de langue anglaise nous livre ici une sorte de testament poétique. Derek Walcott naquit en 1930 à Sainte-Lucie, ancienne colonie britannique des Antilles, dans une famille méthodiste d'ascendance à la fois européenne et africaine. Dans *Omeros* (1990), poème épique, souvent cité comme son meilleur recueil, c'est toute la tradition européenne qui semble revitalisée par de flamboyantes descriptions du paysage caribéen. Le poète revendique ainsi son double héritage, un attachement charnel à sa terre natale et un grand respect pour la littérature anglaise qu'il considère cependant à distance : « spectateur de ce que j'admire, qui est séparé de ce que je suis[1] ».

1. « When I come to England, I don't claim England, I don't own it. I feel a great kinship because of the literature and the landscape. I have a great affection for Edward Thomas and Philip Larkin, but there's still this distance: looking on at what I'm admiring, separate from what I am. », cité par Stephen Moss, *The Guardian*, 3 mai 2012. « Lorsque je viens en Angleterre, je ne revendique pas ce pays, il ne m'appartient pas. Je ressens une grande parenté à cause de la littérature et du paysage. J'ai beaucoup d'affection pour Edward Thomas et Philip Larkin, mais il demeure cependant une sorte de distance : je suis spectateur de ce que j'admire, et qui est séparé de ce que je suis. »

White Egrets

I

Cautious of time's light and how often it will allow
the morning shadows to lenghthen across the lawn
the stalking egrets to wriggle their beaks and swallow
when you, not they, or you and they, are gone;
for clattering parrots to launch their fleet at sunrise
for April to ignite the African violet
in the drumming world that dampens your tired eyes
behind two clouding lenses, sunrise, sunset,
the quiet ravages of diabetes.
Accept it all with level sentences
with sculpted settlement that sets each stanza,
learn how the bright lawn puts up no defences
against the egret's stabbing questions and the night's answer.

II

The elegance of those white, orange-billed egrets,
each like a stalking ewer, the thick olive trees,
cedars consoling a stream that roars torrentially

Les aigrettes blanches

I

Soucieux de la lumière du temps et du nombre de fois
qu'elle laissera s'étirer sur le gazon les ombres matinales,
les fières aigrettes tortiller le bec en avalant,
alors que toi, sinon elles, ou toi avec elles, aurez disparu ;
les perroquets bavards lancer leur flotte à l'aube,
avril enflammer de violet d'Afrique
le monde tambourinant qui mouille tes yeux las
derrière deux lentilles troubles, aube, couchant,
lents ravages du diabète.
Accepte tout cela en phrases mesurées
en constat sculpté imprimé dans chaque strophe,
apprends comme l'herbe qui brille n'offre aucune défense
contre les questions lancinantes de l'aigrette et la réponse
de la nuit.

II

Quelle élégance ces aigrettes blanches au bec orangé,
chacune telle une aiguière altière, les oliviers épais,
les cèdres consolant un ruisseau qui rugit, torrentiel,

in the wet season; into that peace
beyond desires and beyond regrets,
at which I may arrive eventually,
whose palms droop in the sun like palanquins
with tigerish shadows under them. They shall
be there after my shadow passes with all its sins
into a green thicket of oblivion,
with the rising and setting of a hundred suns
over Santa Cruz Valley when I loved in vain.

III

I watch the huge trees tossing at the edge of the lawn
like a heaving sea without crests, the bamboos plunge
their necks like roped horses as yellow leaves, torn
from the whipping branches, turn to an avalanche;
all this before the rain scarily pours from the burst,
sodden canvas of the sky like a hopeless sail,
gusting in sheets and hazing the hills completely
as if the whole valley were a hull outriding the gale
and the woods were not trees but waves of a running sea.
When light cracks and thunder groans as if cursed
and you are safe in a dark house deep in Santa
Cruz, with the lights out, the current suddenly gone,
you think: "Who'll house the shivering hawk, and the
impeccable egret and the cloud-coloured heron,
and the parrots who panic at the false fire of dawn?"

à la saison humide ; au sein de cette paix
d'au-delà des désirs, d'au-delà des regrets
à laquelle il se peut qu'un jour je parvienne,
dont les palmiers pendent au soleil tels des palanquins
projetant sur le sol leurs ombres tigrées. Elles seront
là encore après que mon ombre, chargée de tous ses péchés,
aura disparu dans le vert fourré de l'oubli,
avec les levers et couchers d'une centaine de soleils
sur la Vallée de Santa Cruz où j'aimai en vain.

III

J'observe les arbres énormes du bord de la pelouse secoués
comme une mer houleuse sans crêtes, les bambous courber
le cou tels des chevaux attachés alors que les feuilles
jaunes arrachées aux branches cinglantes tombent en avalanche ;
avant que la pluie ne se déverse effroyablement de la toile trempée,
déchirée du ciel semblable à une dérisoire voile de navire,
drapant de ses rafales les collines entièrement embrumées
comme si toute la vallée était une coque ballottée dans la tempête,
les forêts faites non d'arbres mais de vagues d'une mer déchaînée.
Quand claquent les éclairs et que le tonnerre gronde
comme s'il était maudit et qu'au fond de Santa
Cruz vous êtes en sûreté dans une maison obscure,
toutes lumières éteintes, le courant soudain coupé,
vous vous dites : « Qui va abriter le faucon tremblant,
l'impeccable aigrette, le héron couleur de nuage,
et les perroquets qui paniquent au feu factice de l'aube ? »

IV

These birds keep modelling for Audubon,
the Snowy Egret or White Heron in a book
that, in my youth, would open like a lawn
in emerald Santa Cruz, knowing how well they look,
strutting perfection. They speckle the islands
on river-bank, in mangrove marsh or cattle pasture,
gliding over ponds, then balancing on the ridge
of a silken eifer, or fleeing disaster
in hurricane weather, and picking ticks
with their electric stab as if it were sheer privilege
to study them in their mythical conceit
that they have beat across the sea from Egypt
with the pharaonic ibis, its orange beak and feet
profiled in quiet to adorn a crypt,
they launch themselves with wings that, beating faster,
are as certain as a seraph's when they beat.

V

The perpetual ideal is astonishment.
The cool green lawn, the quiet trees, the forest
on the hill there, then, the white gasp of an egret sent
sailing into the frame then teetering to rest
with its gawky stride, erect, an egret-emblem!
Another thought surprises: a hawk on the wrist
of a branch, soundlessly, like a falcon,
shoots into heaven, circling above praise or blame,

IV

Ils ne font que prendre la pose pour Audubon, ces oiseaux,
Aigrette Neigeuse ou Héron Blanc, dans un livre
qui, dans ma jeunesse, s'ouvrait telle une pelouse
dans Santa Cruz d'émeraude, sûrs de leur apparence,
la perfection se pavanant. Ils parsèment les îles :
berges des fleuves, mangroves ou pâtures à bétail,
glissant sur les mares, puis se balançant sur l'échine
d'une génisse soyeuse, ou fuyant le désastre
quand l'ouragan menace, et ôtant les tiques
de leur bec électrique comme si c'était un pur privilège
de les étudier dans leur prétention mythique
d'avoir traversé la mer à tire-d'aile depuis l'Égypte
avec l'ibis pharaonique aux bec et pattes orange
profilés en secret pour orner une crypte,
puis se lancent d'un battement d'ailes qui s'accélère
pour devenir tout aussi affirmé que celui d'un ange.

V

L'idéal perpétuel, c'est l'étonnement.
Frais gazon vert, arbres tranquilles, forêt
sur la colline puis, intrusion blanche d'une aigrette
lancée dans le cadre à toutes voiles avant de se poser en
titubant,
démarche gauche, bien droite, l'emblème même de l'aigrette !
Une autre pensée surprend : un faucon sur le poignet
d'une branche, sans bruit comme sied à un faucon,
s'élance dans le ciel, tournoyant au-dessus de l'éloge ou
du blâme,

with the same high indifference as yours,
now dropping to tear a field mouse with its claws.
The page of the lawn and this open page are the same,
an egret astonishes the page, the high hawk caws
over a dead thing, a love that was pure punishment.

VI

I hadn't seen them for half of the Christmas week,
the egrets, and no one told me why they had gone,
but they are back with the rain now, orange beak,
pink shanks and stabbing head, back on the lawn
where they used to be in the clear, limitless rain
of the Santa Cruz Valley, which, when it rains, falls
steadily against the cedars till it mists the plain.
The egrets are the colour of waterfalls,
and of clouds. Some friends, the few I have left,
are dying, but the egrets stalk through the rain
as if nothing mortal can affect them, or they lift
like abrupt angels, sail, then settle again.
Sometimes the hills themselves disappear
like friends, slowly, but I am happier
that they have come back now, like memory, like prayer.

avec la même indifférence hautaine que la tienne,
puis plonge pour lacérer de ses griffes un mulot.
La page de la pelouse et cette page ouverte sont semblables,
une aigrette étonne la page, le faucon hautain miaule
sur un objet mort, un amour qui fut pur châtiment.

VI

Je ne les avais pas vues depuis le milieu de la semaine de Noël,
les aigrettes, personne ne m'avait dit pourquoi elles étaient parties,
mais les voici de retour avec la pluie, bec orange,
pattes roses et tête acérée, sur la pelouse,
à leur place habituelle, dans la pluie claire, infinie
de la vallée de Santa Cruz qui, lorsqu'elle tombe, s'abat
régulièrement sur les cèdres jusqu'à ce que la plaine s'embrume.
Les aigrettes ont la couleur des cascades
et des nuages. Le peu d'amis qu'il me reste sont proches de la mort
mais les aigrettes traversent majestueusement la pluie
comme si rien de mortel ne les touchait, ou bien s'élèvent,
anges abrupts, voguant avant de se poser encore.
Parfois, les collines elles-mêmes disparaissent
comme les amis, lentement, mais je me sens plus heureux
à présent qu'elles sont revenues, comme la mémoire, la prière.

VII

With the leisure of a leaf falling in the forest,
pale yellow spinning against green–my ending.
Soon it will be the dry season, the hills will rust,
the egrets dip their necks undulant, bending,
stabbing at worms and grubs after the rain,
sometimes erect as bowling pins they stand
as strips of cotton-wool peel from the mountain,
then when they move, gawkily, they move this hand
with their feet's splayed fingers, their darting necks.
We share one instinct, that ravenous feeding
my pen's beak, plucking up wriggling insects
like nouns and gulping them, the nib reading
as it writes, shaking off angrily what its beak rejects,
selection is what the egrets teach
on the wide open lawn, heads nodding as they read
in purposeful silence, a language beyond speech.

VIII

We were by the pool of a friend's house in St. Croix
and Joseph and I were talking; he stopped the talk,
on this visit I had hoped that he would enjoy
to point out, with a gasp, not still or stalking
but fixed in the great fruit tree, a sight that shook him
"like something out of Bosch," he said. The huge bird was

VII

Avec la lenteur d'une feuille qui tombe dans la forêt,
jaune pâle tourbillonnant sur fond vert – ainsi sera ma fin.
Bientôt viendra la saison sèche, les collines roussiront,
les aigrettes ploieront leur cou ondulant, se baissant
pour viser vers et larves après la pluie,
quelquefois raides comme des quilles, immobiles
parmi les floches de coton arrachées à la montagne,
puis lorsqu'elles bougeront leurs pattes aux doigts écartés,
leurs cous élancés, gauchement, elles feront se mouvoir
ma main.
Nous avons un instinct en commun, la même voracité,
le bec de mon stylo picore ces insectes grouillants,
les noms, avant de les engloutir, ma plume lit
à mesure qu'elle écrit, secouant rageusement ce que son
bec rejette,
la sélection, voilà ce qu'enseignent les aigrettes
sur le gazon grand ouvert, hochant la tête cependant
qu'elles lisent
dans un silence avisé, une langue d'au-delà la parole.

VIII

Nous étions Joseph et moi chez des amis à Sainte-Croix
en train de parler près de la piscine lors d'une visite
dont j'avais espéré qu'elle lui ferait plaisir ; il s'arrêta net
pour signaler, souffle coupé, une vision ni immobile ni
hostile
mais figée dans le grand arbre fruitier, dont la vue l'ébranla
« comme sortie d'un tableau de Bosch », dit-il. L'énorme
oiseau

suddenly there, perhaps the same one that took him,
a sepulchral egret or heron; the unutterable word was
always with us, like Eumaeus, a third companion
and what got him, who loved snow, what brought it on
was that the bird was such a spectral white.
Now when at noon or evening on the lawn
the egrets soar together in noiseless flight
or tack, like a regatta, the sea-green grass,
they are seraphic souls, as Joseph was.

était apparu soudainement, celui-là même peut-être qui
l'emporta,
aigrette ou héron sépulcral ; tel Eumée compagnon tiers
le mot imprononçable ne nous quittait plus
et ce qui le frappa lui qui aimait la neige, la cause de son
émoi
était que l'oiseau fût d'un blanc si spectral.
À présent, lorsque sur le gazon, à midi ou le soir,
les aigrettes prennent leur essor en silence
ou virent comme une régate sur l'herbe vert marin
ce sont, comme Joseph, des âmes de séraphins.

RUTH FAINLIGHT

(1931)

Poète mais également traductrice du grec, de l'espagnol et du portugais, Ruth Fainlight refuse qu'on lui assigne une identité quelconque. Née à New York d'un père anglais et d'une mère austro-hongroise, celle qui vit en Angleterre depuis l'âge de quinze ans et fut l'épouse du romancier Alan Sillitoe déclare : « Je ne tiens pas à ce que l'on m'appelle poète américain, poète anglais, femme poète, ou, le ciel m'en préserve, poète juive, je suis un poète de langue anglaise[1]. »

Amie de Sylvia Plath dans les années 1950, elle se sent comme une survivante, consciente des divisions du féminin partagé entre puissance créatrice et pouvoir destructeur. Sensible à la difficulté, pour une femme, d'être à la fois le poète et sa propre muse, elle les fait dialoguer dans leur altérité respective. Ainsi se sert-elle d'une série de masques, menant sa quête de lucidité et d'autorité avec une volonté de fer, sous le signe ambigu de la Sibylle ou celui de la lune changeante, autre figure favorite.

1. Ruth Fainlight, entretien avec Melanie Petch (avril 2004) cité dans Melanie Petch, « The Mid-Atlantic Imagination », *Cambridge Companion to Twentieth Century British and Irish Women's poetry,* Cambridge University Press, 2011.

Burning Wire

I The Medium

Rein back from thought until
you are its medium–or
force mind forward like
a burning wire into the core
of question, explore the process
of release and tension.

The medium is ink
and paper, the product, you hope
–holding your breath before
you dare to judge the simplest
word or metaphor–
is something like a poem.

II The Nightingale

I was hoping the nightingale would go somewhere else, sing
outside another window–then

Fil de fer brûlant

I Le médium

Refrène ta pensée jusqu'à
devenir son médium – ou bien
oblige l'esprit à s'enfoncer tel
un fil de fer brûlant au cœur
du questionnement, explore le processus
de relâchement et de tension.

Le médium, c'est l'encre
et le papier, le résultat tu l'espères
– retenant ton souffle avant
d'oser juger moindre
mot ou métaphore –
quelque chose qui ressemble à un poème.

II Le rossignol

J'espérais que le rossignol s'en irait chanter ailleurs,
sous une autre fenêtre – et puis

had to laugh at myself, as I groped for my earplugs. I tried
to get back to sleep, but the nightingale

forced its song like a cauterising wire into the dark,
demanding a poem.

Insistence

I never thought I would be writing about the moon
at my age
nor that a full moon could still keep me awake,
restless, excited,
all through a summer's night, like the old days.

But this insistent moon, bright rock in a dark sky,
blatantly present
when the curtains are parted, demands response.
For one moment
I am confused, uncertain, a girl again.

Then confident as she, return that gaze.
While she insists

ai fini par rire de moi qui cherchais à tâtons mes boules Quies. J'ai essayé
de me rendormir, mais le rossignol,

transperçant les ténèbres tel un fil à cautériser,
a exigé un poème.

Insistance

Je n'aurais jamais cru que j'écrirais sur la lune
à mon âge
ni que la pleine lune pourrait encore me tenir éveillée
fébrile, excitée
pendant toute la durée d'une nuit d'été, comme au bon vieux temps.

Mais cette lune insistante, roc brillant dans un ciel sombre
présence intempestive
dans l'ouverture des rideaux, exige qu'on réagisse.
L'espace d'un instant
je suis troublée, indécise, comme si j'étais encore une gamine.

Puis, avec la même assurance qu'elle, je lui rends son regard.
Tandis qu'elle persiste

her kindliness, I realise that nothing has changed:
to be the watchful,
solitary sister of the moon is still my fate.

XVI
Legends of Sheba

Sheba was called Balkis in Yemen;
by the cabbalists, Lilith,
riddle-poser, dark sister
of the Shekinah; in Abyssinia
Candace or Makeda the Southern Queen.

She was named the mother of many:
Nebuchadnezzar, who wrecked
his father's Temple; the magus kings
who worshipped Yahveh's son;
and Menelik, first Lion of Judah.

Like a sybil, Sheba
prophesied the coming of Christ.
A pagan, yet she foretold
Islam's triumph. She acknowledged
Solomon's true wisdom.

Thirty silver coins
among the gifts she brought
to Solomon, were looted

dans sa bienveillance, je m'aperçois que rien n'a changé :
être la vigilante
sœur solitaire de la lune est toujours mon destin.

XVI
Légendes de la reine de Saba

Saba était appelée Balqis au Yémen ;
par les kabbalistes, Lilith,
poseuse d'énigmes, sœur sombre
de la Shékinah ; en Abyssinie
Candace ou Makéda, reine du Sud.

On lui attribua de nombreux enfants :
Nabuchodonosor qui détruisit
le Temple de son père ; les rois mages
qui célébrèrent le fils de Yahvé ;
et Ménélik, premier Lion de Juda.

Telle une sibylle, Saba
fit la prophétie de la venue du Christ.
Bien que païenne, elle prédit
le triomphe de l'islam. Elle reconnut
la véritable sagesse de Salomon.

Trente pièces d'argent
figurant parmi ses présents
à Salomon furent dérobées

from the Temple's treasure–
house by Nebuchadnezzar,

but reappeared
as the same ones offered
to Jesus by the three wise men;
then played a further part in
the story as payment to Judas.

And always, in every legend,
those hairy legs.

à la salle du trésor du Temple
par Nabuchodonosor

avant de réapparaître
sous forme d'offrande
faite à Jésus par les trois sages,
puis de jouer un nouveau rôle dans l'histoire
lorsqu'elles servirent à payer Judas.

Et toujours, dans chacune de ces légendes,
les mêmes jambes poilues.

GEOFFREY HILL

(1932-2016)

Figure majeure de la poésie anglaise contemporaine, Geoffrey Hill, né dans une famille de milieu modeste à Bromsgrove dans le Worcestershire, a étudié la littérature anglaise à Oxford avant de l'enseigner à l'université de Leeds, à Cambridge puis, à partir de 1988, à Boston aux États-Unis. Il a été nommé en 2010 au prestigieux poste de professeur de poésie de l'université d'Oxford. Fortement marqué par l'Holocauste qui lui inspire ses premiers poèmes, il mène une réflexion sur la théologie chrétienne, l'histoire et la violence à contre-courant de la poésie du Mouvement. Dès *King Log* (1968), il s'interroge sur la barbarie et la responsabilité de l'artiste, comme dans *The Mystery of the Charity of Charles Péguy* (1983). Mais pour celui qui se proclamait le dernier des grands modernistes, disciple d'Ezra Pound et de sa critique de l'argent, la poésie est affaire de valeurs, de tradition et de mémoire. Souvent considéré comme son chef-d'œuvre, *Mercian Hymns* (1971), suite de trente poèmes en prose, superpose les souvenirs d'enfance du poète au règne du roi Offa dans la Mercie du VIIIe siècle. Aux accusations d'obscurité Geoffrey Hill répondait qu'il faisait honneur à son public en le considérant intelligent et que l'on ne pouvait traiter simplement les sujets complexes que se doit d'aborder la poésie.

Citations I

This not quite knowing what the earth requires:
earthiness, earthliness, or things ethereal;
whether spiritus mundi notices bad faith
or if it cares; defraudings at the source,
the bare usury of the species. In the end
one is as broken as the vows and tatters,
petitions with blood on them, the charred prayers
spiralling godwards on intense thermals.

No decent modicum, agreed. I'd claim
the actual is at once cruder and finer,
without fuss carrying its own weight. Still
I think of poetry as it was said
of Alanbrooke's war diary: a work done
to gain, or regain, possession of himself,
as a means of survival *and, in that sense,*
a mode of moral life.

Citations I

Sait-on vraiment ce que demande la terre :
du terre à terre, du terrestre ou de l'éthéré ;
et si le spiritus mundi s'intéresse ou non
à la mauvaise foi ; à l'escroquerie à la source,
à l'usure éhontée de l'espèce. En fin de compte
on se retrouve aussi brisé que des serments en miettes,
des pétitions ensanglantées, des prières calcinées
montant vers le divin sur des colonnes d'air brûlant.

Pas une once de décence, c'est entendu. J'affirme
que la réalité est à la fois plus brutale et plus belle,
qu'elle suit son cours sans faire de bruit. Pourtant
je pense que la poésie rejoint ce que l'on a dit
des mémoires de guerre d'Alan Brooke[1] : un travail visant
à prendre ou reprendre *possession de soi-même,*
un moyen de survie et, en ce sens-là,
un mode de vie morale.

1. Alan Francis Brooke (1883-1963), vicomte d'Alanbrooke, est un militaire britannique qui joua un rôle de premier plan auprès de Winston Churchill pendant la Seconde Guerre mondiale.

Coda

1

Shredded–my kite–in the myriad-snagged
crabapple crown, the cane cross-piece flailing;
a dark wind visible even deep in the hedge.
I knew then how much my eros
was emptiness, thorn-fixed on desolation,
as rain rode up Severn and we, on high ground
eastward, scarped and broke it, like some beleaguered
folk of the Heptarchy.

2

If it's the brunt of years and luck turned savage
this is our last call, difficult coda
to the facility, the bane of speech,
a taint of richesse in the haggard seasons,
withdrawing a Welsh iron-puddler's portion, his
penny a week insurance cum burial fund,
cashing in pain itself, stark induration,
something struck off, brought home, stuck on the mantel,

Coda

1

En charpie – mon cerf-volant – à la cime du pommier sauvage
hérissé de myriades de pièges, croix de rotin échouée en l'air ;
vent noir visible jusqu'au plus profond de la haie.
C'est alors que j'ai su combien mon éros
était le vide, accroché aux épines de la désolation,
alors que la pluie montait sur la Severn et qu'escaladant
l'escarpement vers l'est nous l'affrontions, pareils à une troupe
cernée de l'Heptarchie.

2

Si tel est le ravage des ans et la cruauté du sort
voici notre conclusion, difficile coda
à la facilité du discours, à son poison,
soupçon de richesse dans le désarroi des saisons,
c'est-à-dire récupérer la part d'un ouvrier des forges gallois, son
assurance à un penny la semaine frais funéraires inclus
se payant sur la douleur elle-même, comble de l'endurcissement,
un objet que l'on a extrait, que l'on ramène chez soi, que l'on pose sur la cheminée,

3

industry's knack, say, of bright Whitby jet,
randomness added to, the Family Bible
its own inventory. Egregious Randolph Ash,
Possession–*the film–excited me, the sex,*
those marked-up brooches, sombre aery genius
ours at a price. Insuperable jokes
as someone far off said, hilariously.
The things that strike us can be patented.

4

I add on oath (as prudent as you get)
that the Welsh puddler's my great grandfather,
from near Newtown, brought to the Black Country
his house on Furnace Row *stands in the census.*
This is as formal as a curse or cry,
the verse, I mean. Puddling's a way of life
and deadly in its kind, but more an art
than is some hammered threnos. Even so.

5

Write that I saw how much is gift-entailed,
great grandson, and son, of defeated men,
in my childhood, that is; even so I hope–
not believe, hope–our variously laboured
ways notwithstanding–we shall accountably

3

produit d'industrie, en jais brillant de Whitby,
avec une part d'aléatoire en lui, la Bible familiale
son propre inventaire. M'ont passionné *Possession*[1]
– le film –, l'éminent Randolph Ash, le sexe,
les broches de valeur, le sombre génie éthéré,
le coût de l'héritage. *Une vaste blague*
ai-je entendu quelqu'un dire de loin dans un éclat de rire.
On peut faire marque déposée de tout ce qui nous frappe.

4

J'ajoute sous serment (on n'est jamais trop prudent)
que le forgeron gallois est mon arrière-grand-père,
émigré des environs de Newtown jusqu'au Pays Noir,
dont la maison *rue des Fourneaux* figure au recensement.
C'est aussi formel qu'une malédiction ou un cri,
à mon sens, la poésie. Forger est un style de vie,
meurtrier à sa manière, mais plus encore un art
que de marteler le premier thrène venu. Vraiment.

5

Pour finir j'ai compris l'importance du don,
moi, l'arrière-petit-fils, et fils d'hommes vaincus,
dans mon enfance, du moins ; malgré cela j'espère –
ne crois pas, espère – qu'en dépit de nos métiers
différents – nous nous lancerons en toute responsabilité

---

1. *Possession* (2002), film du réalisateur Neil LaBute inspiré du roman de A. S. Byatt (1990). Il relate l'enquête de deux universitaires sur le mystère entourant la vie amoureuse d'un poète victorien maudit : Randolph Henry Ash.

launch into death on a broad arc; our dark
abrupt spirit with fourth day constellations
that stood assembled to its first unknowing–

6

which is an abashed way invoking light,
the beatific vision, a species of heaven,
the presence of the first mover and all that,
great grandfather and Dante's Paradiso
understanding each other straight-on, to perfection.
I fear to wander in unbroken darkness
even with those I love. I know that sounds
a wicked thing to say.

sur le grand arc de la mort, l'esprit sombre
et abrupt en compagnie des constellations du quatrième
 jour,
réunies au moment de l'ignorance originelle –

6

ce qui est façon confuse d'évoquer la lumière,
la vision béatifique, une sorte de paradis,
la présence du premier moteur et cetera,
mon arrière-grand-père et *Le Paradis* de Dante
se comprenant l'un l'autre d'emblée, à la perfection.
J'ai peur d'errer dans des ténèbres infinies
même avec ceux que j'aime. Le dire, je le sais bien,
peut paraître cruel.

ANNE STEVENSON
(1933-2020)

Plus que les mots, ce qui compte pour Anne Stevenson, ce sont les sons qui les relient et qui, comme dans une chanson, transmettent des émotions indéfinissables. Née de parents américains, fille de philosophe, elle a partagé sa jeunesse entre les États-Unis et l'Angleterre où elle s'est définitivement installée dans les années 1960. Cherchant toujours son angle de vision propre, elle a comme lieu de prédilection la frontière, « le meilleur endroit d'où l'on peut voir des deux côtés ». En cela, elle a des affinités avec l'Américaine Elizabeth Bishop à qui elle a d'ailleurs consacré plusieurs études critiques. Elle est également l'autrice d'une biographie de Sylvia Plath, autre immigrée américaine, figure incontournable pour sa génération et par rapport à laquelle elle se positionne : « Une des manières d'échapper au dilemme femme / écrivain est d'écrire à son propos[1]. » Si elle souffre elle-même à ses débuts de l'enfermement domestique, elle ne se déclare pas pour autant féministe, revendiquant le droit du poète quel que soit son sexe à s'approprier la tradition. Elle pratique un lyrisme méditatif, s'émerveillant du quotidien, se plaît à cultiver son « éternel étonnement » face à l'existence, souvent avec humour, toujours dans un grand souci de clarté et de simplicité. Ainsi la situe-t-on souvent dans la lignée d'Emily Dickinson et des écrivains puritains de Nouvelle-Angleterre.

1. « One way out of the dilemma of the woman/writer is to write about the dilemma itself. », Anne Stevenson, « Writing As a Woman », *The Iceberg and the Ship*, The University of Michigan Press, 1998, p. 8.

Letter to Sylvia Plath

They are great healers, English springs.
You loved their delicate colourings–
sequential yellows, eggshell blues–
not pigments you preferred to use,
lady of pallors and foetal jars
and surgical interiors.
But wasn't it warmth you wanted most?

These Grantchester willows keep your ghost,
young and in love and half way through
the half-life that was left to you.
The Cam still crawls through patient grass,
preserving ephemerals in glass.
A bull thrush shout from a willow thicket,
Catch it! Catchit! Catchit! Catchit!
Catch what? An owl in a petalled dress?
The gnarl at the root of a distress?

Dear Sylvia, we must close our book.
Three springs you've perched like a black rook

Lettre à Sylvia Plath

Quels formidables guérisseurs, les printemps anglais.
Tu en appréciais les coloris délicats –
suites de jaunes, bleus coquille d'œuf –
pas vraiment tes pigments de prédilection,
toi dame des pâleurs, du bocal fœtal
et des intérieurs chirurgicaux.
N'était-ce pas cependant de chaleur, que tu manquais le
plus ?

Les saules de Grantchester gardent ton fantôme,
jeune, amoureux, à mi-chemin
de la vie tronquée qui te fut impartie.
La Cam rampe toujours dans l'herbe patiente,
gardant sous globe les éphémères.
Le cri d'une grive monte d'un fourré :
Saisis ! Saisis ! Saisis ! Saisis ! Saisis !
Saisis quoi ? Une chouette en robe de pétales ?
Le nœud où s'enracine le chagrin ?

Chère Sylvia, il faut mettre fin à notre histoire.
Trois printemps tu t'es perchée tel un corbeau

between sweet weather and my mind.
At last I have to seem unkind
and exorcise my awkward awe.
My shoulder doesn't like your claw.

Yet first, forgiveness. Let me shake
some echoes from old balled eye Blake
over your grave and praise in rhyme
the fiercest poet of our time–
you with your outsized gift for joy
who did the winged life destroy,
and bought with death a mammoth name
to set in the cold museum of fame.

Your art was darkness. No, your art
was a gulping candle in the dark.
In the beginning was a curse:
a hag, a drowned man and a nurse
hid in the mirror of the moon
unquietly to work your doom.
A dissolute nun, you had to serve
the demon muse who peeled your nerve
and fuelled your energy with hate.

Malevolent will-power made you great,
while round you in the Sacred Wood
tall archetypal statues stood
rooted in air and in your mind.
The proud impossibles loomed behind,
pilasters buttressing a frieze
of marble, moonlit amputees.

entre la douceur du temps et mon esprit.
Il faut qu'au risque de paraître désagréable
j'exorcise enfin ma terrible angoisse.
Mon épaule n'a que faire de tes griffes.

Mais d'abord, pardonner. Je vais répandre
sur ta tombe quelques échos de ce vieux Blake
aux yeux écarquillés et célébrer en vers
le poète le plus féroce de notre temps –
toi, douée d'un talent démesuré pour la joie,
qui finis par te brûler les ailes,
et payas de ta mort ton nom grandiose
entré au froid musée de la gloire.

Ton art était la noirceur. Non, ton art
était une bougie béant dans le noir.
Au commencement était une malédiction :
une sorcière, un noyé, une infirmière
dissimulés dans le miroir de la lune
pour manigancer ton destin funeste.
Nonne dissolue, il te fallut servir
la muse démoniaque qui t'écorchait les nerfs
et nourrissait ton énergie de haine.

Une maléfique volonté de puissance fit ta grandeur
tandis qu'autour de toi dans le Bois Sacré
s'élevaient de hautes statues archétypales
enracinées dans l'air et dans ton esprit.
Les fiers impossibles faisaient planer leur menace,
pilastres étayant une frise
de marbre, moignons éclairés par la lune.

Sylvia, I see you in this view
of glassy absolutes where you,
a frantic Alice, trip on snares,
crumple and drown in your own tears.
You were your own cave of crippled dreams
and ineradicable screams,
and you were the pure gold honey bee
prisoned in poisonous jealousy.

The gratitude and love you thought
the world would give you if you fought
for all your tears could not be found
in reputation's building ground.
O give the mole an eagle's soul
and watch it battling in its hole.

Because you were selfish and sad and died,
we have grown up on the other side
of a famous girl you didn't know.
The future is where the dead go
in rage, bewilderment and pain
to make and magnify their name.

Meanwhile the continuous present casts
longer reflections on the past.
Nothing has changed much. Famine, war
fatten your Spider as before.
Your hospital of bleeding parts
devours its haul of human hearts,
excreting what it cannot use

Je t'aperçois Sylvia, dans cette vision absolue
où telle une Alice frénétique
tu te prends aux pièges des miroirs,
dégringoles et te noies dans tes propres larmes.
Tu fus ton caveau de rêves contrariés,
de cris incompressibles,
tu fus la butineuse de miel, l'abeille d'or pur
prisonnière du poison de la jalousie.

La gratitude et l'amour dont tu pensais
que le monde te les donnerait si tu te battais
restèrent absents malgré toutes tes larmes
des chantiers de la renommée.
Donnez à la taupe l'âme d'un rapace,
elle se débat dans une impasse.

À cause de ton égoïsme, ta tristesse et ta mort,
nous avons grandi en face
de la fille célèbre que tu n'as pas connue.
Le futur, c'est là que vont les défunts
dans la rage, la perplexité, la douleur
pour se faire un nom et le magnifier.

En attendant, le présent continue de renvoyer
des ombres de plus en plus longues sur le passé.
Rien n'a vraiment changé. La famine, la guerre
continuent d'engraisser ton Araignée.
Ton hôpital d'organes sanglants
dévore son butin de cœurs humains,
excrétant ce dont il n'a pas besoin :

as celluloid or paper news;
eye for eye and tooth for tooth,
bomb for bomb and youth for youth.

Yet who would believe the colour green
had so many ways of being green?
In England, still, your poet's spring
arrives, unravelling everything.
A yellowhammer in the gorse
creates each minute's universe;
a blackbird singing from a thorn
is all the joy of being reborn.

Even in Heptonstall in May
the wind invites itself away,
leaving black stone to compromise
with stitchwort, dandelions and flies.
Tell me, do all those weeds and trees
strewing their cold longevities
over the garden of your bed
have time for you, now you are dead?

Behind the pricked-out drape of night
is there a sheet-white screen of light
where death meets birth to reconcile
the contradictions of your will?
Perfection is terrible, you said.
The perfect are baren, like the dead.

Yet life, more terrible, maunches on,
as blood-red light loops back at dawn,

actualités de celluloïd ou de papier ;
œil pour œil, dent pour dent,
bombe pour bombe, adolescent contre adolescent.

Qui donc eût dit que la couleur verte
avait tant de façons d'exprimer sa verdeur ?
Cependant voici venir en Angleterre
ton printemps de poète qui va tout clarifier.
Un bruant jaune dans les genêts
crée l'univers de chaque instant ;
un merle chantant d'une aubépine
incarne toute la joie de renaître.

Même à Heptonstall, au mois de mai,
le vent s'accorde un peu de congé,
laissant la pierre noire à ses compromis
avec les mouches, les stellaires, les pissenlits.
Dis-moi, tous ces arbustes et herbes folles
répandant leur calme longévité
sur le jardin de ton lit
ont-ils du temps pour toi, à présent que tu es partie ?

Derrière le rideau constellé de la nuit
y a-t-il un écran de lumière blanc comme un linceul
où mort et naissance se retrouvent pour réconcilier
les contradictions de ta volonté ?
La perfection est terrible, disais-tu.
Les parfaits sont stériles, comme les morts.

Cependant, plus terrible encore, la vie continue de broyer
quand revient l'arc de lumière sanglant à l'aurore,

seizing, devouring, giving birth
to the mass atrocity of the earth.
Poor Sylvia, could you not have been
a little smaller than a queen–
a river, not a tidal wave
engulfing all you tried to save?

Rather than not be justified
you sickened in loneliness and died,
while we live on in messy lives,
rueful or tired or barely wise.
Ageing we labour to exist.
Beyond existence, nothing is.
Out of this world there is no source
of yellower rape or golder gorse,
nor in the galaxy higher place,
I think, for human mind or face.

We learn to be human when we kneel
to imagination, which is real
long after reality is dead
and history has put its bones to bed.
Sylvia, you have won at last,
embodying the living past,
catching the anguish of your age
in accents of private rage.

saisissant, dévorant, engendrant
les crimes de masse de la terre.
Pauvre Sylvia, ne pouvais-tu te contenter d'être
un peu moins qu'une reine –
une rivière plutôt qu'une lame de fond
engloutissant tout ce que tu cherchais à sauver ?

Plutôt que de renoncer à être reconnue
tu as dépéri dans la solitude avant de succomber,
tandis que nous survivons dans nos vies décousues,
fatiguées, tristes ou tout juste sages.
Avec l'âge, exister requiert du travail.
Au-delà de l'existence, il n'y a rien.
Hors de ce monde, il n'est aucune espèce
de colza plus jaune ou de genêts plus dorés
et, dans la galaxie, nul lieu plus élevé,
à mon sens, pour l'esprit ou le visage.

On apprend à être humain lorsqu'on s'incline
devant l'imagination qui reste vraie
longtemps après que la réalité est morte
et que l'histoire a mis ses os au repos.
Sylvia, tu as enfin gagné,
tu incarnes la vigueur du passé,
tu as saisi le malaise de ton âge
dans les accents intimes de ta rage.

17:14 Out of Newcastle

Mostly feeling pity,
but sometimes fury
in the press of the crowd,

I scan it for an eye
to talk to, not aloud
but stealthily, quickly,

as one shade
might sign to another
in the queue for Avernus.

Here, we agree,
is where the incurious
or damned unlucky

live on in body
when the spirit dies.
On such a train,

in some murky
siding of a poet's brain,
Limbo was devised

where there's no agony
and no joy, either,
just fleshy emptiness

Train de 17 h 14 au départ de Newcastle

Le plus souvent avec pitié,
mais parfois avec colère
serrée dans la cohue,

je quête un regard
à qui m'adresser, pas trop fort
mais furtivement, vite

comme une ombre
ferait signe à une autre
dans la queue qui mène au lac Averne.

C'est bien là, vous en êtes d'accord,
que les indifférents
ou ceux qui manquent diablement de chance

poursuivent leur vie corporelle
après la mort de leur esprit.
C'est dans un train comme celui-ci

dans quelque obscur
recoin du cerveau d'un poète,
que les Limbes ont été inventées,

où il n'y a ni peine
ni joie non plus,
seulement un vide charnel

sweating out the space between
weary I-am-ness
and the unloved pack.

As face retreats from face
to coverts of soft porn,
football, lust in paperback,

the old, waste, token city
(church and castle)
vanishes along the line,

resurrecting in a chain of
rainbows–steel riveted
ribcage for the breathing Tyne.

Put down your book.
Lift up your eyes.
The river's awake and at work

in its leaping bridges.
Electric confetti
zig and zag along its pulse,

celebrating our immense
human smallness
with a carnival.

"Don't rot inside your body,
build your soul."
Could be its theme song.

qui transpire dans l'espace qui sépare
mon être-au-monde fatigué
de la masse mal aimée.

Alors que les regards s'évitent
s'abritant derrière le porno,
le football, les romans de gare,

la vieille ville type dévastée
(église et château)
disparaît le long de la voie,

avant de renaître en une série
d'arcs-en-ciel – cage thoracique
d'acier clouté à travers laquelle respire la Tyne.

Posez votre livre.
Levez les yeux.
Le fleuve éveillé est à l'œuvre

dans les ponts qui l'enjambent.
Des confettis électriques
zigzaguent au rythme de ses pulsations,

célébrant notre extraordinaire
petitesse humaine
par un carnaval.

« Ne pourrissez pas à l'intérieur de votre corps,
édifiez votre âme »
pourrait être son refrain.

We rattle over the rail bridge,
beating along.
Dum diddy, dum diddy…

There are too many of us.
Still, some undeniable voltage
wants to connect us.

Nous franchissons avec fracas le pont du chemin de fer,
en battant la mesure,
Boum, badaboum, boum badaboum…

Nous sommes trop nombreux.
Cependant, il semble évident qu'un irrésistible voltage
veuille à tout prix nous connecter.

FLEUR ADCOCK

(1934)

Accessible au grand public, Fleur Adcock occupe une place de choix dans la vie littéraire anglaise, sensible sans doute à son inébranlable stoïcisme, son désir de clarté et ses descriptions au scalpel. Elle a édité plusieurs anthologies dont le *Faber Book of 20th Century Women's Poetry* en 1987, est aussi librettiste et traductrice du roumain comme de la poésie latine médiévale. Née à Auckland, en Nouvelle-Zélande, elle passe son enfance en Angleterre pendant les années de guerre. Après des études classiques à l'université Victoria de Wellington, elle revient travailler à Londres comme bibliothécaire en 1963. Elle est alors proche des poètes du « Groupe » Peter Porter et George MacBeth ainsi que de l'Américaine Marianne Moore dont elle partage l'humour sardonique. En réaction contre la poésie confessionnelle, elle fait entrer en poésie la banalité du quotidien et de l'univers féminin. Elle séduit par son ironie, son implacable don d'observation et l'intimité de sa conversation avec le lecteur. Depuis les années 1990, hantée par son histoire familiale, elle évoque ses ancêtres migrateurs dans des poèmes laconiques.

Weathering

Literally thin-skinned, I suppose, my face
catches the wind off the snow-line and flushes
with a flush that will never wholly settle. Well:
that was a metropolitan vanity,
wanting to look young for ever, to pass.

I was never a Pre-Raphaelite beauty,
nor anything but pretty enough to satisfy
men who need to be seen with passable women.
But now that I am in love with a place
which doesn't care how I look or if I'm happy,

happy is how I look, and that's all.
My hair will turn grey in any case,
my nails chip and flake, my waist thicken,
and the years work all their usual changes.
If my face is to be weather-beaten as well

that's little enough lost, a fair bargain
for a year among lakes and fells, when simply

Le travail du temps

Épiderme sensible au sens littéral, mon visage
capte le vent venu de la limite des neiges et s'empourpre
d'une rougeur qui ne tient pas en place. Soit !
c'était pure vanité citadine
de vouloir paraître éternellement jeune, de réussir le passage.

Je ne me suis jamais prise pour une beauté préraphaélite,
n'étant que suffisamment jolie pour satisfaire
les hommes aimant s'afficher avec des femmes passables.
Mais à présent que je suis amoureuse d'un lieu
qui n'a cure ni de mon apparence, ni de mon bonheur,

voilà que j'ai l'air heureux, un point c'est tout.
Mes cheveux vont grisonner, c'est inévitable,
mes ongles devenir friables et cassants, ma taille s'épaissir,
et les années opérer tous les changements d'usage.
S'il faut aussi que mon visage subisse les intempéries

ce n'est pas une grande perte, cela vaut bien
un an vécu parmi lacs et cimes, quand le simple

to look out of my window at the high pass
makes me indifferent to mirrors and to what
my soul may wear over its new complexion.

Fast Forward

Holding the photograph of Mary Ellen,
my great-grandmother the midwife,
to gaze more closely at her face,
I see on my desk behind the frame
another picture, in another frame:
my blonde granddaughter holding her baby.
They are standing in a doorway,
just off to a lecture on Beowulf.

Suddenly a rushing of wings
as the generations between accelerate
like a fan of pages riffling over
or like the frames that rattled past
as I swooped into the anaesthetic
for my tonsillectomy, when I was nine.
Face after face, all with our imprint,
humming forward. We can do anything.

fait de contempler de ma fenêtre la haute passe
me rend indifférente aux miroirs et à ce qu'il sied
à mon âme d'arborer sur sa nouvelle mine.

Avance rapide

Tenant devant moi la photographie de Mary Ellen,
mon arrière-grand-mère sage-femme,
pour observer son visage de plus près,
je vois sur mon bureau derrière le cadre
une autre image dans un autre cadre :
ma petite-fille blonde, son bébé dans les bras.
Debout dans l'embrasure d'une porte,
juste avant qu'elle ne parte pour sa conférence sur *Beowulf*.

Bruissement d'ailes rapide tout à coup,
cependant que les générations intermédiaires s'accélèrent
comme un éventail de pages qu'on feuillette
ou comme les portraits qui défilèrent à grand bruit
le jour où je sombrai dans l'anesthésie
lors de mon amygdalectomie, à l'âge de neuf ans.
Visage après visage, chacun portant notre empreinte,
avançant en fredonnant. Que ne peut-on faire !

J. H. PRYNNE
(1936)

Poète expérimental, Jeremy Halvard Prynne occupe une place à part dans la poésie anglaise contemporaine, inspirant soit rejet total par son obscurité soit fascination par son originalité. Connu sur la scène internationale, mais à l'écart de la vie littéraire et ne publiant que chez de petits éditeurs, c'est grâce à la publication de ses *Poems* en 1999 qu'il commence à prendre la place qui lui revient. Il a fait des études à Cambridge avant d'y devenir lui-même professeur jusqu'en 2005. Très innovante, sa poésie intègre des influences aussi diverses que celles de Charles Olson, de Paul Celan, de la poésie chinoise ou de la philosophie de Martin Heidegger. Au fil de l'œuvre, si le style évolue, on note une grande continuité dans les thèmes ainsi que la méthode. La difficulté est garante de l'intégrité du poème qui vise à détruire toute illusion de contrôle, démontrant ainsi la nécessité de faire face à « l'impasse morale et politique de l'identité contemporaine[1] ». Depuis les années 1990, il poursuit sa déstabilisation du discours jusqu'à frôler l'illisibilité, confrontant la langue anglaise au chinois.

1. « Prynne's poetry rather prompts a critical awareness of how the impulse to translate the strange into familiar terms can be seen as a form of denial, as a refusal to face up to the moral and political impasse of contemporary selfhood », *An Introduction to the Poetry of J. H. Prynne*, Rod Mengham and John Kinsella, Bloodaxe, 1999.

Aristeas, in Seven Years

Gathering the heat to himself, in one thermic
hazard, he took himself out: to catch up with
the tree, the river, the forms of alien vantage
1 and hence the first way
by theft into the upper world–"a
natural development from the mixed
economy in the drier or bleaker
regions, where more movement was
necessary"–and thus the
floodloam, the deposit, borrowed for
the removal. Call it inland, his
nose filled with steam & his brief cries.
Aristeas took up it
seems with the
singular as the larch
tree, the
Greek sufficient
for that. From Marmora

Aristeas, absent sept ans

Rassemblant la chaleur en lui,
dans un pari thermique, il se propulsa au-dehors : pour rejoindre
l'arbre, le fleuve, les formes étrangères
1 *et ce fut la première route*
subtilisée au cœur du monde supérieur – « un
développement naturel à partir d'une économie
mixte dans des régions plus sèches ou plus
froides, où davantage de mouvement était
nécessaire » – d'où les
alluvions, les dépôts, empruntés
pour le déplacement. Appelons ça intérieur des terres,
son nez empli de fumée & ses cris brefs.
Aristeas semble
s'être adressé
à la singularité du
mélèze,
langue grecque
lui suffisant. Quittant Marmora

And sprang with that double twist into the
middle world and thence took flight over the
Scythian hordes and to the Hyperborean,
touch of the north wind
        carrying with him Apollo. Song
        his transport but this divine
        insistence the pastural clan*:*
    sheep, elk, the wild deer. In each case
    the presence in embryo, god of the shep–
    herd and fixed in the movement of the flock.
Wrung over the real tracts. If he was
frozen like the felted eagle of Pazyryk,
he too had the impossible lower twist,
the spring into the middle, the air.
    From here he comes
    the north wind, the
    remote animal
        gold–how did
        he, do we, know
        or trust, this?
    Following the raven
    sniffing hemp as the
    other *air, it was*
himself as the singular he knew and
could outlast in the long walk by the
underground sea. Where he was as
        the singular
    location so completely portable
    that with the merest black
    wings he could survey the
    stones and rills in their

bondit d'une hélice double dans le
monde intermédiaire, de là passant plus loin que
hordes scythes jusqu'aux Hyperboréens,
souffle du vent du nord
charriant Apollon avec lui. Poème
son transport, mais son insistance
divine le *clan pastoral* :
moutons, élans, cerfs sauvages. Dans chaque cas
une présence embryonnaire, le dieu des bergers
et un cap fixe dans le voyage du bétail.
Périple tortueux sur les étendues réelles. S'il se sentait
glacé comme l'aigle feutré de Pazyryk,
lui aussi pratiquait l'impossible torsion du bas,
le bondissement dans le milieu, l'air.
De là vient
le vent du nord, l'or
animal secret
– comment
sut-il, savons-nous
croyons-nous cela ?
En suivant le corbeau et
reniflant le chanvre comme l'air
autre, ce fut
lui-même en tant que singularité qu'il connut, qu'il put
dépasser dans sa longue marche le long de
la mer souterraine. Là où il se trouvait
singulièrement,
devenue si transférable la localisation
qu'avec les seules ailes
noires il pouvait observer d'en haut
les pierres les ruisseaux dans leur

complete mountain courses,
2 in name of the displacement
Scythic.
And his songs were invocations in no frenzy
of spirit, but clear and spirituous tones from the
pure base of his mind; he heard the small
currents in the air & they were truly his aid.
In breath he could speak out into the northern
air and the phrasing curved from his mouth
and nose, into the cold mountain levels. It
was the professed Apollo, free of the festive line,
powdered with light snow.

And looking down, then, it is no outlay
to be seen in
the forests, or
scattered rising
of ground. No
cheap cigarettes nothing
with the god in this
climate is free of duty
moss, wormwood as the cold
star, the dwarf Siberian pine
as from the morainal deposits
of the last deglaciation.
Down there instead the long flowing hair,
of great herds of sheep and cattle, the
drivers of these, their feet more richly
thickened in use than
any slant of their
mongoloid face or

complet parcours montagneux,
2 *le nom de cette manière de déplacement*
Scythe.
Ses chansons étaient invocations sans les transes
de l'esprit, mais claires et spiritueuses émanant
de la base pure de son esprit ; il entendait les petits
courants dans l'air & qui furent aide véritable.
Par son souffle il s'adressait directement aux vents
du nord, phrasé s'incurvant depuis sa bouche
et son nez, jusqu'aux froides plaines des montagnes.
Profession apollinienne, libre de ligne festive,
poudrée de neige légère.

Et regardant plus bas, cela ne coûtait rien
d'être vu dans
les forêts ou bien
sur buttes
de sol éparses. Pas de
cigarette à deux sous, pas
de troc avec les dieux dans ce
climat libre d'impôt est la
mousse, armoise figure d'étoile
froide, pins avortés de Sibérie
legs des moraines alluviales
de la dernière déglaciation.
Là-bas, troupeaux de moutons et bestiaux
à longs poils chevelus,
pasteurs leurs pieds plus
richement gonflés par l'usage
qu'oblique l'angle de leur
visage mongoloïde ou leurs

long, ruched garments.
With his staff, the larch-pole, that again the
singular and one axis of the errant world.

Prior to the pattern of settlement then, which
is the passing flocks fixed into wherever
they happened to stop,
the spririt demanded the orphic metaphor
3 as fact
that they did migrate and the spirit excursion
was no more than the need and will of the
flesh. The term, as has been pointed out,
is bone, the
flesh burned or rotted off but the
branch calcined like what
it was: like that: as itself
the skeleton of the possible
in a heap and covered with
stones or a barrow.
Leaving the flesh vacant then, in a fuller's shop,
Aristeas removed himself for seven years
into the steppes, preparing his skeleton and the
song of his departure, his flesh anyway touched
by the in-
vading Cimmerian
twilight: "ruinous"
as the old woman's
prophecy.
And who he was took the
collection of seven
years to thin out, to the

tuyautantes parures.
Avec son bâton, perche en mélèze, derechef axe
singulier unique de ce monde d'errance nomade.

Priorité sur la forme des campements, donc, la
configuration selon le lieu où les troupeaux
se trouvent faire halte,
l'esprit requérant métaphore orphique
3 *en tant que fait*
qu'il y eut migration, que l'excursion de l'esprit
ne fut jamais rien d'autre que besoin et vouloir
de la chair. Le terme, on l'a déjà pointé,
c'était l'os,
la chair brûlée ou tombée en pourriture mais
branche calcinée comme
elle fut : telle quelle : à lui-même
le squelette du possible
en tas couvert de
pierres ou tumulus.
Dépouillant sa chair laissée dans l'échoppe du fouleur,
Aristeas s'éclipsa dans les steppes pour une
période de sept ans, préparant son squelette et le poème
de son départ, chair déjà touchée
par l'in-
vasion crépusculaire
cimmérienne
« funeste » comme prophétie
de vieille femme.
Et l'individu qu'il était prit
collection de sept
années pour s'amincir en

fume laid across where
he went, direction north,
4 no longer settled
but settled now into lenghth; he wore that
as risk. The garment of birds' feathers,
while he watched the crows fighting the
owls with the curling tongues
of flame proper to the Altaic
hillside, as he was himself
more than this. The
spread is more, the
vantage is singular
as the clan is without centre.
Each where as
the extent of day deter-
mines, where the
sky holds (the brightness
dependent on that).
And Apollo is in any case seasonal, the
divine "used only of a particular god,
never as a general term." The Hyper-
borean paradise was likewise no general
term but the mythic duration of
spirit into the bone
laid out in patterns
on the ground
"the skulls are sent on hunting
journeys, the foot-prints alongside;
that towards which they journey
they turn towards, so that
they will follow behind."

la fumée qu'il fut flottant sur
sa route, direction le nord,
4 *cessant désormais d'être sédentaire*
sauf dans la longueur du temps ; assumant son
risque. Vêtement de plumes d'oiseaux,
observant les corbeaux combattre
les chouettes avec la langue courbe
des flammes propre aux collines
altaïques, lui-même étant
passé outre. C'était
étendue plus large, point
de vue singulier
puisque le clan n'a pas de centre.
Chaque où selon que
détermine l'ex-
tension du jour, là où
s'arrête le ciel (et la luminosité
conséquente).
Apollon en tout cas y est saisonnier, le
divin ne désignant « qu'un dieu particulier,
jamais n'étant terme général. » De même le
paradis hyperboréen n'est pas terme général
mais la durée mythique
de l'esprit dans le squelette
dont le dessin se lit tracé
sur le sol
« les crânes sont expédiés en voyage
de chasse, accompagnés des empreintes ;
ce vers quoi ils voyagent ils
s'y dirigent de sorte à
marcher derrière ».

From the fuller's shop as from
the camp of the seal hunter,
5 some part of the bone must be twisted
& must twist, as the stages of Cimmerian
wandering, viz:
1. 1800-13th Century B.C., north
of the Caucasus, then
2. 13th-8th Centuries, invaded
by the Scythians and deflected
southwards & to the west; and
3. after that, once more displaced
(8th century to maybe 500 B.C.),
the invasion of Asia Minor,
"ruinous", as any settled and complaisant fixture
on the shoreline would regard the movement of
pressure irreducible by trade or bribery. Hence
the need to catch up, as a response to cheap money
and how all that huddle could
be drawn out
into the tenuous upper
reach, the fine chatter
of small birds under the
head of the sky
(sub divo columbine)
on the western slope of the Urals and the scatter
of lightning, now out of doors & into
the eagle span,
6 the true condition of bone
which is no more singular or settled or the

Au sortir de l'échoppe du fouleur aussi bien
que du campement du chasseur de phoque
5 *un fragment d'os doit être tourné*
& doit tourner, comme étapes de l'errance
cimmérienne, i. e :
1. 1800-13e s. av. J.-C., au nord
du Caucase, puis
2. Du 13e au 8e s., invasion
des Scythes en direction
du sud et de l'ouest
3. Et ensuite, à nouveau déplacés (du 8e s. à 500 av. J.-C.)
par invasion de l'Asie Mineure,
« un désastre » aux yeux de tout peuple sédentaire
complaisamment attaché à ses rivages, qui verrait ces mouvements
de pression irréductibles à toute forme de commerce ou de corruption. D'où le
besoin de compenser, en réponse à l'argent facile
et comment toute cette petite communauté
a pu s'étager
dans les maigres régions
supérieures, bavardage
de petits oiseaux sous la
voûte du ciel
(sub divo columbine)
sur les pentes occidentales des monts Oural, disséminés
comme l'éclair, tantôt à l'extérieur & tantôt dans
l'intérieur des étendues de l'aigle,
6 *la véritable condition de l'os*
qui n'est plus singulière ni sédentaire ni

entitled guardian even, but the land of the
dead. Why are they lost, why do they
always wander, as if seeking
their end and drawing after them
the trail and fume of burning hemp?
Or are they not lost but
passing: "If thoughtless abandonment
to the moment were really a blessing, I
had actually been in 'the Land of the
Blessed'."
But it was not blessing, rather a fact so
hard-won that only the twist in the middle
air would do it anyway, so even he be wise
or with any recourse to the darkness
of his tent. The sequence of issue is no
more than this,
Appollo's price, staff
leaning into the
ground and out
through the smoke-hole.
It is the spirit which dies
as the figure of change, which
is the myth and fact of extent,
which thus does start from
Marmora, or Aklavik, right
out of the air.
No one harms these people: they
are sacred and have no
weapons. They sit or pass, in
the form of divine song,

gardienne à quelque titre, mais pays
des morts. Pourquoi sont-ils perdus, pourquoi
errent-ils indéfiniment, comme s'ils
cherchaient leur but, traînant derrière eux
traces et fumées du chanvre qu'on brûle ?
Peut-être ne sont-ils pas perdus
mais en fuite. « Si l'abandon irréfléchi
à l'instant était le vrai bonheur, je me serais
réellement retrouvé au "Pays des
Bienheureux". »
Mais cela n'eut jamais rien d'un bonheur, plutôt un état
si péniblement acquis que seul ce saut dans les régions
moyennes
de l'air pouvait réussir, sans l'aide
d'aucune sagesse ni de l'obscurité
des tentes. La séquence en jeu n'est
rien d'autre que la suivante,
le prix d'Apollon, bâton
planté à l'oblique dans le sol appuyé
puis dehors
par le trou de la cheminée.
C'est l'esprit qui meurt
sous forme du changement, qui est
le mythe et le fait de l'extension,
qui quitte Marmora
ou Aklavik et
disparaît dans l'air.
Personne ne fait de mal à ces peuples : ils
sont sacrés et n'ont pas
d'armes. Ils se posent ou ils passent, sous
la forme d'un poème divin,

they are free in the apt form of
displacement. They change
their shape, being of the essence as
a figure of extent. Which
for the power in rhyme
7 is gold, in this northern clime
which the Greeks so held to themselves and
which in the steppe was no more
than the royal figment.
This movement was of
course cruel beyond belief, as this
was the risk Aristeas took
with him. The conquests were for the motive of
sway, involving massive slaughter as the
obverse politics of claim. That is, slaves and
animals, life and not value: "the western Sar–
matian tribes lived side by side not in a loose
tribal configuration, but had been welded
into an organised imperium
under the leadership of one
royal tribe." Royalty
as plural. *Hence the calendar as taking of*
life, which left gold as the side-issue, pure
figure.

Guarded by the griffins, which lived close to the
mines, the gold reposed as the divine brilliance,
petrology of the sea air, so far from the shore.
The beasts dug the metal out with
their eagle beaks, rending in the

ils sont libres dans la forme apte
du déplacement. Ils changent
de forme, sont par essence de la
figure de l'extension. Ce qui pour
la puissance des vers
7 *est d'or dans ces climats nordiques*
que les Grecs thésaurisaient pour eux-mêmes
et qui dans la steppe n'était plus
que figment royal.
Ce fut mouvement
inimaginablement cruel, oui sans doute, et ce fut
le risque pris par Aristeas
pour lui-même. Les conquêtes avaient pour motivation
le pouvoir, impliquaient massacres en masse comme
résultat contradictoire aux revendications. C'est-à-dire, les
esclaves avec les animaux, la vie sans la valeur : « Les tribus
sarmates
de l'Ouest vivaient côte à côte non pas dans une
configuration tribale lâche, mais étaient soudées
en imperium organisé
sous le leadership d'une
tribu royale. » Royauté
au *pluriel.* D'où le calendrier modelé sur
la vie, laissant l'or comme question secondaire, pure
et simple figure.

Gardé par des griffons, lesquels vivaient au voisinage
des mines, l'or reposant comme brillance divine,
pétrologie d'air marin, si loin du rivage.
Les bêtes extrayaient le métal
avec leurs becs d'aigles, déchiraient le gel

cruel frost of that earth, and
yet they were the guardians, the figure of flight
and heat and the northern twist of the axis.
His name Aristeas, absent for
these seven years: we should
pay them or steal, it is no
more than the question they ask.

cruel figeant le sol, tout en étant
les gardiens, images de vol,
de chaleur et renversement de l'axe nordique.
Son nom : Aristeas, absent
sept ans ; devrions-nous
payer ou voler, c'est juste
la question qu'ils nous posent.

TONY HARRISON
(1937)

Poète, auteur dramatique, traducteur, metteur en scène et cinéaste, Tony Harrison est né à Leeds dans une famille modeste où il a fait des études de lettres classiques à l'université. Son œuvre est fortement marquée par la contradiction entre fidélité aux origines et déchirement de s'en éloigner. Les rapports entre langue, classe et pouvoir lui inspirent « The School of Eloquence » (1987). De même, dans le poème « *V* », les quatrains classiques inspirés de l'*Élégie écrite dans un cimetière de campagne* de Thomas Gray se heurtent au « vernaculaire » de l'adolescent, son alter ego, venu vandaliser la tombe de ses parents. Poète engagé, Tony Harrison témoigne de toutes les tragédies de son époque, se rend en Irak, en Bosnie, publiant ses poèmes dans le quotidien *The Guardian*. Il écrit aussi pour le théâtre, adaptant la tragédie grecque, Molière, Racine, le théâtre médiéval anglais, etc. Subversif dans ses thèmes, il respecte cependant le traditionnel vers anglais, usant souvent du pentamètre qu'il considère comme le rythme naturel de la langue : « Le cœur bat en iambes, la forme est une façon de rester relié aux battements cardiaques[1]. »

1. « The heart beats iambically; the form keeps the connection to the heartbeats. », Tony Harrison cité dans « Beats of the Heart », Maya Jaggi, *The Guardian*, 31 mars 2007.

V
(extract)

Next millenium you'll have to search quite hard
to find my slab behind the family dead,
butcher, publican, and baker, now me, bard
adding poetry to their beef, beer and bread.

With Byron three graves on I'll not go short
of company, and Wordsworth's opposite.
That's two peers already, of a sort,
and we'll all be thrown together if the pit,

whose galleries once ran beneath this plot,
causes the distinguished dead to drop
into the rabblement of bone and rot,
shored slack, crushed shale, smashed prop.

Wordsworth built church organ, Byron tanned
luggage cowhide in the age of steam,
and knew their place of rest before the land
caves in on the lowest worked-out seam.

V
(extrait)

Si vous cherchez ma tombe dans les cent ans qui viennent,
vous aurez du mérite à tomber sur ma dalle,
moi barde entre boucher, boulanger, cafetier,
ma poésie jouxtant la bière, le pain, la viande.

Byron trois tombes plus loin, pas d'danger qu'avec lui
ça manque de compagnie, Wordsworth la tombe d'en face.
Ça fera trois confrères moi compris
qui glisseront à la fosse commune

le jour où le puits de mine que jadis on creusa
entraînera par glissement pêle-mêle nos morts d'élite
délités au milieu de décombres, de gravats,
cendres tassées, pierres cassées, bois réduit en poussière.

Wordsworth fut facteur d'orgues, Byron tanneur de cuir
à l'âge de la vapeur, pour bagages à main,
ils trouvèrent leur repos finalement dans ce coin,
avant que les galeries inférieures ne s'effondrent.

This graveyard on the brink of Beeston Hill's
the place I may well rest if there's a spot
the rose roots and the daffodils
by which dad dignified the family plot.

If buried ashes saw then I'd survey
the places I learned Latin, and learned Greek,
and left, the ground where Leeds United play
but disappoint their fans week after week,

which makes them lose their sense of self-esteem
and taking a short cut home through these graves here
they reassert the glory of their team
by spraying words on tombstones, pissed on beer.

This graveyard stands above a worked-out pit,
Subsidence makes the obelisks all list.
One leaning left's marked FUCK, *one right's marked* SHIT
sprayed by some peeved suporter who was pissed.

Far-sighted for his family's future dead
but for his wife, this banker's still alone
on his long obelisk, and doomed to head
a blackened dynasty of unclaimed stone,

now gratified with a crude four-letter word.
His children and grandchildren went away
and never came back home to be interred,
so left a lot of space for skins to spray.

Au bord de Beeston Hill le cimetière est l'endroit
où s'il reste de la place sous rosiers et jonquilles
dont papa a cru bon décorer le caveau de famille
peut-être prendrai-je un jour, à mon tour, mon repos.

Si les cendres pouvaient voir, d'ici j'aurais la vue
sur les lieux où j'appris le grec et le latin,
et à gauche sur le stade où Leeds United,
semaine après semaine, déçoit ses supporters

qui, revenant chez eux et se sentant défaits,
prennent un raccourci par le cimetière
où, redisant la gloire de leur équipe, givrés,
ils bombent leurs insultes sur la pierre des tombes.

Comme le cimetière surplombe un puits de mine fermé,
le sol ayant cédé, les obélisques penchent
l'un à gauche sur lequel on lit FUCK, l'autre
SHIT, sur la droite, par la bombe d'un fan bourré.

Pétri de prévoyance pour les morts à venir
de son clan (son épouse exceptée) un banquier
trône solitairement au haut de sa colonne
sur une dynastie noircie de pierre inemployée,

aujourd'hui gratifiée de graffitis obscènes.
Enfants, petits-enfants envolés à
jamais, s'en sont allés très loin se faire inhumer,
Laissant toute la place au « bombage » des skins.

The language of this graveyard ranges from
a bit of Latin for a former Mayor
or those who laid their lives down at the Somme,
the hymnal fragments and the gilded prayer,

how people "fell asleep in the Good Lord",
brief chisellable bits from the good book
and rhymes whatever lenghth they could afford,
to CUNT, PISS, SHIT *and (mostly)* FUCK!

Or more expansively, there's LEEDS *v.*
the opponent of last week, or next,
and a repertoire of blunt four-letter curses
on the team or race that makes the sprayer vexed.

Then, pushed for time, or fleeing some observer,
dodging between tall family vaults and trees
like his team's best ever winger, dribbler, swerver,
fills every space he finds with versus Vs.

Déployant toute la gamme, le langage funéraire
va d'une bribe de latin promise à un vieux maire,
à des fragments hymniques ou des prières dorées
saluant le sacrifice des héros sur la Somme,

disant qu'ils s'endormirent dans la paix du Seigneur,
mots brefs découpés au ciseau dans la Bible,
poèmes de la longueur qu'ils pouvaient se payer,
jusqu'à une majorité de CUNT, PISS, SHIT, FUCK !

Ou plus éloquemment, quelquefois, on lit LEEDS
V (versus) les adversaires d'hier, d'aujourd'hui, de demain,
suivi d'un répertoire d'insultes de quatre lettres
contre l'équipe ou la race détestée du tagueur.

Lequel pris par le temps ou pour fuir un témoin
s'esquive entre les arbres, les caveaux de famille,
ailier dribbleur feinteur, le champion de son team,
taguant les espaces libres qu'il rencontre de ses Vs.

ROGER MCGOUGH

(1937)

L'un des poètes les plus populaires de Grande-Bretagne, Roger McGough, né à Liverpool, a fait des études de littérature à l'université de Hull avant de devenir brièvement professeur de français puis chanteur pop et compositeur de chansons. Il est très connu depuis la publication en 1967 de l'anthologie *The Mersey Sound/Penguin Modern Poets 10*, où ses poèmes côtoient ceux de deux autres « poètes de Liverpool » : Adrian Henri et Brian Patten. C'est également un performeur très actif et le présentateur à la BBC de l'émission « Poetry Please », ainsi qu'un auteur très apprécié de littérature enfantine et de théâtre. Toujours fidèle au Liverpool ouvrier de sa jeunesse, son style comique volontairement terre à terre, empli d'humour et d'autodérision, se teinte au fil des ans d'un peu de nostalgie.

The Wrong Beds

Life is a hospital ward, and the beds we are put in
are the ones we don't want to be in.
We'd get better sooner if put over there by the window.
Or by the radiator, one could suffer easier there.

At night we dream of faraway places:
The Côte d'Azur, all perfume and light. Or nearer home
a cottage in the Cotswolds, a studio overlooking the sea.
The soul could be happier anywhere than where it happens
to be.

Anywhere but here. We take our medicine daily,
nod politely, and grumble occasionally.
But it is out of our hands. Always the wrong place.
We didn't make our beds, but we lie in them.

Les mauvais lits

La vie est un dortoir d'hôpital et les lits où on nous met
sont ceux qu'on n'a pas envie d'occuper.
On guérirait plus vite, là-bas près de la fenêtre.
Près du radiateur, il serait plus facile de souffrir.

La nuit on rêve d'horizons lointains :
de la Côte d'Azur, ses parfums, sa lumière. Ou plus près de chez soi
d'un cottage dans les Cotswolds, d'un studio donnant sur la mer.
L'âme préférerait être partout ailleurs que là où elle est.

Partout sauf ici. Nous prenons chaque jour nos médicaments,
avec un acquiescement poli, un grognement occasionnel.
Mais ça nous échappe. Jamais le bon endroit.
On ne fait pas soi-même son lit, mais on se couche dedans.

Mr Nightingale

Coughing and sneezing
Wishing I were dead
No angel of mercy
At the foot of my bed.

Suffering I'm here
In a room cold and damp
While you're in the Crimea
Swanning round with a lamp

Comforting soldiers
Who thrill to your beauty
Your nursing skills
Your devotion to duty

O Florence it happens
Again and again
As soon as I'm poorly
You're on the next train

To some distant frontier
The far-flunger the better
Where you send a "Get well" card
The occasional letter

Monsieur Nightingale

Toussant, éternuant,
J'aimerais en avoir fini.
Nul ange de miséricorde
Au pied de mon lit.

Je suis là à souffrir,
Dans une chambre humide et glacée
Tandis que toi tu te pavanes,
Lampe à la main en Crimée.

Réconfortant les soldats
Époustouflés par ta beauté
Tes talents d'infirmière
Ton dévouement à les soigner.

Ô Florence c'est toujours,
Toujours le même refrain
Dès que je suis malade,
Tu sautes dans le premier train

En route vers une frontière lointaine,
Plus elle est éloignée, mieux c'est
D'où tu m'envoies parfois une lettre
Ou une carte me souhaitant bonne santé

O Florrie, I'm sorry
But this is my prayer:
To charge with the Light Brigade
And expire in your care.

Ô ma p'tite Flore, je sais que j'ai tort
Mais écoute ma prière :
Je veux charger avec la Brigade légère
Et expirer dans tes bras.

TOM RAWORTH
(1938-2017)

Poète expérimental, performeur, artiste prolifique (photo, collages), amateur de jazz, Tom Raworth est une figure originale. Né à Londres de mère irlandaise dans un milieu catholique, cet autodidacte a exercé divers métiers avant de suivre des études d'espagnol à l'université d'Essex en 1967. C'est un bourlingueur qui introduit en Angleterre la poésie américaine d'avant-garde des années 1960, celle de la Beat generation, du Black Mountain ou de l'École de New York. Il crée la revue *Outburst* qui publie Allen Ginsberg, fonde également de petites maisons d'édition : Matrix Press, puis Goliard Press qui publie Charles Olson. Dans les années 1970, il vit au Mexique et à San Francisco puis rentre en Angleterre, mais continue ses performances à travers le monde. Influencé par les poètes américains mais aussi par Apollinaire et le surréalisme, il eut de nombreux contacts avec les poètes français dans les années 1980.

Landscaping the Future

(for Gianni, Graziella, Dorge, Sandro and Chicco)

once upon a time
in the waste

white rock
white fence
white house

green river fast
bend around
smooth grey stones

a raft of faded wood
yellow butterfly flicker

last fleck of vibrating red
from above
lazy chevrons of wake

Paysager le futur

(pour Gianni, Graziella, Dorge, Sandro et Chicco)

il était une fois
au milieu de nulle part

pierre blanche
barrière blanche
maison blanche

rivière verte boucle
rapide autour
pierres grises lisses

un radeau de bois délavé
frémissement de papillon jaune

dernière tache de rouge vibrant
au-dessus des
lents chevrons du sillage

a glass cabin
panes acacia honey
run thin and toasted

the idea
of rolling up shadows
whip-cracking out dust

or any table
half-covered by a map
mostly ocean

colour of the river
less yellow

a pair of chrome dividers
one point of rust
at rest

on the farout islands
where forests stretch
hurling nuts into wet cement

in the candlelight that pulses
in the draught from the closing door

une cabine de verre
vitres miel d'acacia
grillées et usées

l'idée
d'ombres qui s'enroulent
faisant valser sec la poussière

une table quelconque
à demi recouverte d'une carte
surtout de l'océan

couleur de la rivière
en moins jaune

une paire de compas en chrome
petit point de rouille
posé

sur les îles au large
où s'étendent les forêts
balançant leurs noix sur le ciment frais

la lueur de la bougie qui vacille
le courant d'air de la porte qui se ferme

HUGO WILLIAMS

(1942)

Souvent taxé de dandysme, Hugo Williams cultive l'art de la pose. Fils d'un célèbre couple d'acteurs des années 1930, il a connu une enfance bohème dans le Sussex et a fait ses études à Eton College. Il a ensuite été journaliste au *London Magazine*, a contribué à *The New Review* de Ian Hamilton et au *Times Literary Supplement* où il a assuré une chronique régulière. Sous l'influence des *Life Studies* de l'Américain Robert Lowell, il met en scène avec autodérision dans une écriture dépouillée son rapport complexe à son père ou ses relations amoureuses compliquées – il a épousé la comédienne française Hermine Demoriane. Il n'hésite pas dans ses derniers poèmes à aborder avec crudité des sujets douloureux comme le deuil ou la maladie qui le frappe.

I Knew the Bride

You had to go to bed ahead of us
even then, while your two elder brothers
grabbled another hour downstairs.
The seven-year gap
was like a generation between us.
You played the princess,
swanning about the house
in your tablecloth wedding dress,
till we told you your knickers were dirty
and you ran upstairs to change.
Your hair was tied up
in plaits at the top of your head,
showing the parting down the back
as your marched out of the room.

It wouldn't be long
till we were asking you to dance,
practising our jiving
for the Feather's Club Ball at the Lyceum.
Nobody knew so well
how to judge the turns

J'ai connu la mariée

Il fallait déjà que tu ailles te coucher la première
en ce temps-là, alors que nous tes deux frères
grappillions en bas une heure de plus.
L'intervalle de sept ans qui nous séparait
équivalait à un écart de génération.
Tu jouais à la princesse,
te pavanant à travers la maison
drapée d'une nappe en guise de robe de mariée,
jusqu'à ce que l'on te dise que ta culotte était sale
et que tu te précipites à l'étage pour en changer.
Tes cheveux étaient attachés
en nattes au sommet de ta tête
et l'on voyait la raie à l'arrière de ton crâne,
lorsque tu quittais la pièce d'un pas martial.

Il fallut peu de temps
avant que l'on ne te prenne comme cavalière
pour s'entraîner à swinguer
avant le bal du Feather's Club au Lyceum.
Tu n'avais pas ton pareil
pour prendre un virage

with perfectly tensed arms,
your ponytail flying back and forth
to "Party Doll" by Buddy Knox.
For my speech on your wedding day
all I had to do
was read out the words
to Nick Lowe's "I knew the bride
When she used to Rock'n'Roll".

You used to do the pony
You used to do the stroll,
but the bride in the wedding dress
spinning round on top of the cake,
wound down to a sense of loss
when your coach didn't come
and questions of identity
rained on your party.
The bride turned out
to be less a princess
than a walk-on part
as a lady-in-waiting
in a film of Cinderella
The Slipper and the Rose.

A life of go-sees and
castings, followed by
the odd screen test, gave way
to a different sort of test,
with shadows for faces.
When you first crossed over
into that wintry place

bras parfaitement tendus,
queue de cheval volant d'arrière en avant
sur l'air de « Party Doll » de Buddy Knox.
En guise de discours, le jour de ton mariage
il m'a suffi
de lire à voix haute les paroles
du tube de Nick Lowe : « j'ai connu la mariée
à l'époque où elle dansait le rock'n'roll ».

Tu savais danser le poney
Tu savais danser le stroll,
mais la mariée en robe blanche
qui tourbillonnait en haut de la pièce montée
s'est sentie soudain abandonnée
quand son carrosse ne s'est pas pointé
et que des problèmes d'identité
sont venus ruiner la noce.
La fiancée ne joua finalement
pas le rôle de princesse
mais celui d'une simple figurante,
la dame de compagnie
dans un film de Cendrillon
La Pantoufle et la Rose.

Ta vie rythmée d'auditions et
de castings suivis de
rares bouts d'essai s'est effacée
devant un autre type d'épreuves,
au royaume des ombres.
Lorsque tu as franchi pour la première fois
le seuil de cet endroit glacial

you said you had a feeling even then.
The different parts of you
turned against one another,
as if they could hear you thinking.
"What you don't realise", you said,
in your new winter bonnet,
"is that hair goes with everything."

You put yourself together
for occasional family lunches
at the Brompton Brasserie,
appearing coiffed and chic
and on time, so that I imagined you
going about all day looking like that
and even assumed you were getting better.
You fought a five-year war
with that foul thing
which deals in hope and fear,
two against one,
like the two brothers who tormented you.
It would'nt be long
till you had to go to bed.

You turned your back on us
to protect us from your face.
You lay on the rack of yourself,
murdered by your skeleton.
Somewhere towards the end
you climbed its rickety ladder
to your full height
and stood before us one last time.

tu as eu comme un pressentiment, nous as-tu dit.
Les différentes parties de ton être
ont commencé à se livrer bataille
comme si elles pouvaient lire dans tes pensées.
« Ce dont on ne se rend pas compte », t'es-tu écriée,
sous ton bonnet d'hiver tout neuf,
« c'est que ça va avec tout, des cheveux. »

Tu as réussi à faire bonne figure
le temps de rares déjeuners de famille
à la brasserie Brompton,
arrivant à l'heure, chic,
bien coiffée, de sorte que je m'imaginais
que c'était ton allure habituelle
et en déduisais que tu allais mieux.
Tu as mené une guerre de cinq ans
contre cette chose immonde
qui mise sur l'espoir et la peur,
à deux contre un
à la manière de ces frères qui jadis te tourmentaient.
Il fallut peu de temps
avant que tu ne doives aller te coucher.

Tu nous as tourné le dos
pour nous épargner la vue de ton visage.
Tu reposais sur ta pauvre carcasse,
mise à mort par ton propre squelette.
Sentant la fin venir
tu t'es redressée sur son échelle branlante
de toute ta hauteur
et t'es tenue debout devant nous, une dernière fois.

You had ordered a white stetson
from a Country music catalogue.
Perched on your coffin, it sailed
ahead of you into the flames.
I saw the parting down the back of your head
as you marched out of the room.

Tu avais commandé un stetson blanc
dans un catalogue de musique country.
Perché sur ton cercueil, c'est lui qui est entré
le premier dans les flammes.
J'ai vu la raie qui séparait ton crâne
alors qu'avec panache tu faisais ta sortie.

DAVID HARSENT

(1942)

Explorateur d'une *terra incognita* aux marges de la société, insomniaque en quête d'images oniriques, David Harsent revisite les mythes. Né dans le Devonshire, cet autodidacte a d'abord été libraire et éditeur avant de se consacrer totalement à l'écriture. Librettiste, scénariste, c'est aussi un auteur de romans policiers publiés sous divers pseudonymes. Son imagination macabre le rapproche du théâtre jacobéen ou de Baudelaire qu'il affectionne. C'est un poète instinctif, hanté par la précarité humaine, qui suit sa vision propre. Encouragé à ses débuts par le critique Ian Hamilton, il s'est forgé peu à peu un style très personnel explorant dès son premier recueil, *A Violent Country* (1969), les zones d'ombre des relations humaines : souffrance, perte, violence. Ses narrateurs ambigus créent une atmosphère souvent énigmatique reposant sur le rythme et la sonorité des mots : « Si je n'entends pas la musique, je ne pense pas que c'est un poème[1]. »

1. *The Guardian*, 2015.

A View of the House from the Back of the Garden

In darkness. In rain. Yourself at the very point
where what's yours bleeds off through the palings
to terra incognita, *and the night's blood-hunt*
starts up in the brush: the notion of something smiling
as it slinks in now for the rush and sudden shunt.

A woman is laying a table; the cloth
billows as it settles; a wine-glass catches the light.
A basket for bread, spoons and bowls for broth
as you know, just as you know how slight
a hold you have on this: a lit window, the faint
odour of iodine in the rainfall's push and pull.

Now she looks out, but you're invisible
as you planned, though maybe it's a failing
to stand at one remove, to watch, to want
everything stalled and held on an indrawn breath.

Vue de la maison depuis le fond du jardin

Dans l'obscurité. Sous la pluie. Toi à la limite précise
où le sang de ce qui t'appartient s'écoule à travers la clôture
jusqu'à une *terra incognita*, où la traque sanglante de la nuit
démarre dans les taillis : impression que quelque chose
se faufile
avec un sourire, prêt à l'assaut et à l'esquive rapide.

Une femme est en train de mettre le couvert ; la nappe
gonfle en se posant ; un verre à vin réfléchit la lumière.
Corbeille pour le pain, cuillers et bols pour le bouillon
comme de juste, toi sachant justement la fragilité
de ton emprise sur tout cela : fenêtre éclairée, faible
odeur d'iode dans le va-et-vient de la pluie.

Voici qu'elle regarde dehors, mais tu es invisible
tu l'as voulu, quoique ce soit peut-être une faiblesse
de se tenir à l'écart, en spectateur, de vouloir
suspendre son souffle une seconde pour tout figer.

The house, the woman, the window, the lamplight falling
short of everything except bare earth–
can you see how it seems, can you tell
why you happen to be just here, where the garden path
runs off to black, still watching
as she turns away, sharply, as if in fright,
while the downpour thickens and her shadow on the wall,
trembling, is given over to the night?

Surely it's that moment from the myth
in which you look back and everything goes to hell.

Blue

It sings they say, and so it does: something like the note
that fractures glass or gets so far below
the range of human hearing that it shakes your heart;

and the glass it breaks is blue, and that's a blue note for sure
from the guy on the alto sax in the basement dive,
which is where they're bound to meet up in the classic noir,

the private eye, the girl with a shadowy past, the old-style
cop,
and it's nigh-on certain she'll have to take a bullet
or we'll see her in prison blue as they lead her to the drop.

La maison, la femme, la fenêtre, la lumière de la lampe
qui ne pèsent rien en comparaison de la terre nue –
vois-tu bien la scène ? Peux-tu dire pourquoi
tu te trouves justement là, à l'endroit précis où l'allée du
jardin
s'enfonce dans le noir, toujours à l'observer
alors qu'elle se détourne brusquement, comme effrayée,
tandis que l'averse redouble et que son ombre sur le mur,
tremblante, est livrée à la nuit ?

Oui bien sûr, c'est le moment précis du mythe
où l'on regarde en arrière et que tout bascule vers l'enfer.

Bleu

Ça chante dit-on, et c'est vrai : un peu comme la note
qui fracture le verre ou dont le son, si grave qu'il en devient
imperceptible
à l'oreille humaine, vous fait chavirer le cœur ;

le verre qu'elle brise est bleu, et cette note bleue, c'est sûr,
vient du type qui joue du saxo alto dans la cave du club,
où est d'usage que se retrouvent dans un classique *film noir*

le privé, la fille au passé douteux, le policier ringard,
et il est quasi certain qu'elle va se prendre une balle
ou qu'on la verra finir au trou en bleu de prisonnière.

The fragments of glass were part of it too, that's plain,
though no one noticed, just as they failed to spot
how the crucifix in her bedroom made sense of the subtle
stain

on her cocktail dress. And in this, the director's cut,
the dive is deeper, the saxophone sadder, the cop
bent as a dog's hind leg, the girl a scheming slut,

and the gumshoe comes in late with the one and only clue
that would finally set things straight, though its true
meaning is hidden from him, and lost on you.

Les fragments de verre jouent un rôle aussi, c'est clair,
bien que personne ne s'en soit aperçu, n'ait fait le rapport
entre le crucifix de sa chambre et la tache subtile sur

sa robe de cocktail. Mais là, dans la version finale,
la cave est plus profonde, le saxo plus triste, le flic plié
en deux
comme la patte arrière d'un chien, la fille une salope
manipulatrice,

et le détective se pointe en retard avec le seul et unique
indice
capable de débrouiller l'affaire, si ce n'est que son sens
véritable lui échappe, autant qu'à vous.

CRAIG RAINE

(1944)

Poussant le baroque jusqu'à l'extravagance, parfois taxé de voyeurisme ou de mauvais goût, Craig Raine offre une vision du monde déstabilisante. Né à Bishop Auckland, dans le comté de Durham, d'un père boxeur et d'une mère lectrice assidue de D. H. Lawrence, il a fait des études à Oxford avant d'y enseigner jusqu'en 2010. Ses articles critiques ont été rassemblés dans *In Defence of T. S. Eliot* (2000), *More Dynamite: Essays 1990-2012*, et dans *My Grandmother's Glass Eye* (2016). Dans les années 1980, il a dirigé la collection de poésie de l'éditeur Faber & Faber et a fondé en 1999 la revue *Areté*. Son nom reste associé au mouvement « martien », expression forgée par James Fenton après la publication, en 1979, de *A Martian Sends a Postcard Home*. En réaction contre le prosaïsme du Mouvement, les poèmes « martiens » mettent l'accent sur les métaphores et les comparaisons. Ils s'ouvrent souvent sur une image incongrue suivie de juxtapositions inattendues afin de défamiliariser le quotidien.

Davos Documentary B&W

Chalets packed in Styrofoam.
A black and white world,
winter's approximate documentary.

Ski lifts tireless as a trail of ants.
Then stopped,
a charm bracelet.

A single snowflake
touches my lip, tingles
like a cold sore.

Convulsed with calling, calling–
so the sound can be seen–
this magpie in the firs.

It drops, unstoppably straight,
for fifteen feet,
then lands,
with a gulp,
on a lower branch.

Documentaire sur Davos N&B

Chalets bourrés de mousse de polystyrène.
Monde en noir et blanc,
documentaire approximatif : l'hiver.

Télésièges, infatigable cortège de fourmis.
À l'arrêt,
bracelet à breloques.

Un unique flocon de neige
m'effleure la lèvre, me picote
comme une gerçure.

Toute tremblante de lancer son cri, son cri –
pour en rendre le son visible –
une pie dans les sapins.

Se laisse tomber à pic, chute libre,
sur cinq mètres,
avant d'atterrir
coup sec,
sur une branche basse.

The swallow dive.
Its meaning divined.
Nothing to do with the bird.
All to do with the gullet.

The firs are herring-bone with snow.
A fur coat of pelts,
keeping the mountain cold.

Groomers prowl the pistes at night,
Blake's unsleeping tyger,
dangerous in the darkness.

And the stars so near.
The evening star
big as an aircraft
close to emergency landing…

We ski in our sleep,
schuss in the brace position.
Foetal, flying, fast-forward film.

Le saut de l'ange.
Dont on devine le sens.
Rien à voir avec l'oiseau.
Tout à voir avec le ravin.

Les sapins, arêtes de harengs enneigées.
Manteau de fourrure de peaux cousues,
pour garder la montagne au frais.

Dameuses rôdent de nuit, sur les pistes,
aussi dangereuses dans la pénombre
que le tigre de Blake aux aguets.

Si proches les étoiles.
L'étoile du soir
grosse comme un avion
prêt à un atterrissage d'urgence…

Nous skions dans notre sommeil,
tout schuss, position de l'œuf.
Fœtus, en fuite, film en accéléré.

CAROL RUMENS

(1944)

Poète, romancière, autrice de théâtre, critique, Carol Rumens tient une chronique hebdomadaire consacrée à la poésie dans *The Guardian.* Née à Londres, elle a étudié la philosophie puis enseigné dans plusieurs universités, à Belfast, à Bangor, puis à Hull. Elle a parcouru l'Europe de l'Est, à la fin de la période communiste et a publié des traductions du russe en collaboration avec son compagnon, l'écrivain dissident Yuri Dobryshev. Sa poésie se fait alors méditation sur les heures noires de l'Histoire. Celle qui se qualifie de « romantique déçue » revendique sa proximité avec la sensibilité politique des poètes d'Irlande du Nord, surtout lorsqu'elle se teinte de surréalisme, comme chez Medbh McGuckian. Elle reste cependant fidèle aux formes traditionnelles qu'elle travaille de l'intérieur, ce qui fait d'elle l'une des voix originales de la poésie anglaise contemporaine.

The Whitsun Awayday

We left at bright mid-day, and again I wondered
what angle of the sun could ever impress
the sabulous and sky-denying river.
I thought of all the coffee-machines drizzling
and dripping in the renovated dockside
offices, bland talk of brand and target,
lingering reek of the whale-shed, corporate stab-wounds–
and the main attraction slopped across her sand banks
portside to the Transpennine Express,
then retreated to a pinkish stain and sank
behind the neat apologetic factories.

Like Ambhas, I had made my bed, too many
returning tides had smoothed the wrong conclusion
approaching now under the bridge that slowed

Congé de Pentecôte

Nous partîmes en plein midi et je me demandai à nouveau
quel angle du soleil pourrait bien faire impression
sur la rivière sablonneuse dans son refus du ciel.
J'ai pensé à toutes les machines à café bruinant
goutte à goutte dans les bureaux du quartier des docks
rénové morne discours de marques et de cibles,
relents de hangar à baleine, coups de poignard professionnels –
et à l'attraction principale vautrée sur ses bancs de sable
à bâbord du Transpennine Express,
réduite bientôt à une tache rosâtre, engloutie
derrière l'excuse d'impeccables usines.

Tel Ambhas[1], j'avais fait mon lit, tant
de marées successives ayant adouci la mauvaise conclusion
cependant que nous approchions du pont ralentissant

1. *Ambhas* : mot sanskrit désignant l'eau et censé être à l'origine du nom Humber. (*Note de l'autrice.*) Il s'agit du grand estuaire situé sur la côte nord-est de l'Angleterre près de la ville de Hull et du fleuve portant le même nom. Le poème de Carol Rumens fait référence à « The Whitsun Weddings », de Philip Larkin, dont la présence est invoquée dans la deuxième strophe. (*Note de la traductrice.*)

ominously starboard. I would live here
a little longer, I had always lived here,
stumbling behind a heavy-drinking, scornful
shade, his large, desolate footprints wandering
with the old villages, patterning the night-wolds
by gravitational chance.

Was he consoled,
too, thinking about the quicker, braver
suicides, their loss barely reported,
some never missed, the majority kept
long enough for the waves to maul them faceless;
the solar beast that vainly flared, the roaring
water-noise as they fought and dropped past caring?
I'm history. So are you. Flow on, flow nowhere.

London Stone

They were young, war was new, it was nylons
and lippie, and drinks on the house
in the Strand, in a place called the Coal Hole.

They drank Gin and It till they spun,
and the warrior, scrubbing her kiss
with his wet, red knucle, ran

de façon inquiétante à tribord. J'allais vivre là
encore un peu, j'avais toujours vécu là,
trébuchant derrière une ombre dédaigneuse
éprise de boisson, errant à grands pas solitaires au gré
de vieux villages, traçant ses motifs sur les collines de la
nuit
au hasard de la gravitation.

Se sentait-il consolé
lui aussi, en pensant aux suicidés plus prestes,
plus audacieux, à la disparition à peine signalée,
certains jamais regrettés, la plupart immergés
suffisamment longtemps pour que les vagues leur rongent
le visage ;
à la vaine ardeur de la bête solaire, au bruit grondant
de l'eau tandis qu'ils se débattaient et sombraient dans
l'indifférence ?
J'appartiens au passé. Toi aussi. Va, coule ailleurs, nulle part.

La pierre de Londres

Ils étaient jeunes, la guerre toute neuve, c'était bas nylon,
rouge à lèvres et tournée du patron
dans un pub du Strand nommé la Cave à Charbon.

Ils ont bu du Gin and It jusqu'à ce qu'ils chavirent
puis le guerrier, essuyant de son poing rouge et mouillé
le baiser qu'elle lui avait donné, a couru

over the cobbles to Charing Cross station
where soldiers were roaring like coal
down the dirty old throat of the coal-hole,

and the warrior's woman decanted
her drink in the palm-pot and swayed
through the dawn with the glow of a bride

already, to win the new war,
a stone's throw away, where the poor were,
where it licked up the high streets, still hungry.

London, you can't have forgotten.
Haven't your books got no pages–
or did you just rip out the pages

about what the bombs do in bomb-holes,
the cute little fox in his fox-hole,
and the hero who hoots from the hell-hole.

The bartender's sixty years late, wasn't born.
though he knows the word, Blitz–it's a cocktail,
and everyone's sixty years late and not born

and we go with the flow in the Coal Hole,
where's nothing has been changed since the Tudors
and history's only a tart with no heart

sur les pavés jusqu'à la gare de Charing Cross,
où les soldats grondaient comme du charbon
dégringolant dans le vieux gosier crasseux de la trappe à charbon,

alors la femme du guerrier a vidé
son verre dans le pot du palmier et a chancelé
dans l'aube, rayonnante comme une mariée

déjà, prête à gagner cette nouvelle guerre,
qui à un jet de pierre, là où vivaient les pauvres,
écumait les avenues, sa faim inassouvie.

Londres, tu ne peux pas avoir oublié.
Tes livres n'ont-ils pas de pages –
ou alors les as-tu arrachées ces pages

qui disent ce que font les bombes dans les cratères,
le joli petit renard tapi au fond de son terrier,
et le héros qui hurle au fond du trou de l'Enfer.

Le barman a soixante ans de retard, il n'était pas encore né
mais il connaît le mot Blitz – c'est un cocktail,
tout le monde a soixante ans de retard, n'est pas encore né

et le courant nous entraîne dans la cave à Charbon
où rien n'a changé depuis les Tudor
et où l'histoire n'est qu'une putain sans cœur

in her brass and mahogany boudoir,
making the poor blighters poorer.
So, where's the way out, And the hole,

the hole we go down in, and when's
the train coming, the train we go home in
after we've started the stoning?

Stone is the way, let me show you.
Stone, where no stone was before.
Stone from the optics and fountains,

stone for the walkers and sleepers,
stone for the strikers, the same for the suckers,
stones for their bodies to melt in,

stone for the myth to be built on.

Stone for the soot-flakes to fall on
when all the stone has fallen.

qui dans son boudoir de cuivre et d'acajou
rend les pauvres gars plus pauvres encore.
Alors où est la sortie ? Et le trou,

le trou dans lequel nous tombons, et quand
le train va-t-il venir, celui qui va nous ramener à la maison
une fois que nous aurons commencé la pose des pierres ?

La pierre, c'est ce qu'il faut, je vais vous montrer.
De la pierre, là où il n'y en avait pas.
Pierre d'optique et de fontaine,

pierre pour les marcheurs et les dormeurs,
pierre pour les battants, la même pour les perdants,
pierre dans laquelle puisse se fondre leur corps,

pierre sur laquelle édifier le mythe.

Pierre pour recevoir les flocons de suie

après l'écroulement de toutes les pierres.

JEFFREY WAINWRIGHT
(1944)

Jeffrey Wainwright est un poète métaphysique rare et exigeant. Né à Stoke-on-Trent, il a étudié la littérature à l'université de Leeds, avant d'enseigner au pays de Galles, à New York et enfin à Manchester jusqu'en 2008. Auteur de nombreux articles et ouvrages critiques, traducteur de poésie et de théâtre (Péguy, Corneille, Claudel), il a publié une dizaine de livres de poèmes depuis *Heart's Desire* (1978). Disciple de Pound et de Geoffrey Hill qui fut son professeur, ce poète politique à la sensibilité quasi religieuse s'est d'abord intéressé à l'Histoire. Il s'inspire du précepte de Wallace Stevens selon lequel la quête de la réalité est aussi sérieuse que celle du divin. Appliquant ce principe à sa poésie, Wainwright engage le dialogue avec des scientifiques ou des philosophes, en quête d'une vision du monde « austère, tragique, aliénée et suprêmement belle[1] ». S'interrogeant sur le rôle de la langue il envisage le poème comme « l'espace où s'opère une fusion entre les mots comme référents et les mots comme phénomènes[2] ».

1. « Sometimes [...] one can glimpse the true scientific vision: austere, tragic, alienated and supremely beautiful. A world that isn't for anything, a world that is just there. », Jerry Fodor, cité par Jeffrey Wainwright, *Clarity or Death*, p. 38.
2. Jeffrey Wainwright, « Space available, a Poet's Decisions », *The Oxford Handbook of Contemporary British and Irish Poetry*, Oxford University Press, 2013, p. 215-227.

The Reasoner
(extract)

in memory of René Gallet

4

Is our language complete? Not on your life!
Not like H_2SO_4*. Not like the law of sines*
with its allowance for the ambiguous case.
But there is the hope

the one who hopes

for simple agreements,
perfect understanding
for nothing not ever irregular

In Stoke-on-Trent post-war we were keen on Esperanto.
Here, where breathing could be difficult,

Le raisonneur
(extrait)

en mémoire de René Gallet

4

Notre langage est-il complet[1] ? Pas le moins du monde !
À la différence d'H_2SO_4. Ou de la loi des sinus
avec prise en compte du cas ambigu.
Persiste cependant l'espoir

de *celui qui espère*

des accords simples,
une compréhension parfaite
rien qui ne soit jamais irrégulier

À Stoke-on-Trent dans l'après-guerre, on adorait l'espéranto.
Là où l'on avait parfois du mal à respirer,

1. Ludwig Wittgenstein, *Investigations philosophiques*, n° 18, p. 121, *Tractatus logico-philosophicus,* Gallimard, 1961.

was an inspiration to get out the door,
to world peace, nation same-speaking peace unto nation,
so charas could criss-cross from Dresden to Dresden,
Burslem to Białystok,
happy wanderers, buying pots of tea effortlessly,
and explaining the laws of cricket faultlessly
to Russians Germans Poles and Jews,
without an itch and nary a crux word.

5

Is our langage complete? No way José
exclamation point. For all the rolling off the tongue
words remain such dullards, their relations obscure.

I-wish-that-she-would-call.
Just tell me, if you can, how what I mean is there.
Or even in: I-do-wish-that-she-would-call.
Just tell me, if you can, how what I feel is there.
How do such, or any, sentences give forth,
bring into presence, stand in for, resemble…?
No way. But just watch them do it.

6

Is our language complete? Are you kidding?
Very often. Which is part of the lack.
I can't claim though that I am lied to often.
Even house-agents' clerks don't say the thing-which-is-not
deliberately, they are just optimists

c'était comme une aspiration à sortir de chez soi
dans un monde de paix, de paroles de paix entre nations,
laissant les camés faire la navette de Dresde à Dresde,
de Burslem à Białystok,
tels de bienheureux routards pour s'offrir leur herbe sans effort
et expliquer impeccablement les lois du cricket
aux Russes, aux Allemands, Juifs et Polonais
sans le moindre accroc ni jamais le mot qui fâche.

5

Notre langage est-il complet ? Tu parles, Charles,
point d'exclamation. On a beau vouloir se délier la langue
les mots sont de tels lourdauds, aux liens tellement obscurs.

J'-aimerais-qu'-elle-m'-appelle.
Dites-moi seulement si ça exprime mon propos ?
De même dans : *J'-aimerais-bien-qu'-elle-m'-appelle.*
Dites-moi si ça exprime mes sentiments ?
Comment ces phrases ou d'autres peuvent-elles évoquer,
faire sentir la présence, représenter quelque chose, ressembler… ?
Impossible. Pourtant, regardez-les faire.

6

Notre langage est-il complet ? Vous voulez rire ?
Si, très souvent. Ça fait partie du manque.
Non pas que je prétende qu'on me mente souvent.
Même les agents immobiliers ne disent pas n'importe quoi
délibérément, ce sont des optimistes

by training, and the ones I know, the press they get,
it's hard not to sympathize. Would he really
leave a girl like that in her bedsit in her nothings?
Could her executive comportment turn peevish,
lead to murder in the master bedroom even?
I don't know.

7

Is our language complete? You bet it is!
Name one thing it can't do.
it can dawdle meaning-less-ly like this,
or be doing the same thing soul-ful-ly, if it says so,
drifting along the ramparts in a floaty dress,
*the chalky hills (*enter here*) in the moonlight,*
could be given anything to do,
as they were once said to skip.
The only question it has to ask itself is
how much is a sufficiency, elegant or otherwise?

8

Is our language complete? Well you read the lines/
lies in the last poem, decide for yourself.
In truth I stumble and cast about even when
I'm talking to myself. There are the best of tools
in the tidiest of racks under the stairs
and these words are not among them, nor-I "hazard"-
are there any such places words may be found.
But do not despair–and that's an order–

par formation, et ceux que je connais subissent une telle pression
qu'il est difficile de ne pas compatir. Comment laisser
la première fille venue sans rien dans son studio ?
Son attitude pourrait-elle virer à l'agressivité
pousser au crime dans la chambre principale ?
Je l'ignore.

7

Notre langage est-il complet ? Et comment !
Nommez-moi une seule chose qu'il ne sache pas faire.
Il peut flâner im-perturbable-ment comme ça,
ou bien le faire sentiment-ale-ment s'il le dit,
se promener alors sur les remparts en robe vaporeuse,
faire entrer en scène des falaises blanches au clair de lune,
capables de jouer n'importe quel rôle
ou bien de s'éclipser comme on le leur a déjà demandé.
La seule question qu'il doive se poser
est quelle est la mesure de son appétit, modéré ou pas ?

8

Notre langage est-il complet ? Bon, vous venez de lire les vers /
pervers un peu plus haut, faites-vous votre propre idée.
En vérité, j'hésite et m'interroge, même lorsque
je parle tout seul. On trouve les meilleurs outils
bien rangés dans le placard sous l'escalier
mais pas de mots parmi eux, pas plus – dirais-je –
qu'existe le moindre endroit où les trouver.
Pourtant, je vous l'ordonne, ne désespérez pas :

there are no angels, thus no perfect prattling,
and the painstaking repair of spiders' webs
best left to what's best adapted.
As the nightingale "with her sweet self she wrangles"
we must strive with our creature tongue.

To Himself

Dreams and systems; humble wishes;
myths that sustain because venerable;
even a walk along the promenade
might do, undertaken regularly.

The sea uprears and then falls back,
turns itself emerald, as though auditioning
to be a paradigm, another helpful,
dainty stepper with no power

to explicate or recommend.
So why not fill the time available
as these tall pines have done,
and with no more intent than they?

il n'y a pas plus d'anges que de discours idéal,
et le dur raccommodage des toiles d'araignées,
mieux vaut le laisser à ce qui est le plus adéquat.
À la manière du rossignol « aux prises avec sa nature délicate[1] »
il nous faut, pauvres créatures, nous démener avec la langue.

À soi-même

Rêves et systèmes ; humbles souhaits ;
mythes substantiels parce que vénérables ;
rien qu'une balade sur la promenade
ferait l'affaire, à condition d'être régulière.

La mer se cabre puis retombe,
parée d'émeraude comme pour décrocher
un rôle de paradigme, autre marchepied
délicat sans le moindre pouvoir

d'expliquer ou de recommander.
Alors pourquoi ne pas profiter du temps imparti
à la manière dont ces grands pins l'ont fait,
sans y mettre plus d'intention qu'eux ?

---

1. « Music's Duel », de Richard Crashaw (1612-1649), poète métaphysique anglais.

In fact, dream not, wish not, obviously
believe not. Abandon even the promenade.
As the sea turns itself, strive to imagine
nothing that would stir or stand.

En somme, ne rêve pas, ne désire rien, à l'évidence
ne crois en rien. Déserte même la promenade.
Alors que la mer reflue, tâche d'imaginer
que rien ne bouge ni ne tient.

WENDY COPE
(1945)

Née dans le Kent, Wendy Cope a fait des études d'Histoire à Oxford avant d'enseigner dans le primaire jusqu'en 1986, date à laquelle elle fait irruption sur la scène poétique avec la publication de *Making Cocoa for Kingsley Amis* qui connaît un vif succès. Prenant le contre-pied des tendances en vogue, elle revient au mètre et à la rime, affiche un ton comique, parodiant la grande tradition de la poésie anglaise avec un féminisme assumé. Elle continuera à cultiver avec la même fortune un sens de l'humour qu'elle conjugue avec une grande virtuosité et une remarquable précision technique, jouant avec les formes traditionnelles avec irrévérence mais toujours soucieuse des valeurs humaines. Dans ses poèmes plus récents elle pratique toujours l'autodérision, cependant que vulnérabilité, nostalgie ou tendresse viennent briser l'armure d'ironie du poète.

Bloody Men

Bloody men are like bloody buses–
You wait for about a year
And as soon as one approaches your stop
Two or three others appear.

You look at them flashing their indicators,
Offering you a ride.
You're trying to read the destinations,
You haven't much time to decide.

If you make a mistake, there is no turning back.
Jump off, and you'll stand there and gaze
While the cars and the taxis and lorries go by
And the minutes, the hours, the days.

Foutus hommes

Ces foutus hommes sont comme les foutus bus –
On attend parfois près d'une année
Et dès que l'un s'approche de votre arrêt
On en voit deux ou trois autres se pointer.

On les regarde faire clignoter leurs signaux,
Vous proposer de monter.
On essaye bien de lire leurs destinations,
On n'a pas beaucoup de temps pour se décider.

Si on se trompe, pas question de faire demi-tour.
Si on saute en route, on risque de rester plantée à regarder
Défiler les voitures, les taxis, les poids lourds,
Avec les minutes, les heures, les jours.

Keep Saying This

Keep saying this and don't forget:
Although you think you're very old,
The party isn't over yet.

You lie awake at night beset
By dread of being dead and cold.
Keep saying this and don't forget:

It doesn't help at all to fret
About what cannot be controlled.
The party isn't over yet.

Although your nature wasn't set
In a serene or fearless mould,
Keep saying this and don't forget:

In ten years time you may regret
Surrendering to gloom. Be bold.
The party isn't over yet.

No point in living if you let
Your terror of the end take hold.
Keep saying this and don't forget
The party isn't over yet.

Dis-toi sans cesse

Ne l'oublie pas, dis-toi sans cesse,
Même si tu te crois en pleine vieillesse,
La fête est loin d'être finie.

Tu restes éveillée toute la nuit
Par crainte de te retrouver raide morte.
Ne l'oublie pas, dis-toi sans cesse :

C'est peine perdue d'avoir souci
De ce qui est hors de contrôle.
La fête est loin d'être finie.

Même si ta nature n'est trempée
Ni dans l'airain ni dans l'acier,
Ne l'oublie pas, dis-toi sans cesse :

Dans dix ans tu regretteras peut-être
D'avoir cédé à la tristesse. Sois brave.
La fête est loin d'être finie.

À quoi bon vivre si tu laisses
L'angoisse de la fin te saisir.
Ne l'oublie pas, dis-toi sans cesse,
La fête est loin d'être finie.

SELIMA HILL

(1945)

Poète de l'extrême et de l'excès, Selima Hill est une voix singulière aux accents surréalistes souvent comparée à Stevie Smith ou Sylvia Plath pour son humour et sa noirceur. Née à Londres, elle a été élevée à la campagne, en Angleterre et au pays de Galles, dans une famille de peintres. Victime d'un incendie au tout début de sa vie, elle passe plusieurs mois à l'hôpital. Après des études de philosophie à Cambridge, elle s'installe dans le Dorset où elle vit toujours. Abordant des sujets difficiles comme la maladie mentale, la frustration amoureuse, elle écrit une poésie de l'identité féminine à la limite de la rupture et semble incessamment rejouer sa survie précaire dans des poèmes instables aux images déconcertantes dans lesquels le règne animal joue un rôle prépondérant.

Cow

I want to be a cow
and not my mother's daughter.
I want to be a cow
and not in love with you.
I want to feel free to feel calm.
I want to be a cow who never knows
the kind of love you "fall in love with" with;
a queenly cow, with hips as big and sound
as a department store,
a cow the farmer milks on bended knee,
who when she dies will feel dawn
bending over her like lawn to wet her lips.

I want to be a cow,
nothing fancy–
a cargo of grass,
a hammock of soupy milk
whose floating and rocking and dribbling's undisturbed
by the echo of hooves to the city;
of crunching boots;

Vache

Je veux être une vache
pas la fille de ma mère.
Je veux être une vache
pas amoureuse de toi.
Je veux me sentir libre d'être calme.
Je veux être une vache qui jamais ne va connaître
le genre d'amour dont on « tombe amoureux » ;
une vache royale, avec des hanches aussi amples et saines
qu'un grand magasin,
une vache que le fermier trait à genoux,
qui à sa mort sentira l'aurore
se pencher sur elle comme une prairie et lui mouiller les
lèvres.

Je veux être une vache,
rien de compliqué –
une cargaison d'herbe,
un hamac de lait sirupeux
qui flotte, se berce, bave sans être dérangée
par l'écho des sabots en route vers la ville ;
des bottes qui crissent ;

of suspicious-looking trailers parked on verges;
of unscrupulous restaurant-owners
who stumble pink-eyed, from stale beds
into a world of lobsters and warm telephones;
of streamlined Japanese freighters
ironing the night,
heavy with sweet desire like bowls of jam.

The Tibetans have 85 words for states of consciousness.
The dozy cow I want to be has none.
She doesn't speak.
She doesn't do housework or worry about her appearance.
She doesn't roam.
Safe in her fleet
of shorn-white-bowl-like friends,
she needs, and loves, and 's loved by,
only this–
the farm I want to be a cow on too.

Don't come looking for me.
Don't come walking out into the bright sunlight
looking for me,
black in your gloves and stockings and sleeves
and large hat.
Don't call the tractorman.
Don't call the neighbours.
Don't make a special fruit-cake for when I come home:

des remorques suspectes garées sur les bas-côtés ;
des restaurateurs sans scrupules
aux yeux rougis qui, tirés de leurs lits fétides,
déboulent dans un monde de homards et de téléphones chauds ;
d'avions cargos japonais profilés
repassant au fer la nuit,
chargés de doux désirs comme des pots de confiture.

Les Tibétains ont 85 mots pour décrire les états de conscience.
La vache abrutie que je veux être n'en a aucun.
Elle ne parle pas.
Elle ne fait pas le ménage, ne se soucie pas de son apparence.
Elle ne vagabonde pas.
En sûreté au milieu de sa flotte
d'amies blanches tondues ras
dont elle a besoin, qu'elle aime et qui l'aiment,
rien que ça –
cette ferme dont je veux moi aussi être une vache.

Ne viens pas me chercher.
Ne surgis pas dans la clarté du soleil
pour venir à ma recherche,
tout noir avec tes gants, tes bas, tes manches
et ton grand chapeau.
N'appelle pas le conducteur du tracteur.
N'appelle pas les voisins.
Ne fais pas ton gâteau aux fruits spécial pour fêter mon retour :

I'm not coming home.
I'm going to be a cowman's counted cow.
I'm going to be a cow
and you won't know me.

Portrait of My Lover as a Strange Animal

Don't ask me why
but soon I started feeding it,
on caterpillars, chocolate drops, soft fruit–
anything as long as it was small.
Its mouth was as small and tight as a wedding-ring.
On moonlit nights it liked to watch the stars
and lean against me
like a giant jelly.
Then came the night I thought I heard it speak.
It said my name!
O Lord it sounded beautiful!…
But of course by then I was out of my mind with exhaustion.
I had sunk to my knees in the sand I was so exhausted.
And the sacks I had carried contained only roots.
And as for my name–
it was only the sound of its gums
crunching the body
of its final wren.

Je ne rentre pas à la maison.
Je vais être une vache comptée par le vacher.
Je vais être une vache
et tu ne vas pas me reconnaître.

Portrait de mon amant en animal étrange

Ne me demandez pas pourquoi
mais je me suis bientôt mise à nourrir l'animal,
de chenilles, de crottes en chocolats, de baies sucrées –
ou autre, tant que c'était petit.
Sa bouche était aussi petite et serrée qu'une alliance.
Les nuits de clair de lune il aimait regarder les étoiles
et se blottir contre moi
comme un flan géant.
Puis vint la nuit où il m'a semblé l'entendre parler.
Il prononçait mon nom !
Mon Dieu, comme c'était beau !...
Mais il est vrai qu'alors l'épuisement m'avait fait perdre la tête.
Je m'étais laissée tomber à genoux sur le sable tant j'étais épuisée.
Et les sacs que j'avais portés ne contenaient que des racines.
Quant à mon nom –
ce n'était que le bruit de ses mâchoires
broyant le corps
de son dernier roitelet.

PETER READING
(1946-2011)

Né à Liverpool, Peter Reading a fait des études d'art avant de devenir enseignant puis opérateur de pont basculant, tentant finalement de vivre chichement de son écriture. Il a publié un premier recueil au ton satirique, *For the Municipality's Elderly*, en 1974, suivi de plusieurs autres dont *C* en 1984, cent poèmes de cent mots sur le cancer. De son propre aveu caustique, misanthrope et pessimiste, Peter Reading cultive son originalité. Virtuose de l'art de la mélancolie, il joue avec les formes classiques dans une veine d'inspiration moderniste. En 2005, il a publié *-273.15*, long poème sur le changement climatique qui témoigne de l'état du monde par des textes de plus en plus minces, parfois partiellement effacés de la page. Son dernier livre de poésie allie sentiment de déclin personnel et déliquescence du monde. Il y célèbre ce qui lui reste, « verse, viticulture and love » : la poésie, le vin, l'amour. Il aurait pu ajouter l'observation des oiseaux, son passe-temps favori.

Melancholic

"No man amongst us so sound, of so good a constitution, that hath not some impediment of body or mind... All this befalls him in this life, and peradventure eternal misery in the life to come."

ROBERT BURTON, The Anatomy of Melancholy

I know not whence he came, but a wise man
had a coarse, strident termagant of a wife;
and when she brawled, he played upon his drum,
and by that means he maddened her the more,
because she saw that he would not be vexed.

*

All black wines, over hot, compounded, strong,
thick drinks as malmsey, alicant, brown bastard,
muscadine, rumney, metheglin, and such,
of which they have in Muscovy, a plenty,
are hurtful to the melancholic head,
for wine itself causeth that very ill,
especially if immoderately imbibed.

Mélancolique

« Nul homme parmi nous qui ne soit assez sain ou d'une constitution assez bonne sans qu'il n'aie quelque défaut de corps ou d'esprit... Tout ceci lui arrive en cette vie, et peut être cause de son éternel malheur dans la suivante. »

ROBERT BURTON, *The Anatomy of Melancholy*

Je ne saurais dire d'où venait cet homme sage qui était affublé
d'une harpie vulgaire à la voix stridente en guise d'épouse ;
alors dès qu'elle braillait, il se mettait à jouer du tambour,
et ce qui la rendait encore plus folle de rage,
c'était de voir qu'il refusait de se fâcher.

*

Tous les vins noirs, trop capiteux, mélangés, puissants,
les boissons épaisses comme le malmsey, l'alicante, le brown bastard,
le muscadine, le rumney, le metheglin, et tant d'autres,
que l'on trouve en abondance en Moscovie,
montent à la tête de celui qui est enclin à la mélancolie,
car le vin lui-même peut causer cette maladie,
pour peu qu'on s'en imbibe immodérément.

Guianerius tells a story of two Dutchmen,
to whom he gave the freedom of his house,
"that in month's space both were melancholy
by drinking wine–the one did naught but sing,
the other sigh."

*

Unholy desperation,
says Tully, is a sickness of the soul
with neither hope nor any expectation
of succour; for whilst evil is expected,
we fear; but when tis certain, *we despair.*

Afflatious

That cinnamon Nankeen Night Heron
(slender, white nuchal plumes,
black crown, black bill, cream belly)
at roost on an island willow
brushing the brown lake mirror
in Melbourne Botanical Gardens…

And in Texas, that Painted Bunting
(head purple, back green, rump red,
red underparts, dark wings and tail,
bizarrely designed by committee)
picking at tumblegrass seed
in our arid desert garden…

Guianerius raconte l'histoire de deux Hollandais,
auxquels il avait laissé libre usage de sa maison,
« qui en l'espace d'un mois devinrent mélancoliques
à force de boire du vin – l'un ne faisait que chanter,
l'autre soupirer ».

*

Le désespoir impie,
dit Marcus Tullius, est une maladie de l'âme
sans espoir ni attente d'aucune espèce
de secours ; car si l'on *s'attend* au mal
on est dans la crainte mais s'il est *sûr,* on désespère.

Afflatus

Ce Héron Bihoreau de Nuit couleur cannelle
(mince, longues plumes blanches sur la nuque,
calotte noire, bec noir, ventre blanchâtre)
perché sur un saule de l'île
frôlant le miroir brun du lac
dans les jardins botaniques de Melbourne…

Au Texas, ce Passerin Nonpareil
(tête violette, dos vert, croupe rouge,
parties inférieures rouges, queue et ailes sombres,
bizarrement dessinées sur commande)
picorant des graines d'herbes sèches
dans notre aride jardin du désert…

And on Bardsey, off the Welsh coast,
that Wryneck (Jynx torquilla)
we caught in the mist-nets, beating
between the bracken and gorse clumps–
the way its head twisted around,
serpentine, primitive,
its vermicular dead-leaf plumage...

And in Badgers Creek, that Lyre Bird
(Menura novaehollandiae)
grey-brown, long filmentous tail,
and feet like a couple of garden rakes
grubbing the wet forest leaf-mould...

And on the Mexican border,
that Plain Chachalaca, dull grey,
long glizy green tail tipped white,
guzzling the leaves from the branches,
cha-cha-lac, cha-cha-lac, cha-cha-lac...

And I'd say (if I entertained
such mawkish conceits) that on each
of these afflatious encounters
my soul ascended like that
Skylark I watched as I lay
and dreamed through a summer morning
in a sweet pasture in Shropshire
on an upland when I was younger.

À Bardsey, au large de la côte galloise,
ce Torcol (*Jynx torquilla*)
que nous avons surpris dans les filets de brume, se frayant
un chemin entre les touffes de fougère et de genêts –
la tête enroulée,
serpentine, primitive,
son plumage vermiculaire aux tons de feuilles mortes…

À Badger Creek, cet Oiseau Lyre
(*Menura novaehollandiae*)
gris-brun, longues lyrates à filaments,
pattes semblables à une paire de râteaux de jardin
fouillant le tapis de feuilles humides de la forêt…

À la frontière mexicaine,
cet Ortalide Chacamel, grisâtre,
longue queue à reflet vert et pointe blanche,
se goinfrant de feuilles arrachées aux branches,
cha-cha-lac, cha-cha-lac, cha-cha-lac…

Et je dirais (si j'avais l'habitude
de comparaisons aussi mièvres) que lors de chacune
de ces rencontres d'afflatus poétique
mon âme est montée au ciel comme cette
Alouette que j'observais, couché sur une hauteur
et rêvant par une belle matinée d'été
dans une douce prairie du Shropshire
au temps de ma jeunesse.

RUTH PADEL
(1947)

Refusant de se cantonner aux émotions ou à la sphère domestique, Ruth Padel repousse les limites de la poésie féminine. Née à Londres, elle a fait des études de littérature classique avant d'enseigner en tant qu'helléniste à Oxford et à Londres puis de se consacrer à l'écriture. Très éclectique, elle s'intéresse aussi bien à l'opéra, à la musique rock, qu'à la nature et aux sciences. Elle est l'autrice de nouvelles, de récits, d'un roman, de textes pour la radio, de plusieurs ouvrages de vulgarisation et de critique comme *52 Ways of Looking at a Poem* (2002). Elle renouvelle son style et son inspiration en se penchant sur la vie de son illustre ancêtre Charles Darwin à qui elle consacre une biographie originale composée de poèmes narratifs condensant une série de moments emblématiques de la vie du savant et fondée sur ses écrits originaux. Dans cet ouvrage pseudo-victorien Ruth Padel donne libre cours à la célébration de la vie. Créer est selon elle une manière de lutter contre les forces obscures : « Making is our defence against the dark », écrit-elle dans un vers qui résume sa poétique affirmative.

The Devil as Baboon

Darwin began reading Malthus's Essay on the Principle of Population *on 28 September 1838. In it he found "a theory by which to work", which led him to the concept of natural selection.*

Two lamps lit. He's finishing Malthus. Shadows dance
in the room like a scritch of black rain.
"All forms compete against each other for means of their life.
Nature's forms do not *demonstrate benevolence, divine*
or otherwise! The principle of population is strife.

Disease and pain in the world–and they talk of perfection?"
We are alone with our biology. "New life is born
from famine, extinction, death." Covington draws a curtain

Le Diable en babouin

Darwin commença la lecture d'*Essai sur le principe de population* de Malthus le 28 septembre 1838. Il y trouva « une théorie sur laquelle s'appuyer » qui le conduisit au concept de sélection naturelle.

Deux lampes allumées. Il finit Malthus. Des ombres dansent
dans la pièce telles des griffures de pluie noire.
« Toute forme entre en compétition avec les autres pour sa survie.
Les formes naturelles ne font preuve d'*aucune* bonté fût-elle divine
ou autre ! La loi de la population, c'est le combat.

Maladie et douleur règnent dans le monde – et on parle de perfection ? »
Nous sommes seuls face à notre biologie. « Toute vie nouvelle naît
de la famine, de l'extinction, de la mort. » Covington tire le rideau

against crêpe smog. Granite sparks
in the pavement outside. Applewood spits on the hearth.

"The human mind is shaped by its animal past. Every species
enshrines its ancestors in that stub of a tail at the end
of the spine. But instincts, desires–these have a history too.
Aggression, anger and revenge
once preserved us. But conditions have changed.

We try to restrain these passions that derive from our descent."
Raindrops through soot. Iron heels and hooves
rattle below like barrels clattering down cellar steps.
"The origin of man is now proved." The animal in us
has the loudest tunes. "Our grandfather is Satan–in the form of a baboon!"

sur le smog jaunâtre. Dehors, sur le trottoir
le granit étincelle. Le bois de pommier grésille dans l'âtre.

« L'esprit humain est modelé par son passé animal. Chaque espèce
est rattachée à ses ancêtres par ce petit bout de queue situé à la base
de la colonne vertébrale. Mais les instincts, les désirs – eux aussi ont une histoire.
L'agression, la colère, la vengeance
nous ont protégés autrefois. Mais les conditions ont changé.

Nous tentons de réfréner les passions provenant de nos origines. »
Gouttes de pluie traversant la suie. En bas, talons et sabots de fer
claquent dans un fracas de tonneaux jetés dans l'escalier d'une cave.
« Nous avons à présent la preuve de l'origine de l'Homme. » C'est l'animal qui, en nous,
crie le plus fort. « Notre grand père est Satan – ayant pris la forme d'un babouin. »

PENELOPE SHUTTLE
(1947)

Originaire du Middlesex, Penelope Shuttle s'est installée à Falmouth en Cornouailles en 1970, sur les traces de l'écrivain mystique John Cowper Powys. Elle vit sur une péninsule qui nourrit son imagination et son amour de la nature changeante qu'elle se plaît à observer. C'est là qu'elle mène sa quête de l'inconnu, aux marges de la poésie anglaise, cherchant ses images dans l'inconscient collectif. Ce rapport aux forces cosmiques, elle l'a partagé avec le poète Peter Redgrove son mari, tout au long de leur vie commune, collaborant avec lui à une réflexion sur le féminin. Le quotidien le plus banal, le corps humain revêtent chez elle une dimension surnaturelle, quasi magique. Adepte de la méditation, elle croit en la suprématie du souffle : « C'est la manière dont le poème respire qui lui donne sa forme[1]. »

1. Site de l'auteur.

Like St Agnes

Like St Agnes
carrying her severed breasts to heaven
on a tray,
or a faithless queen
tucking her beheaded head under her arm
for all eternity,
I can't get over myself,
carrying my heart wrapped in newspaper
across Europe,
torn from me by your last words–
have a nice time–*whispered to me*
as the two kind burly men stowed you in the ambulance–
What malevolent goblin's spell
kept me from riding with you to Casualty?
Did I really think you'd be back in a couple of hours, kissed all better?
I'm carrying my heart everywhere,
such a lump, trailing blood

Telle sainte Agnès

Telle sainte Agnès,
emportant au ciel ses seins coupés
sur un plateau,
ou une reine infidèle
coinçant sa tête tranchée sous un bras
pour toute l'éternité,
je me sens condamnée
à promener mon cœur enveloppé de papier journal
à travers l'Europe,
arraché de ma poitrine par tes derniers mots –
amuse-toi bien – m'as-tu chuchoté
tandis que deux braves costauds t'installaient dans l'ambulance –
Quel sort a bien pu m'être jeté par un mauvais génie
pour m'empêcher de t'accompagner aux urgences ?
Est-ce que je croyais vraiment que tu allais rentrer une heure ou deux plus tard pour être d'autant mieux embrassé.
Je porte mon cœur partout avec moi
tel un fardeau, laissant des traînées de sang

No wonder they frown me through Customs–
I've learned the hard way,
what it means to be heart-less–
Grief caught me red-handed
that's why my heart aches so,
even though it's rip't from my flesh–
and why I pity not the Maid of Orléans
but the one who set her pyre aflame,
the heartless one,
who will never stop burning.

Better to Be Water

Better to be water
endlessly on the move
from source to tide,

from cloud to earth
and back again,
or to be made of air

that also escapes
however fiercely held–
better to be thoughtless fire,

Pas étonnant qu'on me regarde de travers à la douane –
J'ai appris à la dure,
ce qu'être *sans cœur* veut dire –
Le chagrin m'a prise sur le vif
voilà pourquoi mon cœur me fait si mal
bien qu'il soit arraché de ma chair
et pourquoi je ne m'apitoie pas sur la Pucelle d'Orléans,
mais sur celui qui a mis le feu à son bûcher
celui qui est sans cœur,
qui jamais ne cessera de brûler.

Plutôt être d'eau

Plutôt être de l'eau
perpétuellement en mouvement
de la source à la mer,

du nuage à la terre
et inversement,
ou bien être faite d'air

qui lui aussi s'échappe
même si on le retient farouchement
plutôt être feu insouciant,

or earth in its constant sleep,
but I'm flesh and blood,
unable to believe

the world is just as beautiful now
as it was
that zero-blue morning

on the clifftop at Maenporth
when we saw
a crystal mirage

of columned temples and palaces
standing on the water
through which a fishing boat glided,

oblivious of the wonder–
Not believing the evidence of our eyes,
we asked a passing hiker,

can you see that?
His astonishment confirmed ours–
there it was–skimming the waves,

a Byzantium of ice
built from the collaboration
of light and frozen vapour,

ou terre constamment en sommeil
    mais je suis de chair et de sang,
        incapable de croire

que le monde est tout aussi beau maintenant
    qu'il l'était
        ce matin bleu-zéro

en haut de la falaise de Maenporth
    d'où nous vîmes
        un mirage de cristal,

palais et temples à colonnes
    érigés sur l'eau
        au milieu desquels glissait un bateau de pêche,

inconscients du miracle –
    N'en croyant pas nos yeux,
        nous demandâmes à un randonneur qui passait,

vous avez vu ?
    Son étonnement confirma le nôtre –
        il y avait là – effleurant les vagues,

une Byzance de glace
    édifiée par accord
        de la lumière et de la vapeur glacée,

as if a glitter-architect was working
with the most elusive
and rare fabrics she could find–

and offering it to us…

comme si cette architecte du scintillement se servait
des matières les plus délicates
et les plus rares qui soient –

afin de nous l'offrir…

GEORGE SZIRTES

(1948)

Né à Budapest, George Szirtes arrive en tant que réfugié en Angleterre avec ses parents à l'âge de huit ans, grandit dans le Hertfordshire et fait des études d'art à Londres et à Leeds avant d'être professeur à l'université d'East Anglia. Le retour au pays natal lors d'un voyage effectué en 1984 marque un tournant important dans son œuvre. Il devient alors traducteur de littérature hongroise et ses propres poèmes se colorent de surréalisme, introduisant une certaine étrangeté dans la poésie anglaise. George Szirtes compare l'exil à un double habitat, un lieu où une langue est hantée par une autre. D'où la nécessité, en ce qui le concerne, de la médiation de l'image : tableaux, photographies ou films. Reprenant le concept de Barthes il se dit tourmenté par le « champ aveugle », un dehors dont la présence cachée peut être ressentie comme une menace et dont s'inspire *Blind Field*, un de ses recueils. Loin d'être seulement intime, cette part d'ombre inclut les tragédies de l'Histoire européenne, fond obscur d'une œuvre au lyrisme contrarié.

Eclogue: Fair Day

A

Fair day in Budapest. Little fringed trumpets of cardboard
With barber's pole patterns. And the man in the trilby
Is down on his haunches with his small son beside him.
It is spring in the park, too early in the century,
In these parts at least, for a snarl up of motorised traffic.
It is legs all the way, a foot-bound Futurist manifesto.

B

Too early for a child to attempt a distinction
Between joy and mere chaos and something of terror.
The largeness of things is an ongoing factor
In the tiny managerial office of his senses
Which registers hands, like his father's those very same
hands,
As the weight of a lonely order of planets.

Églogue : belle journée

A

Jour de fête à Budapest. Petites trompettes de carton à franges
Décorées d'hélices. L'homme au chapeau de feutre
Est accroupi, son petit garçon à côté de lui.
C'est le printemps dans le parc, trop tôt dans le siècle,
Du moins en ces contrées, pour des encombrements de trafic motorisé.
Tout est dans les jambes, manifeste futuriste à pied.

B

Trop tôt pour qu'un enfant essaye de faire la distinction
Entre joie, simple chaos et ce qui est de l'ordre de la terreur.
La grandeur des choses est un facteur constant
Dans le minuscule poste de commandement de ses sens
Qui enregistre des mains, comme celles de son père, celles-là mêmes
Ayant le poids d'un ordre solitaire de planètes.

A

Fair day in Budapest, now tucked into history
In the way you slip a bus-ticket into a book
Or it may be a postcard, or a strip from a serviette
In any case temporary and sure to fall out
When the volume is opened, as it has been, and often.
It is, after all, only a child and his felt-hatted father.

B

Everything slips from the books you are reading:
The plot, the descriptions, the fascinating characters,
And the only thing left is the smell of the pages
Or the way they turned over, and the child that once turned
them,
Who slips from the book now. Look; look at him slipping,
And the hand on his shoulder, a moon with his planet.

Horse Painter

1

Oh but they are inordinately proud
and calm, my people, these distant grooms
performing like machines in an elegiac
landscape where nothing irregular is allowed.

A

Jour de fête à Budapest, à présent relégué dans l'histoire
De la manière où tu glisses un ticket de bus dans un livre
Ou peut-être une carte postale ou un lambeau de serviette,
Provisoire de toute façon et qui tombera c'est sûr
Dès que le volume sera ouvert, comme il l'a déjà été souvent.
Ce n'est après tout qu'un enfant avec son père au chapeau de feutre.

B

Tout s'échappe des livres que tu lis :
Intrigue, descriptions, personnages fascinants,
Il ne reste que l'odeur des pages
La façon dont elles ont tourné, et l'enfant qui un jour les a tournées,
Lui qui glisse du livre maintenant. Regarde, regarde-le glisser,
Avec cette main posée sur son épaule, une lune et sa planète.

Peintre équestre

1

Voyez à quel point ils sont fiers
et calmes, mes pairs, ces froids palefreniers
jouant mécaniquement leur rôle dans un paysage
élégiaque où l'on ne tolère rien d'irrégulier.

My horses are braced in their cool rooms,
framed and gazed at, hearing the crack
of dawn like whips, dreaming of courses
where thunder builds. I build myself into
their hooves and fetlocks. I rearrange
their manes, comb out their tails, brush through
each tight coat until they come up strange
and glowing, more furniture than horses,
polite yet beautiful. It is my privilege
to lay them bare with a scalpel's edge.

2

Earth is nature but landscape is property.
Against such backdrop this magnificent
remnant of earth: a horse rising. One rears
under a lady. It is a minor event
in England, a function of anxiety,
of order maintained by stewards with guns.
Nothing is as calm as it appears.
Under the skin, between our nerves, blood runs.
Everywhere men think and gather. The fields
make chomping noises in the mud. Harvesters and reapers
with stoical expressions remark on weather that yields
a good crop. Elsewhere other croppings. Our keepers
keep us as we keep our horses, on a tight rein.
Our horses have mad eyes, but we are sane.

Mes chevaux sont briqués dans leurs stalles fraîches,
encadrés et admirés, écoutant l'aube
claquer comme un fouet, rêvant de pistes
où le tonnerre gronde. Je m'approprie
leurs sabots et leurs fanons. Je recoiffe
leur crinière, peigne leur queue, brosse
à fond chaque robe serrée au point qu'ils ressortent étranges
et luisants, pièces de mobilier plutôt que chevaux,
policés et beaux cependant. C'est mon privilège
de les mettre à nu au fil du scalpel.

2

La terre c'est la nature, le paysage c'est la propriété.
Sur une pareille toile de fond admirez ce superbe
vestige de la terre : un cheval qui se cabre. Il se rebiffe
sous sa cavalière. C'est un événement mineur
en Angleterre, variable de l'anxiété,
du maintien de l'ordre par des intendants armés.
Rien n'est aussi calme qu'il paraît.
Sous la peau, entre nos nerfs, coule le sang.
Partout des hommes pensent, se rassemblent. Les champs
piaffent dans la boue. Moissonneurs et faucheurs
glosent, l'air stoïque, sur le temps propice
aux belles récoltes. Autres lieux, autres cultures. On nous tient
bride serrée, comme nous tenons nos montures.
Nos chevaux ont les yeux fous mais nous gardons notre sang-froid.

JAMES FENTON
(1949)

Poète, journaliste, essayiste, librettiste, critique d'art et de littérature, jardinier, à la fois sérieux et désinvolte, James Fenton est une sorte d'homme de la Renaissance égaré dans le XXIe siècle. Fils de pasteur anglican, né à Lincoln, il passe son enfance dans le Staffordshire et le Yorkshire, est choriste à Durham. Il étudie à Oxford sous la direction de John Fuller qui l'initie à la poésie de W. H. Auden pour laquelle il se prend de passion. Il opte ensuite pour le journalisme, devient correspondant à l'étranger, grand reporter au Cambodge, au Vietnam, pour *The New Statesman*, *The Guardian*, ce qui contribuera à la dimension politique de son œuvre. « A German Requiem » est considéré comme l'un des poèmes les plus novateurs d'après-guerre. Proche de l'entreprise de défamiliarisation de ses amis Craig Raine et Christopher Reid pour lesquels il forgera le terme critique de « martien », il contribue au renouveau du poème narratif et brosse le portrait d'une Angleterre minée de l'intérieur. Après une décennie de silence, il reviendra aux fondamentaux : « le rythme, la rime, les sujets simples comme l'amour, la mort, la guerre ». Il est alors élu au poste de professeur de poésie d'Oxford qu'il occupera jusqu'en 1999.

A Staffordshire Murderer

Every fear is a desire. Every desire is fear.
The cigarettes are burning under the trees
Where the Staffordshire murderers wait for their accomplices
And victims. Every victim is an accomplice.

It takes a lifetime to stroll to the carpark
Stopping at the footbridge for reassurance,
Looking down at the stream, observing
(With one eye) the mallard's diagonal progress backwards.

You could cut and run, now. It is not too late.
But your fear is like a long-case clock
In the last whirring second before the hour,
The hammer drawn back, the heart ready to chime.

Fear turns the ignition. The van is unlocked.
You may learn now what you ought to know:

L'assassin du Staffordshire

Toute peur est désir. Tout désir est peur.
Les cigarettes brûlent sous les arbres
Où les assassins du Staffordshire attendent leurs complices
Et leurs victimes. Toute victime est complice.

Il faut une vie entière pour flâner jusqu'au parking,
S'arrêter à la passerelle pour se rassurer,
Baisser le regard vers le ruisseau, observer
(D'un œil) la progression en diagonale du malard vers l'arrière.

Tu pourrais battre en retraite, à présent. Il n'est pas trop tard.
Mais ta peur est comme une horloge comtoise
Suspendue à la dernière seconde vibrant juste avant l'heure,
Marteau levé, cœur prêt à carillonner.

La peur met le contact. La camionnette n'est pas fermée à clef.
Peut-être vas-tu apprendre maintenant ce que tu devrais savoir :

That every journey begins with a death,
That the suicide travels alone, that the murderer needs company.

And the Staffordshire murderers, nervous though they are,
Are masters of the conciliatory smile.
A cigarette? A tablet in a tin?
Would you care for a boiled sweet, from the famous poisoner

Of Rugeley? These are his own brand.
He has never had any complaints.
He speaks of his victims as a sexual braggart
With a tradesman's emphasis on the word "satisfaction".

You are flattered as never before. He appreciates
So much the little things–your willingness for instance
To bequeath your body at once to his experiments.
He seees the point of you as no one else does.

Large parts of Staffordshire have been undermined.
The trees are in it up to their necks. Fish
Nest in their branches. In one of the Five Towns
An ornamental pond disappeared overnight

Dragging the ducks down with it, down to the old seams
With a sound as of a gigantic bath running out,

Qu'un voyage commence par une mort,
Qu'un suicidé voyage seul, qu'un meurtrier a besoin de compagnie.

Or, malgré leur nervosité, les assassins du Staffordshire
Sont les maîtres du sourire conciliant.
Une cigarette ? Une pilule en boîte métallique ?
Que dirais-tu d'un berlingot offert par le célèbre empoisonneur

De Rugeley ? En voici de sa marque.
Personne ne s'en est jamais plaint.
Il parle de ses victimes comme de conquêtes sexuelles.
Insiste comme un commerçant sur le mot « satisfaction ».

Tu te sens flatté comme tu ne l'as jamais été. Il apprécie
Tellement les petites choses – par exemple, la bonne volonté
Avec laquelle tu abandonnes ton corps illico à ses expériences.
Il te perce à jour mieux que quiconque.

De grandes parties du Staffordshire ont été sapées à la base.
Les arbres y sont enfoncés jusqu'au cou. Les poissons
Nichent dans leurs branches. Dans l'une des Cinq Villes
Un bassin d'ornement a été englouti en une nuit

Entraînant les canards jusqu'au fond d'anciens gisements
Avec le même bruit qu'une énorme baignoire qui se vide,

Which is in turn the sound of ducks in distress.
Thus History murders mallards, while we hear nothing

Or what we hear we do not understand.
It is heard as the tramp's rage in the crowded precinct:
"Woe to the bloody city of Lichfield."
It is lost in the enthusiasm of the windows

From which we are offered on the easiest terms
Five times over in colour and once in monochrome
The first reprisals after the drill-sergeant's coup.
How speedily the murder detail makes its way

Along the green beach, past the pink breakers,
And binds the whole cabinet to the oil-drums,
Where death is a preoccupied tossing of the head,
Where no decorative cloud lingers at the gun's mouth.

At the Dame's School dust gathers on the highwayman,
On Sankey and Moody, Wesley and Fox,

Qui est aussi celui des canards en détresse.
Ainsi l'Histoire assassine les malards sans qu'on n'entende rien

Ou alors, ce qu'on entend, on ne le comprend pas.
On le confond avec le cri de colère d'un clochard pris dans la foule :
« Malheur à la foutue ville de Lichfield. »
Le cri se perd dans l'enthousiasme des vitrines

Dans lesquelles on nous offre avec le plus de facilité possible
Cinq fois de suite en couleur plus une fois en monochrome
La riposte immédiate au coup d'état du sergent instructeur.
Avec quelle vitesse les détails du meurtre se faufilent

Le long de la plage verte, devant les déferlantes roses,
Et rendent le Cabinet tout entier solidaire des barils de pétrole,
Là où la mort est un hochement de tête compassé,
Là où aucun nuage décoratif ne s'attarde à la gueule du revolver.

À l'école privée la poussière se dépose sur le bandit de grand chemin,
Sur Sankey et Moody[1], Wesley[2] et Fox[3],

1. Duo d'évangélistes auteurs d'hymnes qui attirèrent les foules britanniques vers 1875.
2. John Wesley (1703-1791), un des fondateurs de l'église méthodiste.
3. George Fox (1624-1691), fondateur du mouvement Quaker.

On the snoring churchwarden, on Palmer the Poisoner
And Palmer's house and Stanfield Hall.

The brilliant moss has been chipped from the Red Barn.
They say that Cromwell played ping-pong with the cathedral.
We train roses over the arches. In the Minster Pool
Crayfish live under carved stones. Every spring

The rats pick off the young mallards and
The good weather brings out the murderers
By the Floral Clock, by the footbridge,
The pottery murderers in jackets of prussian blue.

"Alack, George, where are thy shoes?"
He lifted up his head and espied the three
Steeple-house spires, and they struck at his life.
And he went by his eye over hedge and ditch

And no one laid hands on him, and he went
Thus crying through the streets, where there seemed
To be a channel of blood running through the streets,
And the market-place appeared like a pool of blood.

Sur le bedeau qui ronfle, sur Palmer[1] l'empoisonneur,
La maison de Palmer et Stanfield Hall[2].

La superbe mousse de la Grange Rouge[3] est en charpie.
On dit que Cromwell a joué au ping-pong avec la cathédrale.
Nous faisons grimper des roses sur les arceaux. Le bassin de l'église
Abrite des écrevisses sous les pierres sculptées. À chaque printemps

Les rats s'en prennent aux jeunes malards et
Le beau temps fait sortir les assassins
Près de l'Horloge Fleurie, près de la passerelle,
Les assassins de faïence en vestes bleu de Prusse.

« Hélas, Georges, où sont passés tes souliers ? »
Il a levé la tête et aperçu les trois
Flèches des clochers qui l'ont touché au cœur.
Alors, franchissant en un clin d'œil haies et fossés

Sans qu'on mette la main sur lui, il a erré
en pleurant dans les rues qui semblaient
N'être qu'un ruisseau de sang,
La place du marché ressemblait à une mare de sang.

1. William Palmer (1824-1856), également connu sous le nom d'empoisonneur de Rugeley (Staffordshire), était un médecin anglais qui fut condamné à la pendaison en 1855 pour le meurtre de son ami John Cook et soupçonné d'avoir tué plusieurs autres membres de sa famille dont sa belle-mère et quatre de ses enfants.

2. Lieu d'un double meurtre célèbre à l'époque victorienne.

3. Autre célèbre scène de meurtre dans le Suffolk.

For this field of corpses was Lichfield
Where a thousand Christian Britons fell
In Diocletian's day, and "much could I write
Of the sense that I had of the blood–"

That winter Friday. Today it is hot.
The cowparsley is so high that the van cannot be seen
From the road. The bubbles rise in the warm canal.
Below the lock-gates you can hear mallards.

A coot hurries along the tow-path, like a Queen's Messenger.
On the heli-pad, an arrival in blue livery
Sends the water boatmen off on urgent business.
News of a defeat. Keep calm. The cathedral chimes.

The house by the bridge is the house in your dreams.
It stares through new frames, unwonted spectacles,
And the paint, you can tell, has been weeping.
In the yard, five striped oildrums. Flowers in a tyre.

This is where the murderer works. But it is Sunday.
Tomorrow's bank holiday will allow the bricks to set.
You see? he has thought of everything. He shows you
The snug little cavity he calls "your future home".

Car ce champ de cadavres était Lichfield
Où un millier de Britanniques chrétiens tombèrent
À l'époque de Dioclétien, et « je pourrais en dire long
Sur le sentiment que m'a laissé le sang – »

Ce vendredi d'hiver. Aujourd'hui il fait chaud.
La ciguë blanche est si haute qu'on ne voit pas la camionnette
De la route. Les bulles remontent dans le canal tiède.
Sous les écluses on entend les malards.

Une foulque se hâte le long du chemin de halage tel un Messager de la Reine,
Sur l'héliport, une arrivée en livrée bleue
Expédie les cigales d'eau vers des affaires pressantes.
Défaite annoncée. Garder son calme. La cathédrale carillonne.

La maison près du pont est celle que tu as vue en rêve.
Elle a le regard fixe à travers ses cadres neufs, lunettes étranges,
Et la peinture, ça se voit, a versé des larmes.
Dans la cour, cinq barils à rayures. Des fleurs dans un pneu.

C'est ici que travaille l'assassin. Mais on est dimanche.
Demain, jour férié, le ciment des briques va pouvoir prendre.
Tu vois ? il a pensé à tout. Il te montre
la petite cavité douillette qu'il nomme « ta future maison ».

And "Do you know," he remarks, "I have been counting
my victims.
Nine hundred and ninety nine, the Number of the Beast!
That makes you..." But he sees he has overstepped the mark:
"I'm sorry, but you cannot seriously have thought you were
the first?"

A thousand preachers, a thousand poisoners,
A thousand martyrs, a thousand murderers–
Surely these preachers are poisoners, these martyrs murderers?
Surely this is all a gigantic mistake?

But there has been no mistake. God and the weather are
glorious.
You have come as an anchorite to kneel at your funeral.
Kneel then and pray. The blade flashes a smile.
This is your new life. This murder is yours.

« Sais-tu, remarque-t-il, que j'ai compté mes victimes ;
Neuf cent quatre-vingt-dix-neuf, le chiffre du Démon !
Ce qui fait de toi... » Mais il sent qu'il dépasse les bornes :
« Désolé, mais tu ne croyais quand même pas être le premier ? »

Mille prédicateurs, mille empoisonneurs,
Mille martyrs, mille meurtriers –
Ces prédicateurs sont sûrement des empoisonneurs, ces martyrs des meurtriers ?
Tout ceci ne peut être qu'une énorme erreur ?

Mais pas d'erreur possible. Dieu et le temps sont au beau fixe.
Tu es venu tel un anachorète t'agenouiller à tes funérailles.
Mets-toi à genoux alors et prie. La lame lance un sourire.
Voici ta vie nouvelle. Ce meurtre est le tien.

PHILIP GROSS
(1952)

Né sur la côte de Cornouailles, d'un père réfugié de guerre estonien peu loquace et d'une institutrice, Philip Gross a passé sa jeunesse à Plymouth. Il vit aujourd'hui au pays de Galles et enseigne à l'université de Glamorgan depuis 2004. Il est également auteur de littérature de jeunesse, de romans, de théâtre. Son univers s'apparente à un no man's land, comme celui décrit dans *The Water Table*, où il contemple l'estuaire de la Severn auprès duquel il réside. Fasciné par le caractère multiforme et changeant de l'eau, il observe l'étrangeté du monde naturel dans une série de variations méditatives, cherchant dans les reflets de l'eau l'énigme de son essence. Quête de l'ineffable, sa poésie inscrit sur la page une partition musicale aux rythmes cadencés disant mystère et émerveillement, alliant dépouillement et clarté d'expression. Elle est rythmée par le silence, une des langues parlées, selon lui, dans son univers familial et liée également à la religion quaker de son enfance.

Betweenland I

A body of water: water's body

that seems to have a mind (and
change it: isn't that what makes

a mind, *its changing?) not much*
prone to thinking–rather, thoughts
curl through it, salt or fresh, or hang

between states; sometimes gloss
the surface with their oil-illuminations.

Wind-worried to dullness, pulled two ways
(earth and moon like parents not quite
in accord), unquiet body, it can never

quite lay down its silt; always trying
to be something other, to be sky,

to lose itself in absolute reflection.

Entreterre I

Un corps d'eau : corps de l'eau

qui semble avoir un esprit (et
changer d'avis : n'est-ce pas cela qui fait

l'*esprit*, qu'il change) mais peu
porté à la réflexion – ou plutôt, douces ou salées,
les pensées le traversent ou restent

suspendues entre deux eaux ; font parfois chatoyer
la surface de leurs illuminations d'huile.

Hébétée à force d'être battue par le vent, tirée des deux
 côtés
(terre et lune comme deux parents pas vraiment
d'accord), corps intranquille, elle ne peut jamais

vraiment se débarrasser de sa vase ; essaye
toujours d'être autre, d'être ciel,

de se perdre en reflet absolu.

Betweenland III

After rain,
the far
shore–close,
with an almost accusing
acuity,
as if nothing
could ever be ignored
again:
every detail
(the tick of a wind–
turbine's vane
against the skyline)
a point it insists on:
no
no no, *let me explain.*

Severn Song

(for John Karl Gross)

The Severn was brown and the Severn was blue–
not this-then-that, not either-or,
no mixture. Two things can be true.
The hills were clouds, and the mist was a shore.

Entreterre III

Après la pluie,
          l'autre
rive – proche,
d'une acuité presque
accusatrice,
   comme si rien
ne pouvait plus jamais être
ignoré :
   le moindre détail
(le clic de la pale
d'une éolienne
à l'horizon)
point sur lequel elle insiste :
                    non
non *non*, laissez-moi expliquer.

Severn Song

(pour John Karl Gross)

La Severn était brune, la Severn était bleue –
non pas l'un-avant-l'autre ni l'un-ou-l'autre,
pas de mélange. Deux choses peuvent être vraies en même
   temps.
Les collines étaient des nuages, la brume un rivage.

The Severn was water, the water was mud
whose eddies stood and did not fill,
the kind of water that's thicker than blood.
The river was flowing, the flowing was still,

the tide-rip the sound of dry fluttering wings
with waves that did not break or fall.
We were two of the world's small particular things.
We were old, we were young, we were no age at all,

for a moment not doing, nor coming undone–
words gained, words lost, till who's to say
which was the father, which was the son,
a week, or fifty years, away.

But the water said earth *and the water said* sky.
We were everyone we'd ever been or would be,
every angle of light that says You, *that says* I,
and the sea was the river, the river the sea.

La Severn était eau, l'eau était boue
dont les remous stagnaient sans se remplir,
une de ces eaux plus épaisses que le sang.
La rivière coulait, le courant était immobile,

le clapotis de la marée, un battement d'ailes sec
avec des vagues qui ne se brisaient ni ne tombaient.
Nous étions deux petites choses singulières en ce monde.
Nous étions vieux, nous étions jeunes, nous étions sans âge,

un moment sans rien faire, sans être défaits –
mots gagnés, mots perdus jusqu'à ne pouvoir dire
qui serait le père, qui serait le fils,
dans une semaine ou cinquante ans.

Mais l'eau disait *terre* et l'eau disait *ciel*.
Nous étions tous ceux que nous avions jamais été ou pu
 être,
chaque angle de lumière disant *Toi*, disant *Je*,
et la mer était rivière, la rivière, mer.

ANDREW MOTION
(1952)

Figure officielle du monde des lettres britannique, Andrew Motion a occupé le poste de Poète lauréat de 1999 à 2009, succédant à Ted Hughes. On lui doit la création de « Poetry Archive », précieuse bibliothèque d'enregistrements des poètes contemporains. Né à Londres, il a fait des études à Oxford auprès de W. H. Auden avant d'enseigner à l'université de Hull où il a rencontré Philip Larkin. Il sera ensuite professeur à l'université d'East Anglia, puis à Londres. Il a présidé de nombreuses institutions culturelles, dirigé *The Poetry Review*, a été responsable de la poésie chez l'éditeur Chatto & Windus. Il est l'auteur de plusieurs biographies (Philip Larkin, John Keats) ainsi que de récits, de romans, et d'essais comme *Ways of Life: On Places, Painters and Poets* (2009). Son lyrisme traditionnel le situe dans la lignée de Thomas Hardy et d'Edward Thomas. Il revendique cependant un certain prosaïsme, gage selon lui de sincérité, et la clarté d'une écriture « aussi limpide que l'eau », qui laisse transparaître le fond obscur.

Veteran

This visit to my father's house
ends with the two of us
side by side at his kitchen window
in silence, facing the old view.

Across the field, the wood
shudders under lilac cloud,
which a while ago was a bird
and is now a shroud,

draping the winter trees
with filigree rain-gauze:
a handful of sun flukes
gilding the drab trunks.

My father and I watch.
Are we about to catch
a burst of orange after-glow,
or will the evening go

Vétéran

Cette visite chez mon père
s'achève près de la fenêtre de la cuisine
côte à côte, en silence,
tous deux faisant face à la vue familière.

De l'autre côté du champ le bois
frissonne sous un nuage lilas,
en forme d'oiseau il y a peu
et à présent de linceul,

drapant les arbres hivernaux
d'une gaze de pluie en filigrane :
quelques rayons de soleil inespérés
recouvrant d'or les troncs ternes.

Mon père et moi sommes aux aguets.
Sommes-nous sur le point d'assister
à l'explosion des dernières lueurs orangées
ou le soir va-t-il s'en aller

headlong down to night?
With the sad weight
of a man dragging chains,
he has managed to remain

on track through his tour
of flashbacks from the war:
three fog-soaked years
of square-bashing and canvas;

the sick, flat-bottomed dash
of D-Day; the frothy wash
of waves inside his tank
as it declined to sink;

the hell-for-leather advance
when the lanes of France
shrank bottle-tight, blazing;
the ash-wreck of Berlin.

This is by heart, of course
all at his own pace
now dust has settled again
and fear, grief, boredom, pain

have found out how to fade
into the later life he made.
But I still look at him–
the way his eyes take aim

tête baissée se fondre dans la nuit ?
Comme un homme traînant des chaînes
dont le poids l'accable,
il a réussi à tenir

ferme pendant toute la visite guidée
de ses retours en arrière sur la guerre :
trois années baignées de brouillard
avec exercices de tir, toile de tente ;

la dure équipée en bateaux à fond plat
du jour J, l'écume des vagues
envahissant son tank
sur le point de couler ;

l'avancée à bride abattue
dans les goulets d'étranglement
des ruelles d'une France en feu ;
Berlin réduite en cendres.

Tout ceci récité par cœur, bien sûr,
à son rythme à lui
à présent que la poussière est retombée
et que la peur, la peine, la douleur, l'ennui

ont trouvé moyen de s'estomper
pour se mêler à la vie qu'il s'est faite après.
Mais je le regarde encore –
la manière dont ses yeux visent

and hold the wood in focus
just in case anonymous
and slowly-swaying trees
might in fact be enemies

advancing. I look up at him,
and cannot estimate the harm
still beating in his head
but hidden in his words.

What might he have done?
What might I have done,
frightened for my life,
to make my future safe?

Did he kill a man?
Did he fire the gun
with this crumpled finger
which now lifts and lingers

on the swimming glass,
and points out how the mass
of cloud above the wood
has melted from a shroud

into a carnival mask?
I never dare to ask.
I would rather not show
the appetite to know

le bois et le tiennent en mire
pour le cas où des arbres
anonymes s'agitant doucement
se révèleraient être des ennemis

en train d'avancer. Je lève les yeux vers lui,
sans pouvoir mesurer l'étendue du mal
qui résonne toujours dans sa tête
mais reste caché dans ses mots.

Qu'est-ce qu'il aurait pu faire ?
Qu'est-ce que j'aurais fait,
craignant pour ma vie,
pour que mon avenir soit sûr ?

A-t-il tué un homme ?
A-t-il appuyé sur la gâchette
de ce doigt rabougri
qui à présent se lève et s'attarde

sur la vitre noyée,
montrant comment la masse
nuageuse au-dessus du bois
a fondu de linceul

à masque de carnaval ?
Je n'ose jamais lui demander.
Je préfère ne pas montrer
mon besoin de savoir

how much of his own self
he shattered on my behalf.
He is my father, my father,
and from him all I gather

are things that he allows,
turning from the window
before the sinking sky
has buried the wood entirely

and telling him it's time
I headed off for home,
while he still stares outside
and waits for the parade

of shadow-shapes to end,
his slightly lifted hand
either showing I should stay,
or pushing me away.

combien de son moi véritable
il a fait voler en éclats pour mon salut.
Il est mon père, mon père,
et de lui je n'espère

que ce qu'il veut bien dire,
me détournant de la fenêtre
avant que le naufrage du ciel
n'engloutisse totalement le bois

et lui disant il est l'heure de rentrer
je suis parti chez moi,
le laissant, regard toujours fixé au-dehors
attendant que prenne fin le défilé

des formes fantômes,
main à peine levée
d'un geste me signifiant de rester,
ou de déguerpir.

SEAN O'BRIEN

(1952)

Né à Londres, Sean O'Brien a passé son enfance à Hull, suivi des études littéraires à Cambridge et enseigne depuis 2006 à l'université de Newcastle. Poète, traducteur, romancier, c'est aussi un critique éminent, sans doute l'un des plus fins connaisseurs de la poésie anglaise et irlandaise contemporaine. En 1998, il a publié conjointement une anthologie, *The Firebox: Poetry in Britain and Ireland after 1945*, et une série d'essais : *The Deregulated Muse*. Confronté comme les poètes de sa génération au vide laissé par Ted Hughes et Philip Larkin, porteurs de deux visions de l'Angleterre en voie de disparition, il reste fidèle à leur imaginaire : terres vikings du Yorkshire, ville portuaire de Hull. « Le Nord, affirme-t-il, c'est la poésie[1]. » À partir de ce poste d'observation, il s'interroge sur la société postindustrielle, l'état de la nation, décrivant un monde fantomatique, « du mauvais côté de l'Angleterre pour toujours[2] ». C'est un homme en colère, proche des poètes « de classe » quoique le lyrisme, chez lui, l'emporte toujours sur l'idéologie. Dans les années 2000, suite à sa traduction de *L'Enfer* de Dante, sa poésie prend une nouvelle ampleur. Il obtiendra d'ailleurs pour *The Drowned Book*, paru en 2007, les deux plus prestigieux prix de poésie d'Angleterre : le T. S. Eliot et le Forward Prize. Dans ses recueils ultérieurs, le ton caustique cède la place à l'élégie tandis qu'il rend hommage à sa propre famille et aux valeurs d'une Angleterre en déclin.

1. « A Northern Assembly », *Downriver*, 2001.
2. « On the wrong side of England for ever », *Ghost Train*, 1995.

Fantasia on a Theme of James Wright

There are miners still
In the underground rivers
Of West Moor and Palmersville.

There are guttering cap-lamps bound up in the roots
Where the coal is beginning again.
They are sinking slowly further

In between the shiftless seams,
To black pools in the bed of the world.
In their long home the miners are labouring still–

Gargling dust, going down in good order,
Their black-braided banners aloft,
Into flooding and firedamp, there to inherit

Once more the tiny corridors of the immense estate
They line with prints of Hedley's Coming Home.
We hardly hear of them.

Fantaisie sur un thème de James Wright

Il reste des mineurs encore
Dans les rivières souterraines
De Palmersville et de West Moor,

Il y a de précaires lampes de casque prises dans les racines
Où le charbon commence à renaître.
Elles continuent de s'enfoncer avec lenteur

S'insinuant entre les filons désœuvrés,
Jusqu'aux gouffres noirs du lit du monde.
Dans leur longue demeure les mineurs sont encore à l'ouvrage –

Se gargarisant de poussière, progressant vers le fond en bon ordre,
Surmontés de leurs bannières galonnées de noir,
Pataugeant dans l'inondation et le grisou, afin d'hériter

Une fois de plus des étroits corridors de l'immense domaine
Qu'ils tapissent de gravures du *Retour au foyer* d'Hedley.
On n'entend guère parler d'eux.

There are the faint reports of spent economies,
Explosions in the ocean floor,
The thud of iron doors sealed once for all

On prayers and lamentation,
On pragmatism and the long noyade
Of a class which dreamed itsef

Immortalized by want if nothing else.
The singing of the dead inside the earth
Is like the friction of great stones, or like the rush

Of water into newly opened darkness. My brothers,
The living will never persuade them
That matters are otherwise, history done.

Sunk Island

She stares down the dead straight mile, at a walk,
While I stand by the lych-gate to let her
Arrive at this slow-motion replay of England.
Can I help you? *asks the lady on the horse.*
And I don't say: too late, unless your powers include
Self-abolition. Me? I'm waiting. *I don't say:*
Leave me be to read your graves, to stand and think,
To hear the water taking back the frozen fields.

Il est faiblement question d'économies épuisées,
D'explosions dans les fonds marins,
De bruit sourd de portes blindées refermées à jamais

Sur plaintes et prières,
Sur le pragmatisme et le lent naufrage
D'une classe qui se rêvait

Immortalisée, faute de mieux, par la privation.
Au sein de la terre le chant des morts
résonne comme la friction de grandes pierres, ou la ruée

De l'eau dans les ténèbres nouvelles. Mes frères,
Jamais les vivants ne pourront les persuader
Que les choses ont changé, que l'histoire est finie.

L'île engloutie

Planté près du porche du cimetière, je la vois arriver,
monture au pas, regard fixé sur le kilomètre rectiligne,
telle une rediffusion au ralenti de l'Angleterre.
Puis-je faire quelque chose pour vous ? demande la cavalière.
Je ne réponds pas : trop tard, à moins que vous ne puissiez
Vous abolir vous-même. *Moi ? J'attends.* Je me garde de lui dire :
Laissez-moi lire à loisir vos tombes, méditer debout,
Entendre l'eau reconquérir les champs gelés.

It's not my place to tell you what I mean.
Perhaps I've come to use the weather up
And look too closely at your groves of oak and ash.
But we both know the fact I'm waiting here
Is cousin to a crime. We hold each other's gaze.
Who for? *her bladed helmet asks. Her horse has turned*
To steaming stone. I think I hear the sea far off,
Like evidence that each of us might call.

And why?–*For the flood to accelerate over this ground,*
For your helmet to circle and sink like a moral,
For a rag-and-bone-man with his cargo of trash
To come rowing past slowly, his mind given over
To practical matters, the pearls of your eyes
Unforgiven and sold at Thieves' Market
For sixpence and never once thought of again.
You must be cold out here, *she says. I think I must.*

Ce n'est pas à moi de vous donner des explications.
Peut-être suis-je venu abuser du temps qu'il fait,
Profiter sans vergogne de vos chênes et vos frênes.
Car nous savons l'un et l'autre, que le seul fait d'attendre ici
S'apparente à un crime. Nous nous dévisageons.
Qui attendez-vous ? dit la bombe à visière. Son cheval s'est changé
En pierre fumante, je crois entendre au loin la mer,
Tel un témoin que chacun de nous pourrait convoquer.

Et pourquoi ? – Pour que ces terres soient plus vite submergées,
Que votre casque tourne et chavire comme une morale,
Pour qu'un chiffonnier traînant sa cargaison d'ordures
Rame lentement vers nous, l'esprit entièrement voué
Aux aspects pratiques, que les perles de vos yeux
Soient vendues sans rémission pour trois sous
Au Marché des Voleurs et sombrent dans l'oubli.
Vous devez être mort de froid, dit-elle. C'est vrai.

PASCALE PETIT

(1953)

Aujourd'hui installée en Cornouailles après avoir longtemps vécu à Londres où elle a dirigé la revue *Poetry London*, Pascale Petit se définit ainsi : « Je n'ai pas de racines britanniques, ni aucune racine forte, je suis marginale[1]. » Née à Paris, d'ascendances diverses, elle a partagé son enfance entre la France et le pays de Galles. Après des études au London College of Art, elle se consacre d'abord à la sculpture. Puis, dans ses premiers livres de poésie, s'inspirant de l'art brut, usant de masques d'animaux, elle traite de sujets autobiographiques douloureux : viol, maltraitance dans *The Zoo Father* (2001), puis de sa relation à sa mère dans *The Huntress* (2005). Prenant comme fil conducteur la nature, elle exprime intensément ses émotions à travers une succession d'images. L'artiste mexicaine Frida Kahlo devient une sorte d'alter ego lui inspirant *The Wounded Deer* (2005) puis *What the Water Gave Me* (2010), exaltant le pouvoir salvateur de l'art. Dans *Fauverie* (2014), Pascale Petit célèbre la beauté du monde sauvage, inspirée par ses visites au zoo du Jardin des Plantes de Paris puis, sensible à la faune et à la flore, elle célèbre la terre-mère dans *Mama Amazonica* (2017), *Tiger Girl* (2020).

---

1. « I don't have British roots, nor any firm roots, I'm an outsider… », interview de Lidia Vianu citée par Deryn Rees-Jones, *Modern Women Poets*, p. 314.

The Wounded Deer

I have a woman's face
but I'm a little stag,
because I had the balls
to come this far into the forest,
to where the trees are broken.
The nine points of my antlers
have battled
with the nine arrows in my hide.

I can hear the bone-saw
in the ocean on the horizon.
I emerged from the waters
of the Hospital for Special Surgery.
It had deep blue under-rooms.

And once, when I opened my eyes
too quickly after the graft,
I could see right through
all the glass ceilings,
up to where lightning forked
across the New York sky

Le cerf blessé

J'ai un visage de femme
          mais je suis un petit cerf,
parce que j'ai eu le cran
de m'enfoncer aussi loin dans la forêt
là où les arbres sont brisés.
Les neuf pointes de mes andouillers
ont lutté
contre les neuf flèches plantées dans ma peau.

J'entends le bruit de la scie à os
à l'horizon, dans l'océan.
J'ai émergé des eaux
de l'Hôpital de Chirurgie Spéciale.
Il avait un sous-sol bleu profond.

Un jour, ayant ouvert les yeux
trop vite après la greffe,
j'ai pu voir à travers
tous les plafonds de verre
dans le ciel de New York
les éclairs faire des fourches

like the antlers of sky-deer,
rain arrowing the herd.

Small and dainty as I am
I escaped into this canvas,
where I look back at you
in your steel corset, painting
the last splash on my hoof.

What the Water Gave Me (IV)

The bath I lie in like a sarcophagus,
the water that's about to become kerosene,
the surface I have to keep absolutely still
so my body can slip through it
like a reflection passing out of a mirror,
the skin that has been softening all night,
my nerves coiled tight as a moth's proboscis,
the worms parading on tightropes,
the tiny ballerina of my soul
tiptoeing down a spider's web tied from my neck,
to ulcers and craters, the giant
one-legged quetzal pierced by a tree,
my toes and their doubles, their blood-red nails,
the ex-votos to give thanks for surviving
twenty-two fractures, the miniature parents
on their atoll far off as my thigh,

pareilles aux bois des cerfs célestes,
leur troupeau lacéré de flèches par la pluie.

Bien que fin et délicat
je me suis refugié dans cette toile,
où je te regarde à mon tour
dans ton corset d'acier, peignant
la dernière touche sur mon sabot.

Ce que l'eau m'a donné (IV)

La baignoire où je repose tel un sarcophage,
l'eau sur le point de se changer en kérosène,
sa surface qu'il me faut garder parfaitement lisse
pour permettre à mon corps de se glisser à travers
tel un reflet s'échappant d'un miroir,
la peau qui s'est ramollie toute la nuit,
mes nerfs roulés en boule comme le proboscide d'un
papillon de nuit,
les vers qui paradent sur des cordes de funambules,
mon âme, minuscule ballerine
filant sur les pointes le long d'une toile d'araignée nouée
à mon cou,
en direction d'ulcères et de cratères, le quetzal
géant à une patte, empalé sur un arbre,
mes orteils et leurs doubles, ongles rouge sang,
les ex-voto en remerciement d'avoir survécu
à vingt-deux fractures, mes parents en miniature
sur leur atoll là-bas, au niveau de ma cuisse,

the Empire State Building spewing gangrene
over my shin, that no perfume can mask
so no one will visit,
the life lived dying,
the head cracked open,
my half drowned thoughts bobbing around my legs,
the face floating near my knee like a blouse,
the herbal water that enters my pores hour by hour,
that just before dawn sings with the voice of a snowflake
so that my ghost starts to lift from my flesh,
but the visions keep calving
like bergs of trolley-bus glass–
that moment I stopped being a child
and grew old in seconds,
how I can see through the white enamel arch
into a transparent planet
while, in slow motion waves,
a steel handrail breaks off and hurtles towards me.

What the Water Gave Me (VI)

This is how it is at the end–
me lying in my bath
                    while the waters break,
my skin glistening with amnion,
                         streaks of starlight.

l'Empire State Building crachant sur mon tibia
cette gangrène qu'aucun parfum ne peut masquer
si bien que personne ne vient visiter,
la vie de morte vivante,
la tête fracassée,
mes pensées à demi noyées se balançant autour de mes jambes,
le visage flottant près de mon genou comme une blouse,
l'infusion de plantes qui pénètre mes pores heure après heure,
qui à l'approche de l'aube chante d'une voix de flocon de neige
si bien que mon fantôme se met à s'élever de ma chair
cependant que les visions continuent leur dérive
vêlage d'icebergs en verre de trolleybus –
jusqu'à l'instant précis où j'ai cessé d'être enfant
pour devenir vieille d'un seul coup,
c'est alors qu'à travers l'arche d'émail blanc
j'entre dans une planète transparente
tandis qu'en vagues au ralenti
une barre d'acier se détache et se précipite vers moi.

Ce que l'eau m'a donné (VI)

Voici comment ça se passe à la fin –
moi, couchée dans ma baignoire
                                                  en train de perdre les eaux,
ma peau luisante de liquide amniotique,
                                                                  filets de lumière stellaire.

And the waters keep on breaking
as I reverse out of my body.

My life dances on the silver surface
where cacti flower.

The ceiling opens
and I float up on fire.

Rain pierces me like thorns. I have a steam veil.

I sit bolt upright as the sun's rays embrace me.

Water, you are a lace wedding-gown
I slip over my head, giving birth to my death.

I wear you tightly as I burn–
don't make me come back.

Les eaux ne cessent de ruisseler
tandis que je passe à l'envers de mon corps.

Ma vie danse sur la surface argentée
où fleurissent les cactus.

Le plafond s'ouvre
et je flotte dans l'air en feu.

La pluie me transperce de piqûres d'épines. J'ai un voile de vapeur.

Je suis assise bien droite, les rayons du soleil m'embrassent.

Eau, tu es une robe de mariée en dentelle
que je glisse par la tête, pour donner naissance à ma mort.

Je te porte bien serrée tandis que je brûle –
ne me fais pas revenir.

JO SHAPCOTT

(1953)

Née à Londres, Jo Shapcott a fait des études à Trinity College, Dublin, puis à Oxford et à Harvard, avant d'enseigner à l'université de Londres. Autrice d'une série d'essais sur Elizabeth Bishop, elle s'applique comme celle-ci à porter un regard inattendu sur le quotidien. Ce fut d'ailleurs l'un des thèmes de son premier livre de poésie, *Electroplating the Baby* (1988), dans lequel elle explore les zones de rencontre entre poésie et science. C'est cependant le ton sardonique de ses poèmes qui est le plus remarquable tout comme la manière dont elle se met en scène en prêtant la voix à des personnages surprenants dont le plus réussi est sans doute celui de la Vache Folle né dans les années 1990. Dans *Tender Taxes* (2002), composé autour des poèmes valaisans de Rilke, elle pose le problème de la relation des poètes féminins à la tradition poétique, puis évoque dans *Of Mutability* (2010) son combat contre la maladie. Le corps féminin, qu'il soit sensuel ou douloureux, est au centre d'une poésie intime, recherche d'équilibre instable dans un monde aux limites fluctuantes.

Somewhat Unravelled

Auntie stands by the kettle, looking at the kettle
and says, help me, help me, where is the kettle?
I say, little auntie, the curlicues and hopscotch grids
unfurling in your brain have hidden it from you. Let me
make you a cup of tea. She says ah ha! but I do
my crossword, don't I, OK not the difficult one, the one
with the wasname? Cryptic clues. Not that. I say,
auntie, little auntie, we were never cryptic
so let's not start now. I appreciate your straight-on talk,
the built-up toilet seats, the way you wish poetry
were just my hobby, our cruises on the stair lift,
your concern about my weight, the special seat in the bath.
We know where we are. She says Nurse told me I
should furniture-walk around the house, holding on to it.

Léger déraillement

Debout près de la bouilloire, tatie regarde la bouilloire
et dit, aide-moi, aide-moi, où est la bouilloire ?
Je lui dis petite tatie, les tournicotis et les cases de marelles
qui se bousculent dans ton cerveau t'empêchent de la voir.
Je vais
te faire une tasse de thé. Elle dit ah mais ! Je fais encore
mes mots croisés dis donc, d'accord pas les difficiles, ceux
qui ont, comment dit-on ? des définitions hermétiques.
Pas ceux-là.
Tatie, petite tatie, nous n'avons jamais été énigmatiques,
je lui dis,
on ne va pas commencer maintenant. J'apprécie ton franc-parler,
tes sièges de toilettes aménagés, ta façon de souhaiter que la poésie
ne soit pour moi qu'un hobby, nos croisières sur le monte-escalier,
l'intérêt que tu portes à mon poids, le siège spécial de la baignoire.
Elle répond, l'infirmière m'a conseillé
de marcher dans la maison en me tenant aux meubles.

I say little auntie you are a plump armchair
in flight, a kitchen table on a difficult hike without boots,
you do the sideboard crawl like no one else, you are a sofa
rumba, you go to sleep like a rug. She says,
I don't like eating. Just as well you'*ve got*
a good appetite. I say littlest auntie, my very little auntie
(because she is shrinking now, in front of me)
let me cook for you, a meal so wholesome and blimmmin'
pungent with garlic you will dance on it and
eat it through your feet. Then she says don't you
ever want to go to market and get lost
in pots, fruit and random fabric? Don't you
want to experiment with rain, hide out in storms,
cover your body with a layer only one raindrop
thick? Don't you want to sell your nail-clippings
online? She says, look at you, with all your language,
you never became the flower your mother
wanted but it's not too late, come with me
and rootle in the earth outside my front window,
set yourself in the special bed, the one only
wasname is allowed to garden and we will practise
opening and closing and we'll follow the sun
with our faces until the cows come home.

Je lui dis petite tatie tu es un fauteuil rembourré
qui vole, une table de cuisine lancée dans une randonnée difficile sans chaussures,
tu pratiques le crawl du placard comme personne, tu danses la rumba du canapé,
tu t'endors comme un tapis. Elle me dit,
j'aime pas manger. T'as de la chance toi d'avoir
bon appétit. Je lui dis petite tatie, ma toute petite tata
(parce qu'elle se met à rétrécir maintenant devant moi)
je vais cuisiner pour toi un repas si parfait et si bougrement
fort en ail que tu danseras dessus et que tu le mangeras
par les pieds. C'est alors qu'elle me dit ça t'arrive jamais à toi
d'avoir envie d'aller au marché et de te perdre
parmi les pots, les fruits et les tissus en vrac ? Ça ne te dirait rien
de faire l'expérience de la pluie, de te cacher sous l'orage,
de te couvrir le corps d'une couche de l'épaisseur
d'une goutte ? T'as pas envie de vendre tes rognures d'ongles
sur internet ? Elle me dit regarde-toi, avec tous tes discours
tu ne seras jamais devenue la fleur que ta mère
désirait mais il n'est pas trop tard, viens avec moi
te planter dans le sol sous ma fenêtre,
dans le parterre spécial dont seul céquoisonnom ?
a le droit de s'occuper et nous nous entraînerons
à nous ouvrir et à nous fermer et nous suivrons le soleil
avec nos visages jusqu'à ce que les vaches rentrent à l'étable.

CAROL ANN DUFFY
(1955)

En 2009, Carol Ann Duffy a succédé à Andrew Motion au prestigieux poste de Poète lauréat, devenant la première femme, de surcroît homosexuelle assumée, à l'occuper. Née à Glasgow dans une famille catholique, d'un père syndicaliste et d'une mère d'origine irlandaise, elle vient s'installer à Stafford, en Angleterre, à l'âge de six ans. Elle étudie la philosophie à l'université de Liverpool où elle côtoie les poètes, en particulier Adrian Henri, dont elle est proche. Ceux-ci sont les héritiers des performeurs et du Beat movement américain des années 1960. Elle s'impose dès 1985 par son premier livre de poésie *Standing Female Nude*, remarquable par son humour et son sens de l'oralité, suivi dans une veine plus féministe encore de *The World's Wife* (1999) et *Feminine Gospels* (2002). Poèmes autobiographiques alternent avec monologues dramatiques mettant en scène une galerie de personnages inspirés des contes de fées ou de la littérature classique. Carol Ann Duffy reste fidèle à la leçon des poètes de Liverpool, à savoir que la poésie doit rester accessible et « faire partie de la vie des gens[1] ». Au fil du temps, elle met l'accent sur l'émotion : « Toute poésie est prière. [...] avant tout une série de moments intenses[2]. »

---

1. « Poetry is now much more part of people's lives than it was, say, 30 years ago. There weren't any women poets around, then. The best thing that made poetry less Oxbridge, I think, was the Liverpool poets » in « Metre Maid », Katharine Viner, *The Guardian*, 25 septembre 1999.

2. « I feel like Beckett, that all poetry is prayer [...] Poetry can't be documentary.[...] is a series of intense moments–its power is not in narrative. I'm not dealing with facts, I'm dealing with emotion. », entretien avec la romancière Jeanette Winterston à l'occasion de la parution de *Rapture*, 2005, site de l'auteur.

Little Red-Cap

At childhood's end, the houses petered out
into playing fields, the factory, allotments
kept, like mistresses, by kneeling married men,
the silent railway line, the hermit's caravan,
till you came at last to the edge of the woods.
It was there I first clapped eyes on the wolf.

He stood in a clearing, reading his verse out loud
in his wolfy drawl, a paperback in his hairy paw,
red wine staining his bearded jaw. What big ears
he had! What big eyes he had! What teeth!
In the interval, I made quite sure he spotted me,
sweet sixteen, never been, waif, and bought me a drink,

Petit chaperon rouge

Au bout de l'enfance, les maisons s'effaçaient petit à petit
devant les terrains de sport, l'usine, les jardins
entretenus comme des maîtresses par des hommes mariés, à genoux,
la ligne de chemin de fer muette, la caravane de l'ermite,
jusqu'à ce que l'on parvienne enfin à l'orée des bois.
C'est pile à cet endroit que j'ai vu le loup pour la première fois.

Debout dans une clairière, il déclamait ses vers
d'une voix languissante de loup, un bouquin dans sa patte poilue,
des taches de vin rouge sur sa gueule barbue. Comme il avait
de grandes oreilles ! De grands yeux ! De grandes dents !
À l'entracte, j'ai tout fait pour qu'il me remarque, moi,
l'ingénue, la fluette gamine de seize ans, et m'offre un verre,

my first. You might ask why. Here's why. Poetry.
The wolf, I knew, would lead me deep into the woods,
away from home, to a dark tangled thorny place
lit by the eyes of owls. I crawled in his wake,
my stockings ripped to shreds, scraps of red from my blazer
snagged on twig and branch, murder clues. I lost both shoes

but got there, wolf's lair, better beware. Lesson one that night,
breath of the wolf in my ear, was the love poem.
I clung till dawn to his thrashing fur, for
what little girl doesn't dearly love a wolf?
Then I slid from between his heavy matted paws
and went in search of a living bird–white dove–

which flew, straight from my hands to his open mouth.
One bite, dead. How nice, breakfast in bed, he said,
licking his chops. As soon as he slept, I crept to the back
of the lair, where a whole wall was crimson, gold, aglow with books.
Words, words were truly alive on the tongue, in the head,
warm, beating, frantic, winged; music and blood.

mon premier. Vous voulez savoir pourquoi ? La poésie,
pardi.
J'étais sûre qu'il m'emmènerait au fond des bois, le loup,
à des lieues de chez moi, dans un sombre fourré d'épines
éclairé par les yeux des chouettes. Je l'ai suivi à quatre
pattes,
bas réduits en charpie, lambeaux rouges de ma veste
pris aux branches et brindilles, indices de crime. Sans
souliers

je suis arrivée à sa tanière : attention, danger. Leçon une
cette nuit-là,
le poème d'amour, souffle du loup sur mon cou.
Jusqu'à l'aube, je me suis blottie contre sa fourrure
rugueuse, car
quelle petite fille peut s'empêcher d'aimer tendrement un
loup ?
Puis me dégageant de ses lourdes pattes feutrées
je suis allée à la recherche d'un oiseau vivant – une colombe
blanche –

qui a filé de mes mains pour voler droit dans sa bouche
ouverte.
Croquée net ! C'est sympa, le petit déjeuner au lit, dit-il,
se léchant les babines. Dès qu'il s'est endormi, je me suis
glissée au fond
de la tanière dont tout un mur, rouge et or, rutilait de
livres.
Des mots, des mots… vivant sur la langue, dans la tête,
chauds, rythmés, frénétiques, ailés ; musique et sang.

But then I was young–and it took ten years
in the woods to tell that a mushroom
stoppers the mouth of a buried corpse, that birds
are the uttered thought of trees, that a greying wolf
howls the same old song at the moon, year in, year out,
season after season, same rhyme, same reason. I took an axe

to a willow to see how it wept. I took an axe to a salmon
to see how it leapt. I took an axe to the wolf
as he slept, one chop, scrotum to throat, and saw
the glistening, virgin white of my grandmother's bones.
I filled his old belly with stones. I stitched him up.
Out of the forest I come with my flowers, singing, all alone.

Eurydice

Girls, I was dead and down
in the Underworld, a shade,
a shadow of my former self, nowhen.
It was a place where language stopped,
a black full stop, a black hole
where words had to come to an end.
And end they did there,
last words,
famous or not.
It suited me down to the ground.

Mais j'étais jeune encore – il me fallut dix années
passées dans les bois pour savoir qu'un champignon
ferme la bouche du mort qu'on enterre, que les oiseaux
sont les pensées formulées des arbres, et qu'un loup grisonnant
hurle à la lune toujours la même rengaine, bon an, mal an,
hiver après été, sans rime ni raison. J'ai pris une hache

et j'ai frappé un saule pour le voir pleurer. J'ai frappé un saumon
pour le voir sauter. J'ai donné un coup de hache au loup
pendant son sommeil, un seul, l'ouvrant des bourses à la gorge
et vu les os de ma grand-mère d'un blanc virginal étincelant.
J'ai empli de cailloux son vieux ventre de loup. Je l'ai bien recousu.
Fleurs à la main, je sors de la forêt toute seule, en chantant.

Eurydice

Oh les filles, j'étais morte et au fond
de l'Enfer, un fantôme,
l'ombre de moi-même, un néant.
Cet endroit était le terminus du langage,
un sombre point final, un trou noir
où les mots devaient prendre fin.
Et c'est bien là qu'ils finissaient,
les derniers mots,
célèbres ou pas.
Ça m'allait à merveille.

So imagine me there,
unavailable,
out of this world,
then picture my face in that place
of Eternal Repose,
in the one place you'd think a girl would be safe
from the kind of a man
who follows her round
writing poems,
hovers about
while she reads them,
calls her His Muse,
and once sulked for a night and a day
because she remarked on his weakness for abstract nouns.
Just picture my face
when I heard–
Ye Gods–
a familiar knock-knock-knock at Death's door.
Him.
Big O.
Larger than life.
With his lyre
and a poem to pitch, with me as the prize.

Things were different back then.
For the men, verse-wise,
Big O was the boy. Legendary.
The blurb on the back of his books claimed
that animals

Alors imaginez-moi là,
indisponible,
hors du monde,
puis figurez-vous mon visage dans ce lieu
de Repos Éternel,
le seul où une fille se croit délivrée
du type d'homme
qui la suit à la trace
en écrivant des poèmes,
qui rôde partout
quand elle les lit,
l'appelle Sa Muse
et qui a une fois boudé pendant tout un jour et une nuit
parce qu'elle avait critiqué son penchant pour les noms abstraits.
Imaginez ma figure
quand j'ai entendu –
Ô Dieux –
un toc-toc-toc familier à la porte de la Mort.
Lui en personne.
Big O.
Plus grand que nature.
Muni de sa lyre
et d'un poème à présenter, avec moi comme prix à gagner.

Les choses étaient différentes en ce temps-là.
Pour les hommes, parmi ceux qui taquinaient la muse.
Big O était un as. Légendaire.
Ses quatrièmes de couverture prétendaient
que les animaux

aardvark to zebra,
flocked to his side when he sang,
fish leapt in their shoals
at the sound of his voice,
even the mute, sullen stones at his feet
wept wee, silver tears.

Bollocks. (I'd done all the typing myself,
I should know.)
And given my time all over again,
rest assured that' I'd rather speak for myself
than be Dearest, Beloved, Dark Lady, White Goddess,
etc., etc.

In fact girls, I'd rather be dead.

But the Gods are like publishers,
usually male,
and what you doubtless know of my tale
is the deal.

Orpheus strutted his stuff.

The bloodless ghosts were in tears.
Sisyphus sat on his rock for the first time in years.
Tantalus was permitted a couple of beers.

The woman in question could hardly believe her ears.

d'âne à zèbre
s'attroupaient près de lui quand il chantait,
que dans leurs bancs les poissons sautaient
au son de sa voix,
et même qu'à ses pieds les pierres muettes, moroses
versaient de p'tites larmes argentées.

Foutaises. (J'avais tout tapé moi-même à la machine,
je savais ce qu'il en était.)
Et si c'était à refaire,
soyez sûres que je préférerais parler de ma propre voix
plutôt que d'être sa Très Chère, sa Bien-Aimée, sa Dame
Noire, sa Déesse Blanche etc, etc.

En fait, les filles, mieux vaut pour moi être morte.

Mais les Dieux sont comme les éditeurs,
des mâles en général,
et ce que vous n'ignorez sans doute pas de mon récit
c'est le contrat.

Orphée déclama son laïus.

Les fantômes à sang froid fondirent en larmes.
Sisyphe pour la première fois depuis des années se posa
sur son rocher.
Tantale eut droit à une paire de bières.

Elle, la femme en question, n'en crut pas ses oreilles.

Like it or not,
I must follow him back to our life–
Eurydice, Orpheus' wife–
to be trapped in his images, metaphors, similes,
octaves and sextets, quatrains and couplets,
elegies, limericks, villanelles,
histories, myths…

He'd been told that he mustn'n't look back
or turn around,
but walk steadily upwards,
myself right behind him,
out of the Underworld
into the upper air that for me was the past.
He's been warned
one look would lose me
for ever and ever.

So we walked, we walked
Nobody talked.

Girls, forget what you've read.
It happenend like this–
I did everything in my power
to make him look back.
What did I have to do I said,
to make him seee we were through?
I was dead, deceased.
I was Resting in Peace. Passé. Late.
past my sell-by date…
I stretched out my hand

Bon gré mal gré,
Je devais le suivre et reprendre la vie –
d'Eurydice, épouse d'Orphée –
piégée dans ses images, métaphores, analogies,
huitains et sixains, quatrains et distiques,
élégies, limericks, villanelles,
histoires, mythes…

On lui avait dit de ne pas regarder en arrière
ni de se retourner
mais de se diriger tranquillement vers le haut
moi à sa suite
afin de sortir des Enfers
et de respirer l'air supérieur qui pour moi était du passé.
On l'avait prévenu
qu'il suffirait d'un seul regard
pour qu'il me perde à jamais.

Alors nous avons marché, marché
Sans prononcer une parole.

Oh les filles, oubliez ce que vous avez lu dans les livres.
Je vais vous dire comment ça s'est passé –
J'ai fait tout ce qui était en mon pouvoir
pour qu'il se retourne.
Que devais-je donc faire, lui dis-je,
pour qu'il se rende compte que c'était fini entre nous ?
J'étais morte. Décédée.
Je reposais en paix. Finie. Défunte.
Ma date de péremption dépassée…
J'ai tendu la main

to touch him once
on the back of his neck
Please let me stay.
But already the light had saddened from purple to grey.

It was an uphill schlep
from death to life
and with every step
I willed him to turn.
I was thinking of filching the poem
out of his cloak,
when inspiration finally stuck.
I stopped, thrilled
He was a yard in front.
My voice shook when I spoke–
Orpheus, your poem's a masterpiece
I'd love to hear it again…

He was smiling modestly
when he turned
when he turned and he looked at me.

What else?
I noticed he hadn't shaved,
I waved once and was gone.

The dead are so talented.
The living walk by the edge of a vast lake
near the wise, drowned silence of the dead.

une fois pour le toucher
derrière la nuque.
S'il te plaît, laisse-moi rester.
Mais déjà la lumière avait tristement viré du violet au gris.

C'était une fichue ascension
de la mort à la vie
et à chaque degré
je voulais qu'il se retourne.
J'étais prête à chiper le poème
de la poche de son manteau
lorsque je fus enfin prise d'inspiration.
Je m'arrêtai, tout excitée.
Il était un mètre devant moi.
Je lui dis avec des tremblements dans la voix –
Orphée, ton poème est un chef-d'œuvre.
Je brûle de l'entendre à nouveau…

Il souriait avec modestie
lorsqu'il se retourna,
lorsqu'il se retourna et me regarda.

Que dire d'autre ?
J'ai remarqué qu'il ne s'était pas rasé.
J'ai fait un signe de la main avant de disparaître.

Les morts ont tellement de talent.
Les vivants déambulent au bord d'un vaste lac
auprès de l'abyssale silencieuse sagesse des morts.

LACHLAN MACKINNON

(1956)

Né à Aberdeen, Lachlan Mackinnon a fait des études à Oxford, avant d'enseigner la littérature anglaise à Winchester College jusqu'en 2011. Il vit à présent à Ely avec sa femme Wendy Cope. Critique littéraire, il contribue à de nombreuses revues ; il est l'auteur d'études sur Shakespeare, l'héritage baudelairien d'Eliot et d'Auden et d'une biographie d'Elsa Triolet. Ses premiers livres de poèmes, *Monterey Cypress* (1988), *The Coast of Bohemia* (1991), montrent son intérêt pour la poésie étrangère : Montale, Mandelstam ou Baudelaire dont il assume à ses débuts le dandysme désabusé. Souvent comparé à Robert Lowell pour son goût de la langue ordinaire et du style de la conversation, il introduit la culture pop de sa jeunesse et la nostalgie des années 1960 dans *The Jupiter Collisions* (2003). Il revient à une poésie plus méditative, souvent teintée de mélancolie, dans *Small Hours* (2010) puis affirme dans *Doves* (2017) ses valeurs morales et sa foi en la résilience.

Small Hours

Somebody has been reading
Book of the Week
but the radio's off. I've heard the gale-warning
for the sea south of us.

Rain
runs caressingly down the outside walls
of every room.

Yesterday, two printed
death-announcements arrested me, the first
for a man rich in honours
who had made a hundred and one,
the second, right above it,
for a child who "fell asleep" on her first day.

The rain quickens and falters, quickens.
Grief gusts around us
in stories we shall never know.

Petit jour

Quelqu'un vient de lire
le Livre de la Semaine
mais la radio s'est tue. J'ai entendu l'avis de tempête
en mer, au sud de chez nous.

                                        La pluie
ruisselle, caressant les murs extérieurs
de chaque pièce.

                        Hier, dans la presse,
deux avis mortuaires m'ont alerté, le premier
celui d'un homme comblé d'honneurs
parvenu à cent un ans,
le second, juste au-dessus,
celui d'une enfant « endormie » dès le premier jour.

La pluie bat plus vite, hésite, s'accélère.
La douleur déferle autour de nous
dans des histoires dont nous ne saurons jamais rien.

To report on the dreadful
with an unflinching voice,
is that poetry?
                    To say
Life is terrible, man a morass
of contradictions?
                         Or to move
like a person of leisure, of dreamed-of-leisure,
from long curtained rooms
to the bright thriving garden?
                                   Ordered

as we would have it?
                           Muse,
all you want is a few words
that will say how it was for us
at one a.m. on a Wednesday morning
so clearly that a thousand years may hear.

Rendre compte de l'horreur
d'une voix imperturbable,
est-ce cela la poésie ?
Dire
que la vie est terrible, l'homme englué
dans ses contradictions ?
Ou bien est-ce passer,
oisif, dans une oisiveté de rêve,
de pièces ornées de longs rideaux
à un lumineux et florissant jardin ?
Ordonné
à souhait ?
Muse,
il te suffira de quelques mots
pour dire ce qu'il en fut de nous
un mercredi à une heure du matin,
assez clairement pour que mille ans l'entendent.

STEPHEN ROMER

(1957)

Né dans le Hertfordshire, Stephen Romer a fait des études à Cambridge et vit en France où il enseigne la littérature à l'université de Tours. Critique littéraire, il a édité chez Faber une anthologie de poésie française, *Twentieth-Century French Poems* (2002), ainsi qu'une anthologie bilingue de poésie française contemporaine, et traduit de nombreux poètes français : Philippe Jaccottet, Jean Tardieu, Jacques Dupin, Yves Bonnefoy de même qu'une partie des *Carnets* de Paul Valéry. Poète des sentiments, excellant dans l'expression de l'amour impossible ou malheureux, il a des affinités avec Nerval, le romantique absolu, Corbière, Laforgue, Apollinaire et met sa francophilie en scène avec beaucoup d'autodérision. L'atelier du peintre Vuillard qui donne son titre à l'un de ses derniers recueils lui offre avec sa couleur jaune fin-de-siècle à la fois un refuge d'esthète d'où il s'observe ironiquement : « cette *mise en abyme* / finira par avoir ma peau[1] » et un point de vue privilégié sur ce qui l'entoure. Ainsi met-il à profit ce double héritage.

1. Stephen Romer, *Yellow Studio*, p. 67.

Ermenonville

So it once was, so it is again,
for a single afternoon,

on our bikes, wheels silted up with sand
in the desert of Ermenonville

where the fire girls float their wraiths
at the vague ends of avenues.

They were goblins of melancholy
there among the ferns,

they were sirens, and drove me mad.
This time, for sanity, I pocketed

a pine kernel, to have and to hold,
while you rode ahead

on the path to Mortefontaine
where Corot painted in silver-fleck,

Ermenonville

Ce fut ainsi jadis, ça l'est encore aujourd'hui,
le temps d'un après-midi,

à bicyclette, roues ensablées
dans le désert d'Ermenonville

où les filles du feu font flotter leurs spectres
au fond vague des avenues.

C'étaient elles les démons de la mélancolie
là parmi les fougères,

elles les sirènes qui m'ont rendu fou.
Pour garder la tête froide cette fois-ci, j'ai ramassé

une pomme de pin que j'ai mise dans ma poche
tandis que tu pédalais devant moi

sur le chemin qui va à Mortefontaine
où Corot a peint en taches argentées,

past the well in the road
with its clear-standing water.

This time the eyes were yours
and only yours, sweet tilted,

meeting mine across the years
and your hair en chignon, *and you straight-backed*

and beautiful of carriage
as when I glimpsed you way back when,

papoose strapped in behind you,
cycling decidedly out of my life.

Yellow Studio

Vuillard's studio, Château des Clayes…
The corner is hard to judge
where the paintings in the painting are pinned
on the yellow wall (the mise en abyme
will be the end of me)

in this gleaming Institute of Donors,
this imperial temple
raised from the muck and blood
of the stockyards, out of hog-squeal
and cost-efficient slaughter

au-delà du puits sur la route
à l'eau calme et claire.

Cette fois-ci les yeux étaient les tiens
seuls, doux et baissés,

croisant les miens par-delà les années
avec tes cheveux *en chignon*, ton dos bien droit,

ton port de reine,
comme ce jour d'antan où je t'aperçus,

sur ton vélo, papoose sanglé derrière toi,
sortant résolument de ma vie.

L'atelier jaune

L'atelier de Vuillard, château des Clayes…
Difficile d'apprécier le coin
où sont accrochés sur le mur jaune
les tableaux dans le tableau (cette *mise en abyme*
finira par avoir ma peau)

dans l'étincelant Institut des donateurs,
temple impérial
s'élevant sur la crasse et le sang
des parcs à bétail, des porcs aux cris perçants
et de l'abattage rentable

at the end of Millenium Park
where the towers crowd and crane
in an ogre's silver egg,
the concentration of capital
in a cunning device.

I stare with nostalgia, with homesickness
into Vuillard's yellow studio
and I know the place
absolutely, it is that humane
heaven of drapes and turpentine

where I shall at last lie down
on the lumpy mattress
with the stripy bedspread
below the little skylight–
my sweet autarchic rest.

au bout du parc du Millénaire
où grouillent les gratte-ciel
dans un œuf d'ogre argenté,
concentration de capital
dans un objet malin.

Je regarde avec nostalgie et mal du pays
l'intérieur de l'atelier jaune de Vuillard
car ce lieu, je le connais
parfaitement, ce havre paisible
de tentures et de térébenthine

où je pourrai enfin m'allonger
sur le matelas défoncé
et le dessus-de-lit à rayures
sous la petite lucarne –
doux repos de mon autarcie.

LAVINIA GREENLAW
(1962)

Née à Londres dans une famille de médecins, Lavinia Greenlaw passe son enfance dans un petit village de l'Essex. Elle fait des études d'histoire de l'art avant de travailler dans l'édition. Prenant le parti d'un regard clinique et d'une écriture qu'elle souhaite androgyne, son premier livre de poésie, *Night Photograph* (1993), s'inspire des sciences. Explorant les points de contact entre réel et imagination, *Minsk* (2003) est une remise en cause des perceptions. La sonorité même du titre évoque l'exil, lieu inconnu pour lequel on éprouve de la nostalgie : « C'est un livre qui traite du départ et de l'arrivée et de tout ce que nous tentons de construire en chemin… Et aussi de la manière dont nous faisons un bond vers l'avant ou restons en arrière, et ne sommes jamais totalement ici et maintenant, dans le présent[1]. » Le sujet pris dans des perspectives instables participe ainsi de l'étrangeté du monde. Sa poésie se fait de plus en plus allusive et mystérieuse dans *The Casual Perfect* (2011) où elle se penche sur la forme, la relation de l'esprit au corps, se livrant à l'exercice très bishopien de l'art de perdre.

1. « This is a book about leaving and arriving, and what we try to build on the way… It's also about how we leap ahead or lag behind, and are rarely altogether here, now, in the present. », Lavinia Greenlaw, interview de Craig Burnett, *Frieze Magazine*, 2003.

The Dissection Room

My mother's eyes were behind glass,
preternaturally unblinking, flexed.
In the fifties, hieroglyphic contact lenses

–watertight, they swivelled like a pair
of monumental but well-oiled radar
homing in on the senior student (my father),

whose sight was fixed on the cool blood
struggling to circulate in her hand
as she rolled on a glove to dip a finger

in a dead man's chest, then threw a blinder
with her photographic recall: a text-book case
of dextrocardia, *heart in the wrong place.*

La salle de dissection

Les yeux de ma mère mis sous verre étaient
anormalement imperturbables, figés.
Dans les années cinquante, ses lentilles de contact hiéroglyphiques

– étanches, pivotaient comme une paire
de radars monumentaux mais bien huilés
braqués sur l'interne (mon père),

dont le regard était fixé sur le sang froid
qui avait peine à circuler dans sa main
tandis qu'elle enfilait un gant pour plonger un doigt

dans la poitrine d'un mort, avant de lui en mettre plein la vue
avec un souvenir photographié dans sa mémoire : cas classique
de *dextrocardie,* le cœur du mauvais côté.

Who could tell if what she was groping for
was a misericord or, failing that, a rip cord?

Qui peut dire si ce qu'elle cherchait à l'aveuglette
était la miséricorde ou bien, faute de mieux, une corde
de salut ?

GLYN MAXWELL
(1962)

Né à Welwyn Garden City, dans le Hertfordshire, de parents gallois, Glyn Maxwell a fait des études de littérature à Oxford puis à Boston auprès de Derek Walcott avant d'enseigner aux États-Unis de 1996 à 2006. Poète et critique, auteur du sérieux *On Poetry* (2012) assorti de son pendant ludique *Drinks with Dead Poets* (2016), il est également romancier, dramaturge, librettiste. Formaliste, il allie un souci minutieux de la métrique et de la musicalité à une conception organique du poème auquel il tente d'impulser le rythme de la parole ordinaire. La nécessité d'invoquer la présence humaine, le battement d'un cœur, est le signe distinctif d'une poésie qui insiste sur la primauté du souffle. Hanté par la fuite du temps, la page blanche, le néant, le poète observe la manière dont l'esprit tente de créer son propre territoire dans une langue qui résiste et le pousse aux limites de l'ineffable. Ainsi définit-il la poésie comme un refuge précaire : « Si vous ne maîtrisez pas la césure – la frontière qui sépare prose et poésie – alors vous ne savez pas qu'il existe une frontière[1]. »

1. « Line-break is all you've got, and if you don't master line-break–the border between poetry and prose–then you don't know there is a border. », Glyn Maxwell, cité par Adam Newey, *The Guardian*, 13 juillet 2012.

This Whiteness

This whiteness followed me at the speed of dawn.
A life-form in the fingers of an avalanche
I was, I was motion caught, I was a spot
found out by white, some foe of it, some germ

at frantic speed. The day sips its gluhwein,
high above in the tinkling chalet, stuffed,
beside the fire and betting on my chances–
who? *down in the valley somewhere, blue now.*

Gone, I begin again. Such is the motto
stamped on me by whiteness I enrage
by naming anything. That I only breathe
by naming I attempt to call my credo–

and see, the whiteness slashed me like a creature.
Stock-still I wait. They stash in these little stanzas
welcome rations, but the thing's outside,
pawing the air and pitiless with hunger.

La blancheur

La blancheur m'a poursuivi à la vitesse de l'aube.
J'ai été cette forme de vie entre les doigts d'une avalanche,
entraîné par le mouvement, cette tache
débusquée par le blanc, l'ennemi du blanc, microbe

à toute allure. Le jour sirote son vin chaud
là-haut dans le chalet tintinnabulant, repu,
assis près du feu, pariant sur mes chances –
Qui donc ? En bas dans la vallée, bleu à présent.

Anéanti, je repars. Telle est la devise
qu'imprime sur moi la blancheur que je mets en furie
par le fait de toujours tout nommer. Le fait de ne *respirer*
qu'en nommant les choses je cherche à l'appeler mon credo –

patatras ! la blancheur me terrasse comme une bête.
Je ne bouge plus, j'attends. Ces petites strophes dissimulent
rations bienvenues, mais la chose est toujours dehors,
qui griffe l'air de ses pattes, rendue féroce par la faim.

Gone, I begin again. In the lovely village
every morning's Christmas, and the shops
out-glisten nature. Nobody's from here.
Enormous empty boots line up, the average

girl is an angel trying some on. An angel.
I ran from a word like that but I didn't make it.
I made this shelter, I, and she doesn't know it.
I won't be there when she turns, typical angel,

time her own. I went, I began again–
it's only the quest of the cold thing for the warm thing,
vowels to soften all, she cups hot chocolate
outside The Blue Grill, freezing in the sunshine,

and I think of Brodsky saying that for a star
to love its neighbour–there's where the big idea
was had, such were the distances it travelled…
He made that out of words, but he lived there,

when one great desert left him to another,
twice. She ties her boots. What I *mean by angel*
is one who comes from nowhere to reveal
there's nowhere else but now it doesn't matter.

She looks at where I was, then cools her gaze
as the hooded happy groups go slushing by
towards the hut that sends them to the mountain.
When I glance back from the peaks around, her place

Anéanti, je repars. Dans le joli petit village
c'est Noël chaque matin, la lumière des boutiques
éclipse la nature. Personne n'est d'ici.
D'énormes chaussures vides sont alignées, la fille

ordinaire est un ange en train d'essayer une paire. Un *ange.*
J'ai fui le mot à toute allure mais sans succès.
Je me suis construit cet abri, et elle l'ignore.
Je ne serai plus là au moment où elle se retournera,

ange typique. Je suis parti, j'ai recommencé –
ce n'est que la quête du froid pour du chaud,
de voyelles pour tout adoucir, elle tient sa tasse de chocolat
devant Le Grill Bleu, transie de froid au soleil,

et je pense à Brodsky disant que pour qu'une *étoile*
en aime une autre – c'est de là que vient
la grande idée, elle vient de si loin…
Il a tiré cela des mots, mais il a vécu là-bas aussi,

quand il est passé d'un grand désert à un autre,
deux fois. Elle lace ses chaussures. Ce que moi j'entends
   par ange
c'est quelqu'un qui vient de nulle part pour révéler
qu'il n'y a pas d'ailleurs mais que ça n'a plus d'importance.

Elle se tourne vers l'endroit où j'étais et son regard se fige
tandis que de joyeuses bandes encapuchonnées défilent
dans la neige fondue vers la cabine qui les expédie en
   montagne.
Pendant que je regardais les sommets alentour, sa place

is taken by some family and I'm
bereft like she was everything. The young
go sailing overhead, they're all like them.
To not go up, to come this far from home

for nothing earns a stripe from the whiteness. We,
it and I, will spend the day alone
and dazzled in this blinding bright valhalla,
writing postcards from it we're unlikely

to send until we're gone, if ever. The sunlight
gave like a billionaire and falls like one,
in just an hour with red signs switching on
in every language till it's out of sight.

The line of empty boots is back, the angel
nowhere to be seen but the old station,
posted there with all the past forbidden.
I saunter back with whisky to my table

and see the whiteness left its card. Evening.
The snow's the blue of being not a thing
that ends, while empty chair after empty chair
swing round the mechanism and keep going.

a été prise par une famille et je me sens
veuf comme si elle avait été tout pour moi. Les jeunes
naviguent en hauteur, ils sont tous pareils.
Ne pas grimper là-haut, venir si loin de chez soi

pour rien, vous fait gagner du galon dans la blancheur. Elle
et moi, nous passerons la journée seuls
éblouis par cet aveuglant walhalla de lumière
à écrire des cartes postales qu'il est peu probable

que nous envoyions jamais. Le soleil
a flambé comme un milliardaire et se couche pareillement
en une heure pile parmi les enseignes rouges s'illuminant
en toutes les langues jusqu'à ce qu'il disparaisse.

La ligne de chaussures vides est de retour, l'ange
n'est visible nulle part cependant que la vieille gare
reste à son poste avec tout le passé interdit.
Je reviens lentement à ma table avec un whisky,

je vois que la blancheur a laissé sa carte. Soirée.
La neige est du bleu de ce qui n'a pas de fin
tandis que l'un après l'autre les sièges vides
continuent leur manège mécanique.

SIMON ARMITAGE

(1963)

Souvent considéré comme l'un des poètes les plus brillants de sa génération, Simon Armitage a reçu en 2019 le prestigieux titre de poète lauréat, succédant à Carol Ann Duffy. Comme Ted Hughes à qui il doit ses premières émotions poétiques, il est profondément enraciné dans son Yorkshire natal où il vit toujours. Né dans le village de Marsden, il a passé son enfance à Huddersfield et, après une brève incursion au sud pour étudier la géographie à Portsmouth, il a enseigné la poésie à l'université de Leeds. Très prolifique, il écrit pour le cinéma, le théâtre, la radio, la télévision, édite des anthologies, est l'auteur de deux romans et de traductions de littérature classique et médiévale comme *Homer's Odyssey* (2006), *Sir Gawain and the Green Knight* (2007). C'est l'un des poètes anglais les plus connus depuis le succès de son premier livre de poésie : *Zoom!* Voix originale et pleine d'énergie il joue de tous les registres de l'oralité faisant allusion à la culture populaire, la musique pop ou la bande dessinée bien qu'il soit surtout influencé par les rythmes de la poésie américaine de Whitman à Gary Snyder. Profondément démocratique, incluant tous les aspects de la société, sa marque de fabrique reste son jeu virtuose avec les mots et leurs sonorités.

To the Women of the Merrie England Coffee Houses, Huddersfield

O women of the Merrie England Coffee Houses, Huddersfield,
when I break sweat just thinking about hard work, I think about you.
Nowhere to hide behind that counter, nowhere to shirk.
I'm watching you right now bumping and grinding hip to hip,
I'm noting your scrubbed, pink hands in the cabinet of fancy cakes,
loose and quick among the lemon meringues and cream puffs
and custard tarts, darting and brushing like carp in a glass tank.

O women, the soles of your feet on fire in your sensible shoes,
your fingers aflame, spitting and hissing under the grill.
You, madam, by the cauldron of soup–you didn't hassle us,

Aux serveuses des salons de thé *Merrie England* d'Huddersfield

Ô vous serveuses des salons de thé *Merrie England* d'Huddersfield,
lorsque l'idée de travailler dur suffit à me mettre en sueur, c'est à vous que je pense.
Impossible de se cacher derrière ce comptoir, de tirer au flanc.
Je vous observe vous bousculer, vous frotter hanche contre hanche,
je vois vos mains roses et nettes frétiller dans le présentoir à gâteaux,
parmi tartes au citron meringuées, mille-feuilles, choux à la crème,
filant à toute vitesse telles des carpes dans un aquarium.

Vous femmes aux plantes de pied en feu dans vos chaussures sages,
aux doigts enflammés qui crépitent et grésillent sous le gril.
Vous, madame, près du chaudron de soupe – loin de nous harceler

just wiped the crumbs from under our genius poems,
me and the boy Smith, one toasted teacake between us,
eking it out through the dead afternoons, our early drafts
hallmarked and franked with rings of coffee and tea.

Women of the Merrie England, under those scarlet aprons
are you naked?
Are you calendar girls? Miss July traps a swarm of steam
in a jug
as perspiration rolls from the upper delta of her open neck
to where Christ crucified bobs and twists on a gold chain.
Miss April delivers the kiss of life to a Silk Cut by the fire
escape.
Miss November, pass me the key to the toilet, please,
I won't violate your paintwork, desecrate the back of the
door
with crude anatomical shapes or the names of speedway stars.
I'm no closet queen in search of a glory hole for gay sex,
no smackhead needing a cubbyhole to shoot up–
one glass of your phosphorescing radio-active orange crush
was always enough for me and the boy Smith, his mother
asleep at the wheel on the long drive back from Wales,

vous ne faisiez qu'essuyer les miettes sous nos poèmes de génie,
au petit Smith et à moi, qui partagions un seul morceau de cake
et le faisions durer tout un morne après-midi, nos œuvres
de jeunesse marquées au sceau des ronds de thé ou de café.

Femmes de *Merrie England*, êtes-vous nues sous vos tabliers écarlates ?
Êtes-vous des pin-up de calendrier ? Miss Juillet piège un nuage de vapeur dans un pot
et la sueur coule du triangle de son décolleté
jusque-là où le Christ crucifié se tortille au bout d'une chaîne en or.
Miss Avril fait du bouche à bouche à une cigarette *Silk Cut* près de la sortie de secours.
Miss Novembre, passez-moi la clef des toilettes, s'il vous plaît,
je n'abîmerai pas votre peinture, ne dégraderai pas le dos de la porte
avec de grossiers dessins anatomiques ou des noms de champions automobile.
Je ne suis ni une tante en quête de glory hole pour sexe gay,
ni un junkie cherchant un petit coin tranquille pour se shooter
– un verre de votre soda orange, phosphorescent, radioactif
nous a toujours suffi à moi et au petit Smith, du temps où sa mère
s'endormait au volant pendant le long trajet de retour du pays de Galles,

the airbag not invented yet–just a bubble in somebody's dream.

Does he pay you a pittance in groats, King Henry, stuffing his face
with hare and swan, his beard dyed red with venison blood
and pinned with the fiddling bones of partridge and quail,
while you, O women of the Merrie England, his maids,
swab the greasy tiles with a bucket of rain and a bald mop
or check for counterfeit tenners under the sun-tanning light.
A tenner!–still two hours' graft at the minimum wage.

Don't let catering margarine ease off your eternity rings.
Don't loose your marriages down the waste-disposal pipe.
Hang on to your husbands and friends–no sugar-daddies or lovers
or cafetières for you, O women of the Merrie England,
no camomile or Earl Grey, just take-it-or-leave-it ground or char
served in the time-bitten cups my grandmother sipped from,
hooking the milky membrane aside with a spoon, watching it reform.

I've seen you nudging and winking. Look who just drop in, you say,

et que l'airbag n'avait pas encore été inventé – n'était
encore qu'une bulle dans le rêve de quelqu'un d'autre.

Paie-t-il votre pitance en pennies, le roi Henry, lui qui se gave
de lièvre et de cygne, dont la barbe rougie par le sang du gibier
est piquetée d'éclats d'os de caille et de perdrix,
tandis que vous ses servantes, ô femmes de *Merrie England*,
frottez les carreaux gras à l'aide d'un balai chauve, et d'un seau d'eau de pluie
ou vérifiez à la lumière du soleil brûlant que les billets de dix livres ne sont pas faux.
Dix livres ! deux heures de turbin, au salaire minimum.

Ne laissez pas la margarine de cuisine faire glisser vos alliances.
Ne laissez pas votre mariage se casser la figure dans le vide-ordures.
Accrochez-vous à vos maris, à vos amis – pas de papas gâteau ni d'amants
ni de cafetières pour vous, ô femmes de *Merrie England*,
pas de camomille ni d'Earl Grey, du bon vieux thé noir sans chichis
servi dans les tasses usagées dans lesquelles sirotait ma grand-mère
repoussant de sa cuiller la membrane laiteuse pour la voir se reformer.

Je vous ai vu échanger coups de coude et clins d'œil.
Regarde bien qui débarque, dites-vous,

The Man Who Fell to Earth, wanting tea for one and the soup of the day.
I take the window seat and gawp at the steeplejacks: all gone–Kendall's, The CoachHouse, Leeds Road, the White Lion and the Yards
But you under the mock Tudor beams, under the fake shields,
under the falsified coats of arms, you go on, you go on
O women of the Merrie England, O mothers of Huddersfield,
O Ladies!

Hop In, Dennis

A man was hitching a lift on the slip road of the A16 just outside Calais. Despite his sharp, chiselled features and a certain desperation to his body language, I felt compelled to pick him up, so I pulled across and rolled down the window. He stuck his face in the car and said, "I am Dennis Bergkamp, player of football for Arsenal. Tonight we have game in Luxembourg but because I am fear of flying I am travel overland . Then I have big argument with chauffeur and here he drops me. Can you help?" "Hop in, Dennis", I said. He threw his kit in the back and buckled

l'Homme tombé du Ciel, celui qui commande du thé pour
une personne et le potage du jour.
Je m'installe sur le siège près de la fenêtre et regarde
stupéfait les échafaudages : tous disparus, les pubs
– Kendall's, Coach House, Leeds Road, White Lion,
Yards.
Mais vous, sous vos fausses poutres Tudor, vos boucliers
factices,
vos armoiries falsifiées, vous êtes toujours là, toujours,
toujours,
ô femmes de *Merrie England*, ô mères d'Huddersfield,
Vous Mesdames !

Grimpe, Dennis

Un homme faisait du stop sur la bretelle de l'A16 juste
à la sortie de Calais. Malgré ses traits taillés au couteau et
sa gestuelle quasi désespérée, je me suis senti obligé
de le prendre, alors j'ai fait un crochet vers lui et j'ai
baissé la
vitre. Il a collé sa figure à l'intérieur de l'auto et dit : « Je
suis
Dennis Bergkamp, le joueur de foot d'Arsenal. Ce soir
on a un match au Luxembourg mais par frousse de
l'avion, j'ai pris la voie terrestre. J'ai fini par me disputer
grave avec
le chauffeur et il m'a planté là. Vous pouvez m'aider ?
– Grimpe
Dennis », ai-je dit. Il a jeté son barda à l'arrière, bouclé

up next to me. "So what was the barney about?" I asked him. Dennis sighed and shook his classical-looking head. "He was ignoramus. He was dismissive of great Dutch master Vermeer and says Rembrandt was homosexual." "Well you'll hear no such complaints from me," I assured him. We motored along and the landscape just zipped by. And despite some of the niggles and tetchiness which crept into Dennis's game during the latter part of his career, he was a perfect gentleman and the complete travelling companion. For example, he limited himself to no more than four wine gums from the bag which gaped open between us, and was witty and illuminating without ever resorting to name-dropping or dressing-room gossip.

Near the Belgian border a note of tiredness entered Dennis's voice, so to soothe him to sleep I skipped from Classic Rock to Easy Listening. It wasn't until we were approaching the outskirts of the city that he stirred and looked at his Rolex. "It will sure be a tight one", he said. "Why don't you get changed in the car and I'll drop you off at the ground?" I suggested. "Good plan", he said, and wriggled into the back. In the corner of my eye he was a contortion of red and white, like Santa Claus in a badger

sa ceinture à mes côtés. « Alors c'était quoi l'embrouille ? » ai-je demandé. Dennis a soupiré, secouant sa tête d'aspect classique.

« Le type était ignare. Il a débiné le grand maître hollandais Vermeer et traité Rembrandt d'homosexuel.

– Eh bien, tu ne risques rien avec moi », lui ai-je assuré.

Nous avons continué de rouler, laissant filer le paysage. En dépit des quelques marques d'irritation venues parasiter le jeu de Dennis dans la dernière phase de sa carrière, c'était un parfait gentleman ainsi qu'un compagnon de route accompli. Il se retint, par exemple, de prendre plus de quatre boules de gomme dans le sachet grand ouvert entre nous, se montra spirituel et pertinent sans jamais se livrer à l'étalage de noms célèbres ni aux ragots de vestiaire.

Près de la frontière belge, la voix de Dennis se teinta d'une note de fatigue, alors pour l'aider à s'endormir, je suis passé de Classic Rock à Radio Nostalgie. Il fallut attendre que l'on s'approche de la périphérie de la ville pour qu'il s'agite et regarde sa Rolex. « Ça va vraiment être serré, dit-il.

– Pourquoi ne te changes-tu pas dans la voiture, je te déposerai directement sur le terrain, ai-je suggéré. – Bonne idée », dit-il avant de se glisser à l'arrière en se tortillant. J'épiai du coin de l'œil cette contorsion en rouge et blanc, sorte de Père Noël pris dans un

trap, though of course I afforded him complete privacy, because like most professionally trained drivers I use only the wing mirrors, never the rear view. Pretty swiftly he dropped into the seat beside me, being careful not to scratch the console with his studs. "Here's the stadium," I said, turning into a crowded boulevard awash with flags and scarves. Dennis jogged away towards a turnstile, through which the brilliance of the floodlighted shone like the light from a distant galaxy.

And it's now that I have to confess that Mr Bergkamp was only one of dozens of Dennises to have found their way into the passenger seat of my mid-range saloon. Dennis Healey, Dennis Hopper, Dennis Potter, Dennis Lillee, the underrated record producer Dennis Bovell, and many, many more. I once drove Dennis Thatcher from Leicester Forest East service station to Ludlow races and he wasn't a moment's bother, though I did have to ask him to refrain from smoking, and of course not to breathe one word about the woman who introduced rabies to South Yorkshire.

piège à blaireau, tout en respectant strictement son intimité
car comme la plupart des conducteurs chevronnés je n'use
que des rétroviseurs latéraux, jamais du central. Il se laissa choir
en souplesse dans le siège passager, prenant soin de ne pas
rayer la console avec ses crampons. « Voici le stade », dis-je,
tournant dans un boulevard couvert d'une marée de drapeaux
et d'écharpes. Dennis est parti en courant vers un tourniquet
à travers lequel les projecteurs brillaient
d'une lumière semblable à celle d'une lointaine galaxie.

Le moment est cependant venu d'avouer que M. Bergkamp ne fut
qu'un des nombreux Dennis ayant réussi à s'inviter
sur le siège passager de ma berline milieu de gamme. Il y eut Dennis
Healey, Dennis Hopper, Dennis Potter, Dennis Lillee, le
producteur de disques méconnu Dennis Bovell, et bien
d'autres encore. J'ai même un jour conduit Dennis Thatcher de la station-service de Leicester
Forest à l'hippodrome de Ludlow et il ne me l'a pas fait regretter un seul
instant bien que j'aie dû le prier de s'abstenir
de fumer et bien sûr de ne piper mot concernant
la dame qui propagea la rage dans le sud du Yorkshire.

MICHAEL SYMMONS ROBERTS

(1963)

Né à Preston dans le Lancashire, Michael Symmons Roberts a grandi dans le sud de l'Angleterre. Après des études de philosophie et de théologie à Oxford lors desquelles il se convertit au catholicisme, il devient journaliste puis producteur à la BBC. Il est aujourd'hui professeur de poésie à l'université de Manchester, où il réside. Poète, romancier, il a également réalisé de nombreux documentaires pour la télévision, la radio, a collaboré à des œuvres musicales avec le compositeur James MacMillan et a été récompensé par de nombreux prix. Il a publié deux essais en collaboration avec le poète Paul Farley : *Edgelands* (2011) et *Deaths of the Poets* (2017). Il s'inscrit dans la tradition métaphysique qu'il renouvelle de façon originale, fasciné aussi bien par la foi que par la science, le corps que la transcendance, l'apocalypse et la souffrance que le salut.

Pelt

I found the world's pelt
nailed to the picture-rail
of a box-room in a cheap hotel.

So that's why rivers dry to scabs,
that's why the grass weeps every dawn,
that's why the wind feels raw:

the earth's an open wound,
and here, its skin hangs
like a trophy, atrophied beyond all

taxidermy, shrug into a hearth rug.
Who fleeced it?
No record in the guest-book.

No one paid, just pocketed the blade
and walked, leaving the bed
untouched, TV pleasing itself.

Peau

J'ai trouvé la peau du monde
clouée à la cimaise
d'une chambre minuscule dans un hôtel minable.

Voici donc pourquoi les rivières ont des croûtes sèches,
pourquoi l'herbe pleure chaque jour à l'aube,
pourquoi le vent souffle à cru :

la terre est une blessure vive,
et c'est ici que pend sa dépouille
tel un trophée, atrophiée au-delà de toute

taxidermie, réduite à un tapis d'âtre.
Qui l'a écorchée ?
Aucune indication dans le registre.

Nul n'a payé, on s'est contenté d'empocher la lame
et de partir, laissant le lit
intact, la TV à son autosatisfaction.

Maybe there was no knife.
Maybe the world shrugs off a hide
each year to grow a fresh one.

That pelt was thick as reindeer,
so black it flashed with blue.
I tried it on, of course, but no.

Peut-être n'y eut-il pas de couteau.
Peut-être le monde se débarrasse-t-il ainsi de son cuir
chaque année pour qu'en repousse un nouveau.

Cette peau avait l'épaisseur d'une toison de renne,
elle était si noire qu'elle brillait de reflets bleutés.
Je l'ai essayée, bien sûr, mais non.

DALJIT NAGRA
(1966)

Représentant les Britanniques d'origine indienne de la deuxième génération, Daljit Nagra, qui est né près de Londres dans une famille d'immigrés sikhs et a grandi à Sheffield, met ironiquement en scène ses origines et ses contradictions, insistant cependant sur le fait qu'il ne veut pas qu'on le réduise à cela. C'est avec humour et brio qu'il parsème ses poèmes de « punglish », hybride d'anglais et de pendjabi ou, plus sérieusement, s'interroge sur l'histoire coloniale et les problèmes complexes de l'Angleterre multiculturelle, juxtaposant ironiquement rythmes et références. L'oralité joue un grand rôle dans cette poésie où effets comiques, jeux de mots, de sonorités, pluralités de voix prédominent et dont il donne de vibrantes performances. Il se dit très influencé par la tradition anglaise : Blake, Browning, Milton, mais également par la musique rock et l'humour indien.

In a White Town

She never looked like other boys' mums.
No one ever looked without looking again
at the pink kameez and balloon'd bottoms,

mustard oiled trail of hair, brocaded pink
sandals and the smell of curry. That's why
I'd bin the letters about Parents' Evenings,

why I'd police the noise of her holy songs,
check the net curtains were hugging the edges,
lavender spray the hallway when someone knocked,

pluck all the gold top milk from its crate
in case the mickey-takers would later disclose it,
never confessing my parents'weird names

or the code of our address when I was licked
by Skin-heads (by a toilet seat)
desperate to flush out the enemy within.

Dans une ville blanche

Elle ne ressemblait en rien aux mères des autres enfants.
On ne pouvait s'empêcher de se retourner
sur le kamiz rose, le pantalon bouffant,

la traînée de cheveux huilés couleur moutarde, les sandales
de brocart rose et l'odeur de curry. Voici pourquoi
je jetais à la poubelle les invitations aux réunions de parents,

lui ordonnais de mettre en sourdine ses chants sacrés,
vérifiais que les voilages rasaient bien le bord des fenêtres,
vaporisais l'entrée de lavande lorsque quelqu'un frappait,

prélevais du casier tout notre lait aux capsules d'or
de peur que de mauvais plaisantins le repèrent,
sans jamais avouer les noms bizarres de mes parents

ni le code de notre adresse si je me faisais tabasser
(dans les toilettes) par des skinheads
résolus à tirer la chasse d'eau sur l'ennemi de l'intérieur.

I would have felt more at home had she hidden
that illiterate body, bumping noisily into women
at the market, bulging into its drama'd gossip,

for homework–in the public library with my mates,
she'd call scratching on the windows. Scratching again
until later, her red face would be in my red face,

two of us alone, she'd duck at my stuttered Punjabi,
she'd laugh and said I was a gora, I'd only be freed
by a bride from India who would double as her saathi.

Nowadays, when I visit, when she hovers upward,
hobbling towards me to kiss my forehead
as she once used to, I wish I could fall forward.

Je me serais senti plus à l'aise si elle avait consenti à cacher
son corps illettré lorsqu'elle croisait bruyamment d'autres
femmes
au marché, se répandait en palabres théâtrales,

ou qu'à la bibliothèque avec mes potes à l'heure des devoirs,
elle venait gratter à la fenêtre. Gratter encore
jusqu'à ce que plus tard, seul avec elle, son visage rouge

face au mien, elle se moque de mon punjabi laborieux
et me traite en riant de gora[1], disant que mon salut
viendrait d'une fiancée indienne, son double, sa saathi.

Lorsque je lui rends visite aujourd'hui et qu'elle se redresse,
s'avance en boitillant pour m'embrasser le front
comme elle faisait jadis, je voudrais plonger vers l'avant.

1. Homme blanc.

ALICE OSWALD
(1966)

Alice Oswald tente de réinventer la pastorale par son lyrisme antiromantique, sa conception du poème comme sculpture sonore. Après des études de littérature classique à Oxford, elle travaille plusieurs années dans le jardinage avant de se consacrer à l'écriture et de s'installer dans le Devon. Son premier livre de poésie, *The Thing in the Gap-Stone Stile*, est marqué par l'influence de Hopkins et le sens du mystère. Elle donne toute sa mesure dans *Dart,* œuvre polyphonique dans laquelle prose et poésie mêlent leurs rythmes pour conter, en fragments, l'histoire de la rivière qu'elle a passé près de trois ans à étudier. *A Sleepwalk on the Severn*, méditation sur les phases de la lune, est encore une œuvre fluviale mais également un paysage mental nocturne et onirique. Plus que de la nature, Alice Oswald se veut poète du vivant. Son lyrisme revêt une dimension spirituelle proche de celle de Ted Hughes qu'elle conjugue cependant à des touches de réalisme social. Farouchement opposée au pittoresque, à la nostalgie, elle tente de « voir les choses de leur propre point de vue, plutôt que du point de vue humain[1] » se confrontant ainsi à la terrifiante altérité du monde naturel. Elle définit son idéal comme « la création d'un univers sonore[2] ».

1. « [...] seeing things from their own point of view rather than the human point of view », Alice Oswald, entretien avec Madeleine Bunting, *The Guardian*, 13 juillet 2012.
2. « My ideal has always been to create a sound world », *ibid.*

Aside

In Berkshire somewhere 1970
I hid in a laurel bush outside a house,
planted in gravel I think.
I stopped running and just pushed open
its oilskin flaps and settled down
in some kind of waiting room, whose scarred boughs
had clearly been leaning and kneeling there
for a long time. They were bright black.

I remember this Museum of Twilight
was low-ceilinged and hear-through
as through a bedroom window
one hears the zone of someone's afternoon
being shouted and shouted in, but by now
I was too evergreen to answer, watching
the woodlice at work in hard hats
taking their trolleys up and down.

À part

Dans le Berkshire aux alentours de 1970,
je me suis cachée près d'une maison dans un laurier,
planté dans le gravier, je crois.
J'ai arrêté de courir, juste ouvert d'une poussée
ses feuilles cirées puis me suis installée
dans une sorte de salle d'attente dont les branches
meurtries
étaient penchées et agenouillées là, très clairement
depuis longtemps. Elles étaient d'un noir éclatant.

Je me souviens que ce Musée du Crépuscule
était bas de plafond et perméable aux bruits
comme une fenêtre de chambre à travers laquelle
on entend des cris encore des cris
envahir la zone de son après-midi, mais j'étais alors
trop prise dans mon vert camouflage pour répondre,
observant
le travail des cloportes coiffés de leurs casques
occupés à monter et descendre leurs chariots.

through longer and longer interims
a dead leaf fell, rigidly yellow and slow.
so by degrees I became invisible
in that spotted sick-room light
and nobody found me there.
the hour has not yet ended in which
under a cloth of laurel
I sat quite still.

Dart (extrait)
a dreamer

(Sleep was at work and from the mind the mist
spread up like litmus to the moon, the rain
hung glittering in mid-air when I came down
and found a little patch of broken schist
under the water's trembling haste.
It was so bright I picked myself a slate
as flat as a round pool and threw my whole
thrust into it, as if to skim my soul.
and nothing lies as straight as that stone's route
over the water's wobbling light;
it sank like a feather falls, not quite
in full possession of its weight.

à intervalles de plus en plus longs
une feuille morte jaune et raide tombait avec lenteur,
je devins ainsi, par degrés, invisible
dans cette lumière ciblée de chambre de malade
si bien que personne ne vint me déloger.
elle est loin d'être écoulée l'heure où
sous un dais de laurier
je restais assise sans bouger.

Dart (extrait)
un rêveur

(Le sommeil était à l'œuvre et de l'esprit la brume
se diffusait comme du papier de tournesol jusqu'à la lune,
la pluie
scintillait suspendue entre ciel et terre lorsque plus bas
je trouvai une petite veine de schiste brisé
sous la célérité tremblante de l'eau.
Elle était si brillante que j'en cueillis une ardoise
plate comme une flaque ronde m'appliquant de toutes
mes forces comme pour me décrasser l'âme.
rien n'est plus droit que le trajet de cette pierre
à l'aplomb de la clarté vacillante de l'eau ;
elle tomba avec la légèreté d'une plume, pas tout à fait
en pleine possession de son poids.

I saw a sheet of seagulls suddenly
flap and lift with a loud clap and up
into the pain of flying, cry and croup
and croud the light as if in rivalry
to peck the moon-bone empty
then fall all anyhow with arms spread out
and feet stretched forwards to the earth again.
They stood there like a flock of sleeping men
with heads tucked in, surrendering to the night.
whose forms from shoulder height
sank like a feather falls not quite
in full possession of their weight.

There one dreamed bare clothed only in his wings
and one slept floating on his own reflection
whose outline was a point without extension.
At his wits'end to find the flickerings
of his few names and bones and things,
someone stood shouting inarticulate
descriptions of a shape that came and went
all night under the soft malevolent
rotating rain. and woke twice in a state
of ecstasy to hear his shout
sink like a feather falls, not quite
in full possession of its weight.

Tillworkers, thieves and housewives, all enshrined
in sleep, unable to look round; night vagrants,
prisoners on dream-bail, children without parents,
free-trading, changing, disembodied, blind
dreamers of every kind;

Je vis une voilure de mouettes soudain
claquer, battre bruyamment de l'aile, se hisser
en un pénible envol, crier et se recroqueviller
se presser dans la lumière comme rivalisant
pour anéantir à coups de bec l'os de la lune
et finir par retomber toutes sur terre
bras écartés, pieds tendus vers l'avant.
Elles étaient là telle une troupe d'hommes endormis
tête rentrée, s'abandonnant à la nuit.
dont les formes à partir des épaules
plongeaient avec la légèreté d'une plume pas tout à fait
en pleine possession de leur poids.

Là, l'une rêvait simplement vêtue de ses ailes
une autre flottait endormie sur son propre reflet
dont le contour était un point sans extension.
Cherchant en vain dans son esprit les lueurs
du peu de noms, d'os, de choses qui lui restaient
quelqu'un criait debout d'indistinctes
descriptions d'une silhouette qui toute la nuit
allait et venait sous la douce pluie maléfique
rotative. et se réveilla deux fois en
extase pour entendre son cri
se perdre léger comme une plume, pas tout à fait
en pleine possession de son poids.

Journaliers, voleurs et femmes au foyer, tous enchâssés
dans le sommeil, regard entravé ; vagabonds nocturnes
prisonniers sous caution du rêve, enfants sans parents,
rêveurs aveugles de toute sorte,
libre-échangistes, mutables, désincarnés ;

even corpses, creeping disconsolate
with tiny mouths, not knowing, still in tears
still in their own separate atmospheres,
rubbing the mould from their wet hands and feet
and lovers in mid-flight
all sank like a feather falls, not quite
in full possession of their weight.

And then I saw the rivers's dream-self walk
down to the ringmesh netting by the bridge
to feel the edge of shingle brush the edge
of sleep and float a world up like a cork
out of its body's liquid dark.
Like in a waterfall one small twig caught
catches a stick, a straw, a sack, a mesh
of leaves, a fragile wickerwork of floodbrash,
I saw all things catch and reticulate
into this dreaming of the Dart
that sinks like a feather falls, not quite
in full possession of its weight)

I wake wide in a swim of
seagulls, scavengers, monomaniac, mad
rubbish pickers, mating blatantly, screaming

cadavres même, rampant inconsolables,
bouche minuscule, ignorants, encore éplorés
encore prisonniers chacun de son atmosphère propre,
frottant leurs mains et pieds humides pour en ôter la moisissure
amoureux en plein vol
s'enfonçaient tous avec la légèreté d'une plume pas tout à fait
en pleine possession de leur poids.

Je vis alors le rêve-même de la rivière se rendre
jusqu'au filet de mailles tressées près du pont
afin de sentir la lisière des galets frôler celle
du sommeil et faire flotter comme un bouchon
un monde surgi de la noirceur liquide de son corps.
Telle cette menue brindille qui, prise dans une source,
retient bâton, fétu de paille, sac, tissu
de feuilles, fragile vannerie de résidus fluviaux,
j'ai vu toutes choses se prendre dans ce réseau
réticulaire du rêve de la Dart
qui s'abandonne avec la légèreté d'une plume pas tout à fait
en pleine possession de son poids)

Je me réveille en plein milieu d'une marée de
mouettes, d'éboueurs, de monomaniaques, de ramasseurs
d'ordures effrénés, s'accouplant avec vulgarité, hurlant

dairy worker (river
water was originally
used to cool the milk)

and slouch off scumming and flashing and hatching flies
to the milk factory, staring at routine things:

looking down the glass lines: bottles on belts going round bends. Watching out for breakages, working night. Building up prestige. Me with my hands under the tap, with my brain coated in a thin film of milk. In the fridge, in the warehouse, wearing ear-protectors.

ouvrier laitier (l'eau de la
rivière était initialement
utilisée pour rafraîchir le lait)

puis je m'en vais traînant les pieds, écumant, jetant des éclairs et incubant des mouches
vers la laiterie industrielle, regard fixé sur les tâches routinières :

surveiller la chaîne du verre : bouteilles prenant leurs virages sur des tapis roulants. Veiller à la casse, travailler de nuit. Me construire une réputation. Moi, avec mes mains passées sous le robinet, mon cerveau recouvert d'une fine couche protectrice de lait. Dans le réfrigérateur, l'entrepôt, muni de protège-oreilles.

FIONA SAMPSON

(1968)

Née à Londres, Fiona Sampson a passé son enfance au pays de Galles et dans le Gloucestershire. Après des études musicales à la Royal Academy of Music et une brève carrière de violoniste, elle étudie la philosophie du langage à Oxford et obtient un doctorat de l'université de Nimègue aux Pays-Bas. Elle a publié de nombreux ouvrages critiques dont *Beyond the Lyric* (2012), des traductions de Jaan Kaplinski, ainsi que plusieurs anthologies, en particulier celle du centenaire de *The Poetry Review* dont elle fut la directrice de 2005 à 2012. Consciente des limites du langage, son modèle reste la forme musicale dont elle tente dans ses poèmes d'imiter l'abstraction, tout en gardant comme point de départ l'observation de l'expérience.

Skater

Out into the cold
goes the line you draw
across this pond.

Under deep dark
its track runs true as a dream,
bruised and blue.

Night is its own weather.
A stillness gloves
sheet-ice and sedge,

that cluster of willows above
the darkening rim.
When you move and break the silence

alarm thuds an ice drum
turned tight as the skin
that binds your bones.

Patineuse

Au cœur du froid
s'enfonce la ligne que tu traces
        à la surface de l'étang.

Dans l'obscurité profonde
court sa trajectoire aussi vraie qu'un rêve,
        blessée et bleue.

La nuit est son propre climat.
Le silence gante
        glace et roseaux,

la touffe de saules surplombant
le bord qui s'assombrit.
        Lorsque tu avances, brisant le silence

l'alerte sonne d'un bruit sourd sur un tambour de glace
aussi tendu que la peau
        qui tient tes os.

In an elegant
enlarging lens–silver, ornée–*you*
and the moon must drown

together. Go on, then,
where glass
waits to splinter

and every step's new,
your skates hush-hush
your water-double

through that broken mirror
where moonlight
hurls your shadow forward–

The line behind you brightens
with crystal, then darkens
as you draw it out

of your perfect future, that blank
you recognise
at every turn as you bank

on a widening curve,
and the ice-star at your foot pulses…
Night, dark water

and this is you, slicing
the dream membrane
that holds them apart–

Dans cette élégante
lentille grossissante – argentée, *ornée* – toi
          et la lune devez vous noyer

ensemble. Va plus loin
là où le verre
          attend pour voler en éclats

et où chaque pas est vierge,
tes patins chut chut font taire
          ton double d'eau

à travers ce miroir brisé
où le clair de lune
          précipite vers l'avant ton ombre –

La ligne qui te suit s'éclaire
de cristal, puis s'assombrit
          quand tu la traces

à partir de ton futur parfait, ce vide
que tu reconnais
          à chaque virage lorsque tu risques

une boucle qui s'amplifie,
et que l'étoile de glace vibre à ton pied…
          La nuit, l'eau sombre

et te voici, tranchant
la membrane de rêve
          qui les sépare –

when out into the pond's
cold eye
you go alone.

lorsque au cœur de l'œil froid
de l'étang
          seule, tu t'élances.

PAYS DE GALLES

GILLIAN CLARKE
(1937)

Troisième à occuper le poste de Poète national du pays de Galles de 2008 à 2016, Gillian Clarke, née à Cardiff, a fait des études de littérature avant de travailler à Londres pour la BBC, puis de revenir s'installer dans son pays natal en 1960. Bien qu'elle n'écrive pas en gallois, sa région est au cœur de son inspiration poétique. Elle y a joué un rôle culturel important à travers *The Anglo-Welsh Review* (1975-1984) ainsi que comme fondatrice de Ty Newydd, le Centre des écrivains du pays de Galles. Très appréciée depuis la publication de son premier livre de poésie, *Snow on the Mountain*, en 1971, elle écrit aussi pour le théâtre, la radio, la télévision, est autrice de littérature de jeunesse et traductrice du gallois. Ses thèmes de prédilection sont l'histoire, la guerre, la célébration de ses ancêtres féminins comme par exemple dans *Letter from a Far Country* (1982). La description de la nature, récurrente dans son œuvre, prend dans les poèmes plus récents un tour écologique. S'inscrivant dans la tradition bardique, elle se fait la voix d'une communauté avec une grande fraîcheur d'émotion dans une langue souple et naturelle où les sons du gallois servent parfois de contrepoint à l'anglais.

Not

My mother, child of a tenant farm,
learned her place from the landlord's man,
his word "Welsh" snapped, cutting, curt,
a word that called her "stranger".

So my mother would not say the word
but spat it out like a curse,
a bitterness to be rid of,
to be scoured from her mouth.

My mother's word didn't sound
like the name for a people,
for "us", for belonging,
for a language older than legend;

or like Nain *on the farm, tucking me in*
*with a prayer and "*Nos da, Cariad*"*
or calling the hens in the morning, her voice
all cluck and chuckle like scattering corn;

Ne pas

Ma mère, fille de métayer,
avait appris de l'intendant
dont le mot « Galloise » claquait, sec et cinglant,
ce qui faisait d'elle une « étrangère ».

Ainsi ma mère ne le prononçait-elle jamais
sans le cracher comme un juron,
une sorte d'amertume dont il fallait se débarrasser,
se nettoyer la bouche.

Sa façon de dire ce mot
ne semblait pas digne d'un peuple,
de « nous », de nos origines,
d'une langue plus ancienne que la légende ;

ni de Nain qui, à la ferme, me bordait le soir
avec une prière et « Nos da, Cariad »,
ou qui le matin appelait les poules d'une voix
si gloussante qu'on eût dit du blé jeté à la volée ;

or my father passing the time with stories
as we drove to the sea, teaching me words,
the "gw" and "w" of wind and water,
the ll-ll-ll *of waves on the shore.*

A Recipe for Water
(extract)

Fifty feet down
water flows in the dark.
Rains that spent history
seeping page by page
through the strata,

run black in the aquifers
to rise bringing their gift,
the formula like a spell,
a gulp of cold that flares
at the touch of light.

Calcium, Magnesium, Potassium, Sodium,
Chloride, Sulphate, Nitrate, Iron.

Sip this, the poetry of stone,
a mineral Latin in our blood, our bone.

*

ni de mon père qui dans la voiture en allant à la mer
me distrayait avec des histoires, m'apprenait des mots,
les « gw » et « w » du vent et de l'eau,
le *ll-ll-ll* des vagues sur le rivage.

Recette de l'eau
(extrait)

À quinze mètres de profondeur
l'eau coule dans l'obscurité.
Les pluies qui au cours de l'histoire
ont, page après page,
traversé les strates

noircissent dans les aquifères
avant de remonter et d'apporter leur don,
la formule quasi magique,
coulée froide qui flamboie
dès que la lumière la touche.

Calcium, Magnésium, Potassium, Sodium,
Chlorure, Sulfate, Nitrate, Fer.

Avalez une gorgée de cette poésie de la pierre,
latin minéral pénétrant notre sang, nos os.

*

The first word for water.
Wysg. Usk. Esk. Wye.
First clicks, clucks, monosyllables,
sibilant spillings in imitation
of the sound of all that shining.

Or the sound of thirst,
the suck and lap as a small pool ripples
in the cup of two hands,
an ecstasy of spill on skin, hair, mouth,
drops beading the dust.

*

The second word for water.
Dwfr. Dwe. Dyfroedd. Dover.

Imagine the moment a man,
a woman singing in a dark age,

gazed from those chalk heights
at the vast broken seas

and sang this word, song and word
on the tongue, in the throat,

finding a name for an element.
Everywhere on earth, the first human word

as small as the single drop of rain
a blackbird needs to begin a dawn song.

Le premier mot pour dire l'eau.
Wysg. Usk. Esk. Wye.
Premiers glouglous, monosyllabes,
sifflantes déversées par imitation
du son de tout ce scintillement.

Ou bien le son de la soif,
les sucements, lapements, la petite flaque qui frémit
dans la coupe de deux mains jointes,
extase d'éclaboussures sur la peau, les cheveux, la bouche,
gouttes perlant sur la poussière.

*

Le second mot pour désigner l'eau.
Dwfr. Dwe. Dyfroedd. Douvres.

Imaginez le moment où un homme,
une femme chantant dans une époque obscure,

a contemplé de ces hauteurs de craie
le vaste océan battu par les flots

et a chanté ce mot, chant et mot
sur la langue, dans la gorge,

trouvant un nom pour un élément.
Partout sur terre, le premier mot humain

aussi infime que la seule goutte de pluie
dont un merle a besoin pour entonner son chant de l'aube.

*

That drop on the tongue
was the first word in the world
head back, eyes closed, mouth open
to drink the rain
wysg, uisc, dwr, hudra, aqua, agua, eau, wasser

*

You imagine me writing in the falling rain,
rain on the roof, writing in whispers
on the slates' lectern,
rain spelling out each syllable
like a child learning to read.

But day after day
no huff of rain
on the roof,
frost a dry breath on grass.

The trees stop drinking,
their secret roots a delta under the earth,
their branches against the winter sky
waiting for spring to make a move.

Rain must relearn how to sound.
March rain must learn to be wild,
to fill the mouth of the west wind
with salt skinned off the sea.

*

Cette goutte sur la langue
fut le premier mot du monde
tête renversée, yeux clos, bouche ouverte
pour boire la pluie
wysg, uisc, dwr, hudra, aqua, agua, eau, wasser

*

Imaginez-moi en train d'écrire sous une pluie battante,
tombant sur le toit, inscrivant ses crépitements
sur le lutrin des ardoises,
épelant chaque syllabe
comme un enfant qui apprend à lire.

Mais jour après jour,
nulle bourrasque de pluie
sur la toiture,
le souffle sec du gel sur l'herbe.

Les arbres cessent de boire,
leurs racines secrètes dessinent un delta sous la terre,
leurs branches armées contre le ciel hivernal
attendent que le printemps se manifeste.

La pluie doit réapprendre sa musique.
Les giboulées de mars à être sauvages,
à emplir la bouche du vent d'ouest
de sel récolté à fleur de mer.

So long the Atlantic has waited,
dragging its anchor.
These dry days and nights
I feel its weight like gravity.

*

Weeks of journeys into frozen England.
One dusk, the north-bound Pendolino
leans out for the dance across the Midlands,
creeping so slowly between claypits,

canals and the backs of houses,
that there's time for a woman's hands
in a lit kitchen to turn on a tap
and fill a bowl with what I know

is my sweet mountain water
brought all the way by gravity.

Cela fait si longtemps que l'Atlantique attend,
traînant son ancre.
Au long de tous ces jours et nuits de sécheresse
je le sens peser comme la gravité.

*

Semaines de voyages dans l'Angleterre gelée.
Au crépuscule, le train Pendolino en direction du nord
s'incline dans sa danse à travers les Midlands,
glissant si lentement entre les glaisières,

les canaux et le dos des maisons,
que, dans une cuisine éclairée, des mains de femme
ont le temps d'ouvrir un robinet
et de remplir un bol avec ce qui, je le sais,

est ma douce eau de montagne
amenée jusque-là par la gravité.

ROBERT MINHINNICK
(1952)

Poète, romancier, essayiste, traducteur, Robert Minhinnick a dirigé la revue *Poetry Wales* de 1997 à 2008. Né à Neath, il vit toujours dans le sud du pays de Galles, à Porthcawl. Après des études à l'université d'Aberystwith puis de Cardiff, il s'engage dans la cause écologiste, cofonde et administre la branche galloise de Friends of the Earth. C'est un écrivain voyageur épris de grands espaces, un héritier des romantiques, passionné de faune, de flore, de géographie mais aussi de diversité humaine. Ses pérégrinations nourrissent ses nombreux essais tandis qu'au tournant du siècle sa réflexion se fait de plus en plus politique au gré de séjours en Albanie, et surtout en Irak. Il rédige ainsi, sur le mode de la ballade inspirée de Wordsworth et revue par Bob Dylan, le long poème « An Opera in Baghdad ». Son lyrisme s'applique aussi à des sujets plus familiers, comme dans « Mouth to Mouth », évocation de la région située entre les embouchures de deux rivières galloises, Ogwr et Cynffig à l'heure des menaces du changement climatique. Le ton devient franchement élégiaque dans « Diary of the Last Man », suite de poèmes donnant son titre au recueil. Il y célèbre la nature dans un monde postapocalyptique où il tente de recueillir les traces précaires de l'homme tel un visionnaire en quête de transfiguration du réel.

The Fox in the National Museum of Wales

He scans the frames but doesn't stop,
the fox who has come to the museum today,
his eye in the Renaissance
and his brush in the Baroque.

Between dynasties his footprints
have still to fade, between the Shan and the Yung,
the porcelain atoms shivering at his touch,
ah, lighter than the emperor's breath, drinking rice wine
from the bowl,
daintier than the eunuch pouring wine.

I came quickly as I could
but already the fox had left the Industrial Revolution behind,
his eye has swept the age of atoms,
the Taj Mahal within the molecule.

The fox is in the fossils and the folios, I cry.
The fox is in Photography and the Folk Studies Department.
The fox is in the flux of the foyer,

Un renard au musée national du pays de Galles

Il scrute les cadres sans jamais s'arrêter
le renard qui est venu aujourd'hui au musée,
un œil sur la Renaissance,
son plumeau à l'âge baroque.

Entre les dynasties ses traces de pas
sont encore fraîches, des Shang aux Yuan,
les atomes de porcelaine tremblent à son toucher,
tellement plus léger que le souffle de l'empereur sirotant
du vin de riz dans un bol,
plus délicat encore que l'eunuque en train de le verser.

Je suis venu aussi vite que j'ai pu
mais il avait déjà laissé derrière lui la révolution industrielle,
alors son regard a survolé l'âge de l'atome,
le Taj Mahal logé dans la molécule.

Le renard est dans les fossiles et les folios, m'écriai-je.
Le renard est dans la section Photo et Folklore.
Le renard est dans le flux du foyer,

the fox is in the flock,
the fox is in the flock.

Now the fox sniffs at the dodo
and at the door of Celtic orthography.
The grave-goods, the chariots, the gods of darkness,
he has made their acquaintance on previous occasions.
There, beneath the leatherbacked turtle he goes,
the turtle black as an oildrum,
under the skeleton of the whale he skedaddles,
the whale silver as bubblewrap.

Through the light of Provence moves the fox, through
the Ordovician era and the Sumerian summer,
greyblue the brush on him, this one who has seen so much,
blood on the bristles of his mouth,
and on his suit of iron filings the air fans like silk.

Through the Cubists and the Surrealists
this fox shimmies surreptitiously,
past the artist who has sawn himself in half
under the formaldehyde sky
goes this fox shiny as a silver
fax in his fox coat,
for at a foxtrot travels this fox
backwards and forwards in the museum.

Under the bells of Brugmansia
that lull the Ecuadorian botanists to sleep,
over the grey moss of Iceland

le renard est dans la foule,
le renard est dans la foule.

Voici qu'il renifle à présent le dodo
et la porte d'orthographe celtique.
Les objets funéraires, les chariots, les dieux des ténèbres,
il les a déjà connus en d'autres circonstances.
Puis il se coule sous la carapace bardée de cuir
de la tortue noire comme un baril de fuel,
et s'esquive sous le squelette de la baleine,
aux fanons argentés comme du film à bulles.

Il se faufile à présent dans la lumière provençale ce renard,
traverse l'ère de l'Ordovicien et l'été sumérien,
sa livrée vire au bleu cendré, lui qui en a tant vu,
il a du sang sur les poils de ses babines
et l'air caresse comme de la soie son habit de limaille.

Parmi les cubistes et les surréalistes
notre renard danse subrepticement le shimmy,
devant l'artiste qui s'est scié en deux
sous un ciel de formaldéhyde
il file à la vitesse d'un fax irisé
dans sa pelisse de renard
car c'est au rythme du fox-trot qu'il voyage
l'animal, d'avant en arrière dans le musée.

Sous les clochettes des brugmansias
qui bercent les botanistes équatoriens,
sur la mousse grise d'Islande,

further and futher goes this fox,
passing the lamb at the feet of Jesus,
through the tear in Dante's cloak.

How long have I legged it
after his legerdemain, this fox
in the labyrinth, this fox that never hurries
yet passes an age in a footfall, this fox
from the forest of the portrait gallery
to Engineering's cornfield sigh?

I will tell you this.
He is something to follow,
this red fellow.
This fox I foster–
he is the future.

No one else
has seen him yet.
But they are closing
the iron doors.

de plus en plus loin va le renard,
passant devant l'agneau aux pieds de Jésus,
se glissant par la déchirure du manteau de Dante.

Combien de temps l'ai-je poursuivi
ce renard malgré ses tours de passe-passe
dans le labyrinthe, lui qui jamais ne se hâte
ce goupil mais franchit d'un pas une époque
passant de la forêt d'une galerie de portraits
au soupir mécanique d'un champ de blé ?

Je vous assure,
il mérite qu'on le suive
ce gaillard roux.
Ce renard, moi j'en fais mon affaire,
c'est lui le futur.

Nul autre que moi
ne l'a encore aperçu.
Mais voici que l'on ferme
les portes de fer.

Mouth to Mouth: A Recitation between two Rivers (extract)

Yes there it is,
woken in a willow wood.

My flashlight lights the scene,
its beam a spar and the splinters of spars,

skerricks of light that leave me
marvelling at moths and the mosaics of my own skin.

Look, I say to myself
(for who else is there?)

After three thousand years our acquaintance is made.
So I turn to the first empty page in my spellbook.

Oh yes, I know what it is,
a remedy for all that ails us,

the nervous and neurasthenic,
the wounded, the wistful,

for those who have sought
to shuffle out of shadow.

D'embouchure à embouchure : récitation entre deux rivières (extrait)

Tiens la voici,
réveillée dans un bois de saules.

Ma lampe électrique éclaire la scène,
son faisceau telle une lance projetant ses éclats,

fragments de lumière qui me font m'émerveiller
devant les éphémères, la mosaïque de ma propre peau.

Tiens, me dis-je
(car à qui d'autre pourrais-je m'adresser ?)

Après trois mille ans nous faisons enfin connaissance.
Je me tourne donc vers la première page vide de mon bréviaire.

Oh oui, je sais bien ce dont il s'agit,
c'est la panacée de tous nos tourments à nous,

les nerveux, les neurasthéniques,
les blessés et les désabusés,

destinée à ceux qui ont tenté
de s'extirper de l'ombre.

It is growing in a bush
of helleborines. Underwater

it seems. Unreachable
in this nave of night air.

I listen to sap-whine, gnat-tune,
taste nettle pollen pale upon the wood.

But no-one. No-one since
the neolithic has knelt here,

mouth to the madweed, mind unmade,
breathing the fruits of this prehistoric plain.

Then the sleet falls into the north half of my soul.
But in the south half is stillness.

I look up. Against the narcotic sky
are dead trees, old nests.

Deer in the slacks are scittering off,
in the moonlight their scuts gleaming,

and I look at myself from far away
and know there is no next thing for this.

It is only the now I can ever have,
my harvest of madweed in the white midnight.

Elle croît assourdie
par les hellébores. Sous l'eau

semble-t-il. Hors d'atteinte
dans cette nef d'air nocturne.

J'écoute la plainte de la sève, le refrain de l'insecte,
goûte le pollen d'ortie pâle dans les bois.

Mais personne. Personne depuis
le néolithique ne s'est agenouillé ici,

bouche collée à la scutellaire, esprit encore vierge,
humant le fruit de cette plaine préhistorique.

Alors une pluie glacée s'abat sur la moitié nord de mon
 âme
tandis que sa partie sud reste immobile.

Je lève les yeux. Sur le ciel narcotique se détachent
des arbres morts, de vieux nids.

Dans les mares dunaires, les chevreuils détalent en
 bondissant,
faisant briller leur miroir au clair de lune,

et je me regarde de loin
conscient que cette nuit est à nulle autre pareille.

Ici est le seul maintenant auquel je puisse prétendre,
une récolte d'herbe folle dans la blancheur de minuit.

GWYNETH LEWIS
(1959)

Née à Cardiff dans une famille parlant le gallois, Gwyneth Lewis fait des études de littérature à Cambridge puis à Harvard et à Columbia, aux États-Unis, où elle étudie avec Joseph Brodsky, Seamus Heaney et Derek Walcott. Elle passe ensuite trois ans à New York où elle est journaliste avant d'accepter un poste de productrice pour la BBC galloise. En 2005 elle est la première à être élue Poète national du pays de Galles. Assumant son double héritage, elle a publié successivement trois livres de poésie en gallois suivis de trois en anglais repris dans *Chaotic Angels* (2005). Son bilinguisme la mène à une réflexion parfois ironique sur le pouvoir de la langue. Personnalité tourmentée, elle témoigne de son combat contre la dépression dans un récit autobiographique, *Sunbathing in the Rain* (2002). Dans la série de poèmes consacrés aux anges qui donne son titre au recueil se retrouvent les thèmes de l'identité, de la sexualité et de la maladie mentale mais traités sur un mode plus religieux, à la manière du poète gallois R. S. Thomas. Messagers divins, les anges sont selon elle porteurs d'une « vérité chaotique », terme s'inspirant d'un essai de Virginia Woolf[1]. Elle précise : « Les anges ne sont pas des créatures ailées [...] mais un acte de communication au cours duquel le poids d'un certain monde vient s'abattre sur un autre, plus superficiel. Il y a toujours des moments de difficulté et de lutte[2]. »

1. Voir la conclusion de l'essai de Virginia Woolf, *Mr Bennett and Mrs Brown* : « The truth itself is bound to reach us in rather an exhausted and chaotic condition. »

2. « Angels aren't creatures with wings [...] but an act of communication where the weight of one world is brought down on another more superficial. These are always moments of difficulty and struggle. », Gwyneth Lewis, cité dans *Modern Women Poets*.

A Poet's Confession

"I did it. I killed my mother tongue.
I shouldn't have left her
there on her own.
All I wanted was a bit of fun
with another body
but now that she's gone–
it's a terrible silence.

She was highly strung,
quite possibly jealous.
After all, I'm young
and she, the beauty,
had become a crone
despite all the surgery.

Could I have saved her?
Made her feel at home?

Without her reproaches.
I feel so numb,
not free, as I'd thought…

Confession d'un poète

« Ça y est. J'ai tué ma langue maternelle.
Je n'aurais pas dû la laisser
là-bas, toute seule.
Je voulais seulement m'amuser un peu
avec un autre corps
mais maintenant qu'elle n'est plus là –
règne un silence terrible.

Elle était fort susceptible,
vraisemblablement jalouse.
Je suis jeune après tout,
et elle, la beauté,
était devenue une vieille harpie
malgré toute l'aide de la chirurgie.

Aurais-je pu la sauver ?
Faire qu'elle se sente chez elle ?

Sans ses reproches
je me sens si amorphe
et non pas libre comme je l'aurais cru…

Tell my lawyer to come.
Until he's with me,
I'm keeping mum."

Aphasia

I ask for "hammer" but am given "spade"
feel like some "tea" but order "orangeade"

by mistake. I specify "velvet" but am given "silk"
in a colour I don't even like

but I take it, pretend. Someone's cut the string
between each word and its matching thing,

so my mind's a junk shop of where I have been.
I'll never know now what I really mean.

Angel of Depression

Why would an angel choose to come here
if it weren't important? Into stuffy rooms
smelling of cabbage? Into the tedium of time,
which weighs like gravity on any messenger

Dites à mon avocat de venir.
En attendant qu'il arrive,
je veille sur maman. »

Aphasie

Je demande un « marteau », on me donne une « bêche »,
ai envie de « thé » mais commande du « jus de pêche »

par erreur. Je précise « velours », on me donne de la « soie »
dans une couleur qui ne me plaît même pas,

mais je la prends, fais semblant. Quelqu'un a coupé le fil
reliant chaque mot à la chose assortie,

si bien que mon esprit est le bric-à-brac de ce que j'ai vécu.
Ce que je veux dire vraiment, je ne le sais plus.

L'ange de la dépression

Pourquoi un ange choisirait-il de venir ici
si ce n'était pas important ? Dans ces pièces étouffantes
où flotte une odeur de chou ? Dans la monotonie du temps
pesant comme la gravité sur un messager

used to more freedom and who has to wear
a dingy costume, so as not to scare
the humans. Wouldn't even an angel despair?

Don't say it's an honour to have fought
with depression's angel. It always wears
the face of my loved ones as it tears
the breath from my solar plexus, grinds
my face in the ever resilient dirt.
Oh yes, I'm broken but my limp
is the best part of me. And the way I hurt.

Angel of Healing

Every disease is a work of art
if you play it rightly. Of course, it hurts
like hell, but can be used
as a reminder that your mind
is not on its business, which is "now",
however painful. Novalis knew
that all illness requires a musical cure.

By this he meant: whatever the form
imposed by arthritis, or by the gout,
your job's to compose yourself round about
its formal restrictions, and make that sing,
even to death. And all that pain?
Messengers from your beloved to say
"Wait for me, darling, I'm on my way!"

habitué à plus de liberté et qui doit revêtir
un déguisement miteux afin de ne pas effrayer
les humains. Même un ange ne désespérerait-il pas ?

Ne dites pas que c'est un honneur d'avoir combattu
l'ange de la dépression. Il porte toujours
le visage de ceux qui me sont chers quand il arrache
le souffle de mon plexus solaire, écrase
mon visage dans la saleté indélébile.
C'est vrai, je suis brisée mais ce que j'ai de boiteux
est ce qu'il y a de meilleur en moi. Avec ma douleur.

L'ange de la guérison

Chaque maladie est une œuvre d'art
si on la joue comme il le faut. Bien sûr, ça fait
un mal d'enfer, mais peut servir
à vous rappeler que votre esprit
n'est pas là où il le devrait, c'est-à-dire « maintenant »,
même si c'est pénible. Novalis savait
que toute maladie nécessite un traitement musical.

Ce qu'il voulait dire c'est que : quelle que soit la forme
imposée par l'arthrite, ou la goutte,
votre tâche consiste à composer avec
ses contraintes formelles et faire que cela chante,
à mort si nécessaire. Quant à la douleur ?
Des messagers venus dire de la part de votre bien-aimé :
« Attends-moi, chérie, j'arrive ! »

ÉCOSSE

EDWIN MORGAN

(1920-2010)

Figure tutélaire de la poésie écossaise, Edwin Morgan laisse une œuvre généreuse, éclectique et expérimentale. Il reçut en 2004 le titre de Makar, devenant ainsi le premier poète officiel d'Écosse. Viscéralement lié à sa ville natale de Glasgow où il fut professeur d'université et qui lui inspira une série de poèmes-reportages, ce fin connaisseur de la tradition anglaise s'ouvrit à l'influence des symbolistes français, des modernistes russes puis à celle des poètes américains de la Beat generation. Il ne cessa de célébrer l'énergie créatrice, affichant un inébranlable optimisme jusque dans ses derniers poèmes. Ce fut également le traducteur très prolifique d'une douzaine de langues vers l'anglais ou l'écossais.

In Argyll

We found the poet's skull on the machair.
It must have bobbed ashore from that shipwreck
where the winged men went down in rolling dreck
of icebound webs, oars, oath, armour, blind air.
It watches westward still; dry, white as chalk,
perfect at last, in silence and at rest.
Far off, he sang of Nineveh the blest,
incised his tablets, stalked the dhow-bright dock.
Now he needs neither claws nor tongue to tell
of things undying. Hebridean light
fills the translucent bone-domes. Nothing brings
the savage brain back to its empty shell,
distracted by the shouts, the reefs, the night,
fighting sleet to fix the tilt of its wings.

En Argyll

Nous trouvâmes le crâne du poète échoué sur le machair[1].
Sans doute avait-il flotté jusqu'à la côte depuis le naufrage
où périrent les hommes ailés dans un roulis de débris,
toiles gelées, rames, jurons, indifférence de l'air.
Il surveille toujours l'ouest ; sec, d'un blanc de craie,
enfin parfait, au repos et en silence.
Là-bas, il chantait Ninive la bienheureuse,
incisait ses tablettes, écumait le port aux boutres éclatants.
Nul besoin de griffes ni de langue désormais pour dire
ce qui ne meurt point. La lumière des Hébrides
emplit les diaphanes dômes d'os. Rien ne ramène
à sa coque vide le cerveau sauvage,
affolé par les cris, les récifs, la nuit,
affrontant la pluie glacée pour régler l'angle de ses ailes.

1. Mot gaélique désignant la plaine côtière.

A Gull

A seagull stood on my window-ledge today,
said nothing, but had a good look inside.
That was a cold inspection I can tell you!
North winds, icebergs, flash of salt
crashed through the glass without a sound.
He shifted from leg to leg, swivelled his head.
There was not a fish in the house–only me.
Did he smell my flesh, that white one? Did he think
I would soon open the window and scatter bread?
Calculation in those eyes is quick.
"I tell you my chick, there is food everywhere.*"*
He eyed my furniture, my plants, an apple.
Perhaps he was a mutation, a supergull.
Perhaps he was instead a visitation
which only used that tight firm forward body
to bring the waste and dread of open waters,
foundered voyages, matchless predators,
into a dry room. I knew nothing.
I moved; I moved an arm. When the thing saw
the shadow of that, it suddenly flapped,
scuttered claws along the sill, and was off,
silent still. Who would be next for those eyes,
I wondered, and were they ready, and in order?

Une mouette

Une mouette s'est posée sur le bord de ma fenêtre
aujourd'hui
et, sans rien dire, a jeté un bon coup d'œil à l'intérieur.
Glaciale l'inspection, je vous assure !
Vents du nord, icebergs, volée de sel
ont traversé violemment le verre sans un bruit.
Elle est passée d'une patte sur l'autre, a fait pivoter sa tête.
Il n'y avait pas le moindre poisson à la maison – sauf moi.
A-t-il flairé ma chair, cet oiseau blanc ? A-t-il cru
que j'allais bientôt ouvrir la fenêtre pour émietter du pain ?
Ils ont vite fait de calculer, ces yeux-là.
« Tu sais mon poulet, il y a à manger *partout.* »
Elle a lorgné mes meubles, mes plantes, une pomme.
Peut-être était-ce un mutant, une super mouette.
À moins que ce ne fût une apparition
empruntant ce corps raide, ferme, effronté
dans le seul but de faire s'engouffrer en ce lieu sec
sauvagerie et terreur du grand large, naufrages en mer,
prédateurs sans pareils. Je suis resté perplexe.
J'ai bougé ; j'ai remué un bras. Lorsque la chose en a vu
l'ombre, elle s'est soudain mise à battre des ailes,
ses griffes ont crissé le long du rebord, puis elle a disparu
toujours en silence. Quelle serait la prochaine proie de
ces yeux-là,
me demandai-je, serait-elle prête, affaires en ordre ?

The Great Flood (10,000 B. C.)

Rain, rain, and rain again, and still more rain,
rain and lightning, rain and mist, a month of downpours,
till the earth quaked gruffly somewhere and sent
tidal waves over the Middle Sea,
tidal waves over the Middle East,
tidal wave and rain and tidal wave
to rave and rove over road and river and grove.
I skimmed the water-level as it rose:
invisible the delta! gone the headman's hut!
drowned at last even the stony jebel!

I groaned at whole families swept out to sea.
Strong horses swam and swam but sank at last.
Little treasures, toys, amulets were licked
off pitiful ramshackle village walls.
Weapons, with the hands that held them, vanished.
So, what to do? Oh never underestimate
those feeble scrabbling panting gill-less beings!
Hammers night and day on the high plateau!
Bitumen smoking! Foremen swearing! A boat,
an enormous boat, a ship, a seafarer,
caulked, battened, be-sailed, oar-banked, crammed
with life, human, animal, comestible,

Le Déluge *(10 000 ans av. J.-C.)*

Pluie, pluie, encore la pluie, toujours la pluie,
pluie et éclairs, pluie et brume, un mois de fortes précipitations,
jusqu'à ce que quelque part la terre tremble brusquement et lance
raz de marée sur la Mer du Milieu,
raz de marée sur le Moyen Orient,
raz de marée et pluie et raz de marée
envahir et recouvrir route, rivière, forêt.
J'ai suivi le niveau d'eau au fur et à mesure qu'il montait ;
invisible le delta ! disparue la hutte du chef !
enfin noyé le djebel pierreux !

J'ai gémi à la vue de familles entières entraînées vers le large.
De robustes chevaux ont nagé en vain et fini par couler.
Des petits trésors, jouets, amulettes ont été arrachés
aux pauvres murs délabrés des villages.
Les armes, ainsi que les mains qui les tenaient, ont disparu.
Alors, que faire ? Oh, il ne faut jamais sous-estimer
ces pauvres créatures sans branchies qui soufflent et se démènent !
Coups de marteau nuit et jour sur le haut plateau !
Bitume qui fume ! Contremaîtres qui jurent ! Un bateau,
un énorme bateau, un navire qui tient la mer,
calfaté, latté, doté de voiles et de rames, bourré
de vie, humaine, animale, comestible,

holy with hope, bobbing above the tree-tops,
set off to shouts and songs into the unknown
through rags and carcases and cold storks' nests.

The waters did go down. A whaleback mountain
shouldered up in a brief gleam of sludge,
nudged the ark and grounded it. Hatches gaped.
Heads smelt the air. Some bird was chirping.
And then a rainbow: I laughed, it was too much.
But as they tottered out with their bundles,
their baskets of tools, their goats, their babies,
and broke like a wave over the boulders and mosses,
I thought it was a better wave than the wet one
that had almost buried them all.

Water
we came from, to water we may return.
But keep webbed feet at arm's lenghth! Build!
That's what I told them: re-build, but build!

sanctifié par l'espoir, balloté au-dessus de la cime des arbres,
s'est lancé vers l'inconnu avec force cris et chansons
parmi la charpie, les cadavres, les nids de pie glacés.

Les eaux finirent par baisser. Une montagne en dos de baleine
apparut dans une brève lueur de vase,
poussa l'arche devant elle, l'immobilisa. Écoutilles béantes,
les têtes humèrent l'air. Un oiseau gazouillait.
Puis, il y eut un arc-en-ciel ; je me suis mis à rire, c'était trop.
Mais tandis qu'ils débarquaient en titubant chargés de leurs fardeaux,
avec leurs paniers d'outils, leurs chèvres, leurs petits,
et allaient se briser telle une vague sur mousses et rochers,
je me suis dit que cette vague-ci valait bien celle, humide,
qui avait tous failli les engloutir.

C'est de l'eau
que nous venons, à l'eau peut-être que nous retournerons.
Mais tenez à distance les doigts palmés ! Construisez !
Voilà ce que je leur ai dit : reconstruisez s'il le faut mais construisez !

DOUGLAS DUNN

(1942)

Douglas Dunn, né à Inchinnan, dans le Renfrewshire, a fait des études à l'université de Hull avant d'y être bibliothécaire sous la direction de Philip Larkin. Il fut ensuite professeur à l'université de St Andrews. Auteur de nombreux articles critiques et d'anthologies comme *Twentieth Century Scottish Poetry* (2006), il occupe une place éminente dans la littérature écossaise sans toutefois se revendiquer poète national et disant préférer cultiver son jardin. La contradiction entre engagement ou retrait du monde reste au centre de son œuvre. Il a cependant abordé de nombreux sujets politiques et sociaux, par exemple dans *Barbarians* (1979), ou bien exprimé ses convictions européennes dans *Europa's Lover* (1982). Auteur d'un vibrant éloge à l'inventeur du saxophone, Adolphe Sax, c'est un poète à l'oreille musicale qui, comme il le note avec humour, a ce privilège du poète écossais de pouvoir faire rimer « Bach » avec « loch ». Musicalité, variété de formes et de registres sont les qualités essentielles de sa poésie.

The Year's Afternoon

As the moment of leisure grows deeper
I feel myself sink like a slow root
Into the herbaceous lordship of my place.
This is my time, my possessive, opulent
Freedom in free-fall from salaried routines,
Intrusions, the boundaryless tedium.
This is my liberty among trees and grass
When silence is the mind's imperfect ore
And a thought turns and dallies in its space
Unhindered by desire or transactions.
For three hours without history or thirst
Time is my own unpurchased and intimate
Republic of the cool wind and blue sea.
For three hours I shall be my own tutor
In the coastal hedge-school of grass furniture.
Imaginary books fly to my hand
From library trees. They are all I need.
Birdsong is a chirp of meditative silence
Rendered in fluttered boughs, and I am still,

L'après-midi de l'année

À mesure que ce moment de loisir se fait plus profond
Je me sens m'enfoncer telle une lente racine
Dans la seigneurie herbacée de mon lieu.
C'est mon temps, ma liberté possessive, opulente,
S'échappant en chute libre du travail salarié routinier,
Des intrus, de l'ennui sans bornes.
C'est ma liberté parmi l'herbe et les arbres,
Quand le silence est minerai imparfait de l'esprit
Et qu'une pensée se met à y folâtrer
Sans que transactions ni désir ne viennent la gêner.
Pendant trois heures, délivré de l'histoire et de l'envie,
Le temps devient ma propre république
Gratuite et intime du vent frais et de la mer bleue.
Pendant trois heures je serai mon propre professeur
À l'école buissonnière du rivage et son mobilier d'herbe.
Des livres imaginaires volent jusqu'à ma main
Depuis des arbres bibliothèques. C'est tout ce dont j'ai besoin.
Le chant des oiseaux est un murmure de silence méditatif
Qu'interprètent les branches frémissantes et je reste immobile,

Very still, in philosophical light.
I am all ears in my waterside aviary.
My breath is poised for truth to whisper from
Inner invisibilities and the holiness
Venturesome little birds live with always
In their instinctive comforts. I am shedding
The appetites of small poetry and open to
Whatever visits me. I am all eyes
When light moves on water and the leaves shake.
I am very still, a hedge-hidden sniper
In whose sights clarified infinity sits
Smiling at me, and my skin is alive
To thousands of brushed touches, very light
Delicate kisses of time, thought kisses,
Touches which have come out of hiding shyly
Then go back again into the far away
Surrender they came from and where they live.
Perfecting my afternoon, I am alert to
Archival fragrances that float to me
Unexplained over the world's distances.
This is my time, I am making it real.
I am getting rid of myself. This is my time.
I am free to do whatever I wish
In these hours, and I have chosen this
Liberty, which is an evanishment
To the edges of breath, a momentary
Loss of the dutiful, a destitute
Perchance, a slipping away from life's
Indignities and works into my freedom

Tout à fait immobile, dans la lumière philosophique.
Je suis tout ouïe dans ma volière au bord de l'eau.
Le souffle en équilibre j'attends un chuchotement de vérité
Venu d'espaces intérieurs invisibles et de la sainteté
Dont les petits oiseaux audacieux cherchant un réconfort instinctif
Sont familiers. Je me libère des appétits
De la poésie facile et suis ouvert à
Ce qui voudra bien venir me visiter. Je suis tout yeux
Lorsque la lumière bouge sur l'eau et que tremblent les feuilles.
Je reste immobile, tel le tireur isolé caché dans une haie
Dont le regard embrasse l'infini dans toute sa clarté
Qui lui sourit, alors ma peau s'anime sous
Des milliers de petites caresses très légères,
Délicats baisers du temps, baisers de la pensée,
Effleurements qui timidement se montrent à découvert
Puis se fondent à nouveau dans le lointain,
Révélant leur origine et leur demeure.
Parachevant mon après-midi, je suis réceptif aux
Parfums d'archives qui du fin fond du monde
Flottent jusqu'à moi, inexpliqués.
C'est mon temps. Je lui donne sa réalité.
Je me débarrasse de moi-même. C'est mon temps à moi.
Je suis libre d'agir à ma guise
Pendant ces heures-là, et j'ai choisi cette
Liberté qui est évanouissement
Aux limites du souffle, perte
Momentanée du sens du devoir, dénuement
Peut-être, manière de fuir les tracas et les tourments
De la vie pour retrouver ma liberté

Which is beyond all others and is me.
I am free to do as I like, and do this;
I sink like a slow root in the name of life
And in the name of what it is I do.
These are my hours of 1993.
Ears, eyes, nose, skin and taste have gone.
For a little while I shall be nothing and good.
Then other time will come back, and history.
I shall get up and leave my hiding place,
My instinctive, field-sized republic.
I shall go home, and be that other man.
I shall go to my office. I shall live
Another year longing for my hours
In the complete afternoon of sun and salt.
My empty shoes at the bedside will say to me,
"When are we taking you back? Why be patient?
You have much more, so much more to lose."

Qui au-delà de tout est moi-même.
Je suis libre de faire ce qui me plaît, et le fais ;
Je m'enfonce telle une lente racine au nom de la vie,
Au nom de ce que j'ai choisi de faire.
Ce sont mes heures de 1993.
Oreilles, yeux, nez, peau et goût n'existent plus.
Pendant un petit moment je ne serai plus rien et ce sera bien.
Puis un temps autre reviendra ainsi que l'histoire.
Je me relèverai et quitterai ma cachette,
Ma république instinctive, de la taille d'un champ.
Je rentrerai chez moi et deviendrai l'autre homme.
J'irai à mon bureau. Je passerai
Une année entière dans l'attente de la plénitude
De ces heures d'après-midi emplies de soleil et de sel.
Près de mon lit, mes chaussures vides me diront :
« Quand allons-nous t'y reconduire ? Pourquoi tant de patience ?
Il te reste encore tant, tant de choses à perdre. »

LIZ LOCHHEAD

(1947)

Née à Motherwell, dans le Lanarkshire, Liz Lochhead a fait des études à la Glasgow School of Art. Au début des années 1970, elle a été proche du groupe de Philip Hobsbaum aux côtés d'Alasdair Gray et de Tom Leonard. Autrice de nombreuses pièces de théâtre comme *Mary Queen of Scots Got Her Head Chopped Off* et d'adaptations de Molière ou d'Euripide, elle vit à Glasgow et a succédé en 2011 à Edwin Morgan, occupant le poste de Makar (poète national) d'Écosse jusqu'en 2016. Mêlant parfois le dialecte scots à l'anglais comme dans « Kidspoem/ Bairnsang », elle souligne le long refoulement de la culture écossaise, comme si pour être écrivain « il fallait être bien comme il faut, adulte, mâle, anglais et mort[1] ». Cependant, même si les questions de genre ou de nationalité sont au centre de son œuvre, elle refuse de s'y laisser enfermer. Poète de l'oralité et de la scène, elle reprend la tradition du monologue dramatique dans une langue populaire pleine d'humour.

---

1. « Oh saying it was one thing/but when it came to writing it/in black and white/the way it had to be said/was as if you were posh, grown up, male, English and dead. », « Kidspoem/Bairnsang », Liz Lochhead, *The Colour of Black & White*, p. 19. « Oh le dire était une chose / mais quand il s'agissait de l'écrire / en noir et blanc / il fallait faire comme si on était / privilégié, adulte mâle, anglais et mort. »

Lanarkshire Girls

Coming into Glasgow
in our red bus through the green fields. And
Summer annoyed us thrusting
leafy branches through the upstairs windows.
Like a boy with a stick through railings,
rattling us. We bent whole treetops
squeezing through and they rained down twigs, broken
bits of foliage, old blosom on the roof,
chucked hard wee balls of unripe fruit,
drumming us out of the country.

Then it was shabby schemes, gospel halls, chapels, Orange
halls,
doctor's surgeries, the crematorium, the zoo,
gap sites where August already frittered the stuffing out of
unpurpling fireweed and splintering thistles
till the blank blue sky was dot-dot-dotted
with whiskery asterisks.

Filles du Lanarkshire

On faisait notre entrée dans Glasgow
dans notre bus rouge traversant le vert des champs. Avec
l'été qui nous embêtait en nous balançant
des branches feuillues par les fenêtres de l'impériale.
Comme un gamin qui titille une grille de son bâton,
ça nous faisait vibrer. Sur notre passage, nous faisions
courber la tête d'arbres qui déversaient sur le toit bouts
de feuilles brisées, fleurs fanées, brindilles,
lançant avec force de petites billes de fruits encore verts
pour accompagner en fanfare notre départ de la campagne.

S'ensuivaient zones minables, salles de gospel, chapelles,
salles orangistes,
cabinets médicaux, crématorium, zoo,
friches où déjà le mois d'août faisait s'effilocher la substance
de
l'épilobe violet délavé et voler en éclats les chardons
jusqu'à ce que le vide bleu du ciel soit point-point-pointillé
d'astérisques duveteux.

Soon the coherent cliffs of Tollcross,
the many mansions of those lovely red and
blackened tenements. Our country bus sped
past the city stops, the women in their
slippers at the doors of dairies,
the proud pubs on every corner, accelerated
along the glamorous Gallowgate, juddered by
Reeta's gallus fashions and the
gorgeous dragons of Terry Tattoo artist, till it
sipped us out, fourteen years old, dreaming ourselves up,
with holiday money burning a hole in our pockets
at the corner of Jamaica Street.

Lady of Shalott

Fifteen or younger
she moons in the miror.
Penny for your thoughts,
Lady of Shalott.
In her bedroom tower
with mother and father
watching T.V. downstairs,
she moons in the mirror
and swears she will never
lead a bloody boring life like theirs.

Bientôt s'élevaient les falaises compactes de Tollcross,
ces nombreux immeubles aux jolis appartements rouges
et noircis. Notre bus rural filait à toute allure
devant les arrêts citadins, les femmes en
pantoufles à la porte des crémeries,
les pubs altiers à chaque carrefour, accélérait
le long de la prestigieuse Gallowgate, trépidait à l'approche de
la boutique de mode tapageuse de Reeta et des
magnifiques dragons de Terry, artiste tatoueur, jusqu'à
nous recracher au compte-gouttes au coin de Jamaica Street
avec nos quatorze ans, nos rêves de grandeur plein la tête,
notre argent de poche qui nous brûlait les doigts.

La Dame de Shalott

Quinze ans ou presque,
elle rêvasse devant la glace.
Qu'y a-t-il dans ta tête de linotte,
Dame de Shalott.
En haut de sa tour, sa chambre,
tandis qu'en bas père et mère
regardent la télé,
elle rêvasse devant la glace
se jurant de ne jamais mener
une vie aussi fadasse.

Maybe you'll find True Romance
at the youth club dance,
Lady of Shalott.

She paints her nails scarlet,
she moons in the mirror.
Ingenue or harlot?
The mirror is misted,
every mirror image twisted.
Like Real Life–but larger?
That kid-glove
dream-love
a Knight on a Charger.
Sure
you can lure him, keep him enslaved.
Buy him Christmas aftershave.

She moons in the mirror,
asks him to tell her
she's every bit as pretty as the other
gadfly girls.
Yes, you'll tangle him in your curls,
my Lady of Shalott.

Maybe tonight's the night for
True Romance.
You'll find him at the youth club dance,
Lady of Shalott.

Peut-être trouveras-tu l'Amour idéal
au club d'ados, ce soir au bal,
Dame de Shalott.

Elle peint ses ongles rouge écarlate,
elle rêvasse devant la glace.
Ingénue ou pétasse ?
Le miroir est embué,
chaque reflet, image déformée.
Comme la Vraie Vie mais – agrandie.
Gant de velours
le grand amour
c'est un Chevalier sur son Destrier.
Sûr que tu peux,
tu peux le séduire, le réduire
en esclavage.
Lui offrir à Noël de l'après-rasage.

Elle rêvasse devant sa glace,
lui demande de lui dire
qu'elle est aussi jolie que les autres
mijaurées.
Oui, tu vas le piéger dans tes cheveux bouclés,
ma Dame de Shalott.

C'est peut-être pour ce soir,
l'Amour idéal.
Au club d'ados, au bal,
Dame de Shalott.

But alas
no handsome prince to dare
ask Rapunzel to let down her hair.
Her confidence cracked from side to side,
by twelve o'clock her tattered pride
is all Cinders stands in.
You're the wallflower the fellows all forgot,
Lady of Shalott.
Oh, how she wishes she could pass
like Alice through the looking glass.
You're waiting to be wanted,
my fairy-tale haunted
Lady of Shalott.

Silver dance shoes in her pocket,
no one's photo in her locket,
home along through the night,
on either side suburban gardens lie,
bungalows and
bedded boxed-in couples high and dry.
But you're
lovely in the lamplight,
my Lady of Shalott.

Mais hélas,
nul beau prince assez audacieux
pour persuader Raiponce de dénouer ses cheveux.
Sa confiance toute craquelée,
à minuit, son orgueil blessé
est tout ce qu'il reste à Cendrillon pour se draper.
Tu es la tapisserie que les mecs ont trouvée pâlotte,
Dame de Shalott.
Oh, comme elle souhaiterait pouvoir,
comme Alice, passer à travers le miroir.
Tu attends qu'on vienne te chercher,
toi qui vis dans les contes de fées,
ma Dame de Shalott.

Dans sa poche, ses chaussures de bal argentées,
dans son médaillon, pas le moindre portrait,
sur le chemin du retour, en pleine nuit,
des jardins s'étendent de chaque côté,
des pavillons de banlieue
abritant des couples bien calfeutrés.
Pourtant, tu es
si jolie sous les réverbères
ma Dame de Shalott.

JOHN BURNSIDE
(1955)

Poète et romancier prolifique, John Burnside, né à Dunfermline dans une famille catholique, a fait des études de littérature à Cambridge avant de travailler dans l'informatique jusqu'en 1996. Après avoir affronté de douloureux épisodes d'alcoolisme et de dépression, il enseigne à présent à l'université de St Andrews. Ses thèmes de prédilection sont les traumatismes de l'enfance, la maladie mentale, l'ombre de la mort. Dans un univers en clair-obscur, il tente de capter l'ineffable, écrivant une poésie inquiète et inquiétante, cherchant la récompense d'une métaphore finale. *Black Cat Bone* (2011) marque un tournant dans son œuvre car il y retrouve des certitudes élémentaires, l'amour et l'espérance. Obéissant à une logique musicale, portés par un vers irrégulier et fluide, ses poèmes ont une qualité visionnaire : « Ce qui me pousse à écrire, c'est le rythme du monde autour de moi – les rythmes du langage, bien sûr, mais aussi de la terre, du vent, du ciel, des autres vies. Avant les mots, il y a le rythme – il me semble qu'il participe de l'essence[1]. »

---

1. « What makes me write is the rythm of the world around me – the rythms of the language, of course, but also of the land, the wind, the sky, other lives. Before the words comes the rythm – that seems to me to be of the essence. », John Burnside, *The Economist*, 5 mars 2012.

Arctic Fox

It was luck, I suppose,
though it felt like something else
when I pulled off the road
and stopped in a covert of snow
to stretch my legs

and the arctic fox
came silently out of the distance,
half-way to summer already, the silvery fur
threaded with auburn
and brown, the face

indifferent, although it caught my eye
and watched, for a minute
– scenting me,
sounding me out–
though only, I thought,

from politeness, and not
surprise,
accustomed,

Renard polaire

Pure chance, je suppose,
même si j'eus l'impression d'autre chose
lorsque quittant la route
je m'arrêtai dans ce fourré enneigé
pour me dégourdir les jambes,

et que le renard des neiges
a surgi du lointain en silence,
fourrure argentée, parsemée de fils
auburn et bruns,
à mi-chemin de l'été déjà, visage

indifférent, bien qu'il ait croisé mon regard
et m'ait observé un instant
– flairant mon odeur,
me jaugeant –
sans doute par pure politesse,

pensai-je, et non
par surprise,
si peu habitué

as I was not,
to the rule of the tundra,

the logic of the wilderness that says
where nothing seems to happen
all the time
what happens is the chance
that something might.

La Brière

It turns out, what we thought of as the soul
is mostly sound;
not song, but like a memory of birds
or running water,
the churn of a paddle, the flicker and dip
of an oar,
narrow boats butting the land
on their quiet tethers,

so death will be a slower, surer fade
than any we imagine;
no mere extinction, like the evening's hush
before the ducks come, dipping to the marsh
in threes and fours, to find the darker ground,
no moment's pause, but absolute decay

que j'étais
à la loi de la toundra,

à la logique de la forêt selon laquelle
là où il semble que rien ne se passe
jamais
ce qui arrive est le hasard
que quelque chose puisse se passer.

La Brière

Il s'avère que ce que l'on pensait être l'âme
est principalement un son ;
non pas chanson mais souvenir d'oiseaux
ou eau courante,
battement de pagaie, bruit de va-et-vient
d'une rame,
barques étroites sur leurs calmes amarres
se cognant au rivage,

ainsi la mort sera une dissolution plus lente, plus sûre
que tout ce que nous imaginons ;
pas une simple extinction, comme le silence qui tombe
le soir
avant l'arrivée des canards, plongeant vers les marais
à trois ou à quatre, pour se fondre dans l'obscurité de la
terre,
pas non plus un moment de pause, mais une décomposition
totale

where absence is a form
of generation.

Out in the dark, tonight,
our voices drift and sway
like hunting bees,
nothing to those who are going, but the place
they started from:
a given name, a word, a subtle variance
from what endures, the bright unspeakable,
not sky, not earth or flesh,
but finer still,
a call across the lake you half-believe
is nothing, though it happens all the time,
end and beginning,
footfall, leaf-fall, silence.

dans laquelle l'absence est une forme
d'engendrement.

Ce soir, dans les ténèbres,
nos voix vont à la dérive et vacillent
comme des abeilles vagabondes,
sans valeur pour ceux qui partent sinon d'être l'endroit
dont ils sont partis :
un certain nom, un mot, une nuance subtile
au sein du permanent, l'ineffable lumineux,
ni ciel, ni terre ou chair,
mais mieux encore,
un appel traversant le lac dont on croirait à peine
qu'il existe, bien qu'il ne cesse de retentir,
un commencement et une fin,
bruit de pas, feuille qui tombe, silence.

ROBIN ROBERTSON

(1955)

Né à Scone, dans le Pertshire, Robin Robertson grandit à Aberdeen où son père pasteur est aumônier à l'université. Il y commence des études littéraires qu'il poursuit au Canada. Il travaille ensuite à Londres, dans l'édition, et dirige aujourd'hui la collection de poésie chez Jonathan Cape. Légendes et mythes écossais à la tonalité sombre ont imprimé une marque indélébile sur sa poésie : « J'ai grandi avec un fort attachement local, dans un paysage qui semblait chargé de signification, de mystère et de pouvoir. Tout, depuis, n'a été que déracinement, exil[1]. » Pour Robin Robertson, le monde naturel est une force implacable, l'interaction avec lui dangereuse, comme l'atteste par exemple le poème macabre « At Roane Head ». L'utilisation qu'il fait ici de la ballade n'a rien de nostalgique, elle touche à l'existentiel ; la frontière semble ténue entre paysage extérieur et paysage mental. Bien qu'austère, sa vison onirique offre un touchant portrait de la fragilité humaine. Il est aussi l'auteur d'une traduction d'un choix de poèmes du Suédois Tomas Tranströmer, *The Deleted World* ainsi que d'une nouvelle version de la *Médée* d'Euripide.

1. Cité dans l'article d'Adam Newey, *The Guardian*, 20 février 2010.

Fall from Grace

I cannot look into the clear faces
of mirrors. The black glass of a window
shines back at me its shame

at all the times and all the places
where I pitched my life in shadow,
and couldn't look into the clear faces

where blame now sits: replacing
love and trust with nothing, no
light shining back at me, just shame.

My head's in flames. My mind races
and I try to shut it down. Sometimes, though,
I can't even look into the faces

of flowers: all beauty carries traces
of what I seeded, then buried in this snow
that now shines back at me in shame.

Tombé en disgrâce

Je suis incapable de contempler les visages clairs
des miroirs. Le verre noir d'une fenêtre
me renvoie la honte que lui inspirent

tous les moments et les lieux
où ma vie a pris des teintes d'ombre,
et où j'ai été incapable de contempler les visages clairs

sur lesquels le reproche se lit à présent ; à la place de
l'amour et de la confiance, plus rien, nulle
lumière ne m'est renvoyée, il n'y a que la honte.

Ma tête est en flammes. Mon esprit s'emballe
et je tente de le faire taire. Parfois, cependant,
je ne peux même pas contempler les visages

des fleurs ; toute beauté porte les traces
de ce que j'ai semé avant de l'enfouir sous cette neige
qui ne reflète plus à présent que la honte.

My life a mix of dull disgraces
and watery acclaim, my daughters know
I cannot look into their clear faces;
what shines back at me is shame.

At Roane Head

for John Burnside

You'd know her house by the drawn blinds–
by the cormorants pitched on the boundary wall,
the black crosses of their wings hung out to dry.
You'd tell it by the quicken and the pine that hid it
from the sea and from the brief light of the sun,
and by Aonghas the collie, lying at the door
where he died: a rack of bones like a sprung trap.

A fork of barnacle geese came over, with that slow
squeak of rusty saws. The bitter sea's complaining pull
and roll; a whicker of pigeons, lifting in the wood.

She'd had four sons, I knew that well enough,
and each one wrong. All born blind, they say,
slack-jawed and simple, web-footed,
rickety as sticks. Beautiful faces, I'm told,
though blank as air.
Someone saw them once, outside, hirpling
down to the shore, chittering like rats,

Ma vie : un mélange de mornes infamies
et d'éloges larmoyants, mes filles savent
que je ne peux contempler leurs visages clairs ;
ce qui m'est renvoyé est la honte.

À Roane Head

à John Burnside

On reconnaît sa maison aux stores baissés –
aux cormorans perchés sur le mur de clôture,
les croix noires de leurs ailes étendues pour sécher.
On la reconnaît au sorbier et au pin qui la cachent
de la mer et de la brève lumière du soleil,
ainsi qu'au colley Aonghas, couché à la porte
là où il est mort : carcasse pareille à un piège armé.

La fourche d'un vol de bernaches a fendu l'air dans un lent
grincement de scie rouillée. Va-et-vient plaintif de l'océan
amer ; gémissement de pigeons, montant du bois.

Elle avait eu quatre fils, ça je le savais,
tous ratés. Aveugles de naissance, dit-on,
simples d'esprit, mâchoire tombante, pieds palmés,
maigres comme des clous. Avec de beaux visages,
paraît-il, mais vides comme l'air.
Un jour quelqu'un les a vus dehors, se traînant
jusqu'au rivage, couinant comme des rats,

and said they were fine swimmers,
but I would have guessed at that.

Her husband left her: said
they couldn't be his, they were more
fish than human,
said they were beglamoured,
and searched their skin for the showing marks.

For years she tended each difficult flame:
their tight flickering bodies.
Each night she closed
the scales of their eyes to smoor the fire.

Until he came again,
that last time,
thick with drink, saying
he'd had enough of this,
all this witchery,
and made them stand
in a row by their beds,
twitching. Their hands
flapped; herring-eyes
rolled in their heads.
He went along the line
relaxing them
one after another
with a small knife.

et a dit que c'étaient de bons nageurs,
mais je m'en serais douté.

Son mari l'a quittée, lui a dit
qu'ils ne pouvaient être de lui, étant plus
poissons qu'humains,
qu'ils étaient ensorcelés,
cherchant sur leur peau les stigmates.

Pendant des années elle a soigné chaque flamme douloureuse :
ces corps tendus, frémissants.
Chaque soir elle fermait
les écailles de leurs yeux pour en étouffer le feu.

Jusqu'à ce qu'il revienne,
une dernière fois,
ivre mort, disant
qu'il en avait assez de tout ça,
de toute cette sorcellerie,
et qu'il les fasse se mettre debout
en rang près de leur lit,
tout tremblants. Leurs mains
pendaient ; dans leurs têtes
roulaient leurs yeux de harengs.
Parcourant la rangée
il les délivra
l'un après l'autre
avec un petit couteau.

It's said she goes out every night to lay
blankets on the graves to keep them warm.
It would put the heart across you, all that grief.

There was an otter worrying in the leaves, a heron
loping slow over the water when I came
at scraich of day, back to her door.

She'd hung four stones in a necklace, wore
four rings on the hand that led me past the room
with four small candles burning
which she called "the room of rain".
Milky smoke poured up from the grate
like a waterfall in reverse
and she said my name
and it was the only thing
and the last thing that she said.

She gave me a skylark's egg in a bed of frost;
gave me twists of my four sons's hair; gave me
her husband's head in a wooden box.
Then she gave me the sealskin, and I put it on.

On dit qu'elle sort chaque nuit poser
des couvertures sur leurs tombes pour les tenir au chaud.
C'est à vous fendre le cœur, toute cette douleur.

Il y avait une loutre inquiète au milieu du feuillage, un héron
marchant à grands pas lents au-dessus de l'eau
lorsqu'au lever du jour je suis revenu à sa porte.

Elle avait suspendu quatre pierres à un collier, portait
quatre bagues à la main qui m'indiqua la pièce
dans laquelle brûlaient quatre petites bougies,
qu'elle appelait « la chambre de la pluie ».
Une fumée laiteuse montait de l'âtre
telle une cascade inversée,
elle a prononcé mon nom
c'est la seule
la dernière chose qu'elle ait dite.

Elle m'a donné un œuf d'alouette dans un lit de gel ;
des mèches de cheveux de mes quatre fils ; m'a donné
la tête de son mari dans une boîte en bois.
Puis elle m'a tendu la peau de phoque, je l'ai revêtue.

JACKIE KAY

(1961)

Personnalité charismatique, Jackie Kay a été Makar, poète officiel d'Écosse, de 2016 à 2021. Née à Édimbourg d'un père nigérian et d'une mère écossaise, elle a été adoptée par un couple de Glasgow. Elle y a fait des études musicales à la Royal Scottish Academy of Music and Drama ainsi que des études littéraires. Son premier livre de poésie, *The Adoption Papers*, publié en 1991, est une série de poèmes autobiographiques à trois voix, celle de la fille, celle de la mère naturelle et celle de la mère adoptive, dans lesquels elle aborde son identité plurielle. Elle poursuit ce thème dans *Off Colour* (1998) et *Life Mask* (2005). Narrative plus que confessionnelle, l'expressivité de sa poésie est redoublée par les allusions au dialecte et à l'accent de Glasgow tandis qu'elle met en scène ironiquement, de façon musicale et rythmée, ses aliénations.

In My Country

walking by the waters
down where an honest river
shakes hands with the sea
a woman passed round me
in a slow watchful circle
as if I was a superstition;

or the worst dregs of her imagination
so when she finally spoke
her words spliced into bars
of an old wheel. A segment of air.
Where do you come from?
"Here," I said, "Here. These parts."

Mid Life Mask

Everyone is so impatient.
I have to say, hold on I'm going
through my change of life.

Dans mon pays

je marchais près des eaux
jusqu'à l'endroit où une honnête rivière
vient serrer la main à la mer
lorsqu'une passante m'a contournée
décrivant lentement un cercle inquiet
comme si j'étais une superstition ;

ou le pire rebut de son imagination
et quand elle a fini par parler
ses mots se sont pris dans les rayons
d'une vieille roue. Segmentant l'air.
D'où êtes-vous ?
« D'ici, dis-je, d'ici. Des environs. »

Masque de milieu de vie

Tout le monde est si impatient !
Du calme, je leur dis, laissez-moi
changer de vie.

It's no joke, don't expect me
to remember anything. I see
myself emerging through the Clyde tunnel
with a white face mask, my hair thick

as an animal's, sick to death
of the life at the tail end.
I crawl to the new one, on all fours.

Come through, wild, roaring,
my teeth fierce as a lion's.
So when somebody from the other life
says I told you that already

what is the matter with you?
I don't say sorry. I am hot, fiery.
My face splits, fresh skin under the hard white.
I say you are never the same woman twice.
The day is breaking; the light
in the dark sky is cracking through;
a new woman is out and about. Watch out.

Ce n'est pas une blague, ne vous attendez pas
à ce que je me rappelle quoi que ce soit. Je me vois
émerger du tunnel de la Clyde,
visage sous un masque blanc, poil aussi dru

que celui d'un animal, ayant marre à en crever
de l'existence en fin de queue.
Je me traîne à quatre pattes vers ma nouvelle vie.

J'en ressors sauvage, rugissante,
crocs aussi acérés que ceux d'un lion.
Alors quand quelqu'un de l'autre vie
me lance *Je te l'avais bien dit*

qu'est-ce qui te prend ?
Je ne m'excuse pas. Je suis féroce, j'enrage.
Mon visage se fend, peau neuve sous le blanc durci.
On n'est jamais deux fois la même, pardi.
Le jour se lève ; la lumière
se fraye un passage dans le ciel obscur ;
vous avez devant vous une femme nouvelle. Faites gaffe.

KATHLEEN JAMIE
(1962)

Née dans le Renfrewshire, en Écosse, Kathleen Jamie a fait des études de philosophie à l'université d'Édimbourg. Professeure de poésie à l'université de Stirling, elle a publié de nombreux livres de poésie ainsi qu'un récit de voyage au Pakistan et des essais sur les paysages d'Écosse, *Findings* (2005) suivi de *Sightlines* (2012), démontrant son indéfectible intérêt pour les affaires publiques. Avec une farouche énergie et le sens de la transgression, Kathleen Jamie tente de rendre aux femmes leur place dans la culture écossaise, consciente cependant des tensions entre l'anglais et le dialecte scots, son autre langue. Elle revient ainsi aux sources du lyrisme, menant un travail d'archéologie poétique dans un style simple, clair et percutant. Refusant de se laisser enfermer dans de quelconques catégories, elle est cependant de plus en plus sensible aux problèmes de l'environnement. En 2021, elle a été nommée Makar, poète officiel d'Écosse.

Meadowsweet

Tradition suggests that certain of the gaelic women poets were buried face down.

So they buried her, and turned home,
a drab psalm
hanging about them like haar,

not knowing the liquid
trickling from her lips
would seek its way down,

and that caught in her slowly
unravelling plate of grey hair
were summer seeds:

meadowsweet, bastard balm,
tokens of honesty, already
beginning their crawl

Reine des prés

Selon la tradition, certaines poétesses gaéliques
étaient enterrées face contre terre.

Alors ils l'ont enterrée puis sont rentrés chez eux,
un morne psaume
les drapant d'un voile de brume,

sans savoir que le liquide
s'égouttant de ses lèvres
allait s'infiltrer dans le sol,

et que prises dans sa tresse de cheveux gris
qui lentement se déroulait
il y avait des graines d'été :

reine des prés, mélisse,
symboles d'honnêteté qui déjà
se mettaient à ramper

toward light, so showing her,
when the time came,
how to dig herself out–

to surface and greet them,
mouth young, and full again
of dirt, and spit, and poetry.

Hawk and Shadow

I watched a hawk
glide low across the hill,
her own dark shape
in her talons like a kill.

She tilted her wings
fell into the air–
the shadow coursed on
without her, like a hare.

Being out of sorts
with my so-called soul,
part unhooked hawk,
part shadow on parole,

I played fast and loose:
keeping one in sight
while forsaking the other.
The hawk gained height:

vers la lumière, lui montrant ainsi
comment, le moment venu,
sortir de terre et remonter

à la surface afin de les saluer,
d'une bouche jeune et encore pleine
de crasse, de crachats et de poésie.

Le faucon et son ombre

Je regardais un faucon
planer très bas sur la colline
l'ombre noire de son corps
telle une proie dans ses serres.

L'oiseau inclina les ailes
pour fondre dans l'air –
l'ombre a continué sa course
tel un lièvre solitaire.

Étant en conflit
avec ma soi-disant âme,
mi-faucon affranchi
mi-ombre en sursis,

j'ai joué vite et serré :
gardant l'un à l'œil
tout en délaissant l'autre.
Le faucon a pris de la hauteur,

her mate on the ground
began to fade,
the hill and sky were empty,
and I was afraid.

au sol sa partenaire
commençait de s'effacer,
ciel et colline étaient vides,
j'ai pris peur.

DON PATERSON

(1963)

Loin de revendiquer une quelconque identité écossaise, Don Paterson déclare que sa patrie est avant tout la langue anglaise. Né à Dundee, il quitte l'école à seize ans et part jouer de la musique à Londres dans le groupe Lammas. Guitariste de jazz, réfractaire au mélange des genres, il affirme que le poème a sa musique propre. Autodidacte, il dirige l'édition de poésie chez Picador, enseigne la poésie à l'université de St Andrews en Écosse. Auteur et coauteur d'anthologies *(101 Sonnets: From Shakespeare to Heaney*; *Last Words: New Poetry for the New Century)* il a donné en 2006 une traduction libre des *Sonnets à Orphée* de Rilke et publié plusieurs recueils d'aphorismes. En 2018, il a publié un traité de poésie : *The Poem: Lyric, Sign, Metre*. Il insiste de plus en plus sur la primauté de la forme : « De toute façon, en poésie, ce n'est pas la beauté qui est la vérité – c'est le style[1]. »

1. « Anyway in poetry it's not quite beauty that's truth – it's style », interview de Marco Fazzini, 2009, site de l'auteur.

The White Lie

I have never opened a book in my life,
made love to a woman, picked up a knife,
taken a drink, caught the first train
or walked beyond the last house in the lane.

Nor could I put a name to my own face.
Everything we know to be the case
draws its signal colour off the sight
till what falls into that intellectual night

we tunnel into this view or another
falls as we have fallen. Blessed Mother,
when I stand between the sunlit and the sun
make me glass*: and one night I looked down*

to find the girl look up at me and through
me with such a radiant wonder, you
could not read it as a compliment
and so think to return it. In the event

Pieux mensonge

Je n'ai jamais ouvert un livre de ma vie,
fait l'amour à une femme, brandi un couteau,
bu un verre, pris le premier train
ni dépassé la dernière maison de la rue.

Pas plus que je n'ai su mettre un nom sur mon propre visage.
Tout ce que nous tenons pour acquis
tire sa couleur significative de la vue
avant que ce qui échoit à cette nuit intellectuelle

canalisée par nos soins vers telle ou telle vision
finisse par déchoir, comme nous sommes déchus. Sainte
 Vierge,
lorsque je suis debout entre le soleil et ce qu'il éclaire
rends-moi de verre ; un soir, j'ai baissé le regard

pour voir cette fille rayonnante d'admiration,
lever le sien vers et à travers
moi, impossible d'y lire un compliment,
donc de penser le renvoyer. C'est alors que

I let us both down, failing to display
more than a halfhearted opacity.
She turned her face from me, and the light stalled
between us like a sheet, a door, a wall.

But consider this: that when we leave the room,
the chair, the bookend or the picture-frame
we had frozen by desire or spent desire
is reconsumed in its estranging fire

such that, if we slipped back by a road
too long asleep to feel our human tread
we would not recognise a thing by name,
but think ourselves in Akhenaten's tomb;

then, as things ourselves, we would have learnt
we are the source, not the conducting element.
Imagine your shadow burning off the page
as the dear world and the dead word disengage–

in our detachment, we would surely offer
such offence to that Love that will suffer
no wholly isolated soul within
its sphere, it would blast straight through our skin

just as the day would flush out the rogue spark
it found still holding to its private dark.
But like our ever-present, all-wise god
incapable of movement or of thought,

je nous ai trahis tous les deux, incapable de manifester
plus qu'une lâche opacité.
Elle s'est détournée de moi et la lumière s'est solidifiée
entre nous comme un drap, une porte, un mur.

Mais notez bien : lorsque nous quittons la pièce,
la chaise, le serre-livres ou le cadre du tableau
que nous avions figés par désir ou désir consommé,
l'objet se consume à nouveau dans sa brûlante étrangeté

de sorte que, si nous revenions furtivement sur une route
endormie depuis trop longtemps pour sentir un pas
d'homme,
il nous serait impossible de reconnaître les choses par leur
nom
comme si nous étions dans la tombe d'Akhenaton ;

ainsi, en tant que choses nous-mêmes, serions-nous certains
d'être la source et non l'élément conducteur.
Imaginez votre ombre se dégager en flammes de la page
tandis que ce bas monde du verbe mort se désengage –

dans un tel détachement nous ferions assurément
offense à l'Amour qui ne saurait tolérer
qu'une âme soit totalement isolée dans sa sphère,
au point qu'il nous foudroierait dans notre chair

tout comme le jour refoule l'étincelle rebelle
qu'il trouve encore attachée à son obscurité intime.
Mais à l'image de notre dieu omniprésent et omniscient
incapable de pensée ni de mouvement,

no one at one with the universe
can touch one thing; in such supreme divorce,
what earthly use are we to our lost brother
when we must stay partly lost to find each other?

Only by this–this shrewd obliquity
of speech, the broken word and the white lie,
do we check ourselves, as we might halt the sun
one degree from the meridian

then wedge it by the thickness of the book
that everything might keep the blackedged look
of things, and that there might be time enough
to die in, dark to read by, distance to love.

nul ne saurait faire un avec l'univers entier
et avoir prise sur quoi que ce soit ; face à un divorce aussi
 radical,
qu'avons-nous à offrir à notre frère égaré
s'il nous faut rester à l'écart afin de nous trouver ?

Ce n'est qu'ainsi – par la fine obliquité
du discours, parole brisée et mensonge pieux,
que nous nous ajustons, comme s'il était possible d'arrêter
le soleil un degré avant le méridien

puis de le coincer dans l'épaisseur du livre
afin que toutes les choses conservent l'aspect obscur
de leurs contours, et que l'on dispose d'assez de temps
pour mourir, de pénombre pour lire, de distance pour aimer.

DOSSIER

SOURCES

Angleterre

Michael Hamburger (1924-2007)

Janvier / *January*
From a Diary of Non-Events, Anvil press, 2002.
Chanson en sourdine / *Muted Song*
Wild and Wounded, Anvil press, 2004.

Charles Tomlinson (1927-2015)

New Jersey-New York / *New Jersey-New York*
Cracks in the Universe, 2006, in *New Collected Poems*, Carcanet Press, 2009.
Vue de la rive / *A View from the Shore*
Ibid.
Dans le miroir / *In the Mirror*
Ibid.

U. A. Fanthorpe (1929-2009)

Rôle mineur / *Minor Role*
Queuing for the Sun, 2003, in *New & Collected Poems*, Enitharmon Press, 2010, © Dr RV Bailey, succession U. A. Fanthorpe.

Bien née / *Née*
Consequences, 2000, in *New & Collected Poems*, Enitharmon Press, 2010, © Dr RV Bailey, succession U. A. Fanthorpe.
Ma mère frotte le sol / *Mother Scrubbing the Floor*
Ibid.

Elaine Feinstein (1930-2019)

Migrations / *Migrations*
Cities, Carcanet Press, 2010.
Noël à Willesden Green / *Christmas Day in Willesden Green*
Ibid.

Roy Fisher (1930-2017)

La rivière de Birmingham / *Birmingham River*
The Long and the Short of It, Poems 1955-2010, Bloodaxe Books, 2012, reproduit avec l'accord de Bloodaxe Books.

Derek Walcott (1930-2017)

Les aigrettes blanches / *White Egrets*
White Egrets, Faber and Faber Ltd, 2010, pour la langue anglaise, © Derek Walcott, 2010, pour la langue française, reproduit avec l'accord de Pan Macmillan.

Ruth Fainlight (1931)

Fil de fer brûlant / *Burning Wire*
New & Collected Poems, Bloodaxe Books, 2010, reproduit avec l'accord de Bloodaxe Books.
Insistance / *Insistence*
Ibid.
XVI Légendes de la reine de Saba / *XVI Legends of Sheba*
Ibid.

Geoffrey Hill (1932-2016)

Citations I / *Citations I*
A Treatise of Civil Power, in *Broken Hierarchies, Poems*

1952-2012, Oxford University Press, 2013, © Geoffrey Hill, 2013, reproduit avec l'accord d'Oxford Publishing Limited par l'intermédiaire de PLS.

Coda / *Coda*

Ibid.

Anne Stevenson (1933-2020)

Lettre à Sylvia Plath / *Letter to Sylvia Plath*

Poems 1955-2005, Bloodaxe Books, 2005, reproduit avec l'accord de Bloodaxe Books.

Train de 17 h 14 au départ de Newcastle / *17:14 Out of Newcastle*

Ibid.

Fleur Adcock (1934)

Le travail du temps / *Weathering*

Poems 1960-2000, Bloodaxe Books, 2000, reproduit avec l'accord de Bloodaxe Books.

Avance rapide / *Fast Forward*

Dragon Talk, Bloodaxe Books, 2010, reproduit avec l'accord de Bloodaxe Books.

J. H. Prynne (1936)

Aristeas, absent sept ans / *Aristeas, in Seven Years*

Poems (third edition), Bloodaxe Books, 2015, reproduit avec l'accord de Bloodaxe Books.

Tony Harrison (1937)

V (extrait) / *V (extract)*

V, Bloodaxe Books, 1985, reproduit avec l'accord de Bloodaxe Books.

Roger McGough (1937)

Les mauvais lits / *The Wrong Beds*

That Awkward Age, Viking, © Roger McGough, 2009, reproduit avec l'accord de Penguin Books Limited.

Monsieur Nightingale / *Mr Nightingale*
Ibid.

Tom Raworth (1938-2017)

Paysager le futur / *Landscaping the Future*
Collected Poems, Carcanet Press, 2003.

Hugo Williams (1942)

J'ai connu la mariée / *I Knew the Bride*
I Knew the Bride, Faber and Faber Ltd, 2015.

David Harsent (1942)

Vue de la maison depuis le fond du jardin / *A View of the House from the Back of the Garden*
Night, Faber and Faber Ltd, 2011.
Bleu / Blue
Ibid.

Craig Raine (1944)

Documentaire sur Davos N&B / *Davos Documentary B&W*
How Snow Falls, Atlantic Books, © Craig Raine, 2011.

Carol Rumens (1944)

Congé de Pentecôte / *The Whitsun Awayday*
Blind Spots, Seren Books, 2008.
La pierre de Londres / *London Stone*
Ibid.

Jeffrey Wainwright (1944)

Le raisonneur (extrait) / *The Reasoner (extract)*
The Reasoner, Carcanet Press, 2012.
À soi-même / *To Himsef*
What Must Happen, Carcanet Press, 2016.

Wendy Cope (1945)

Foutus hommes / *Bloody Men*

Two Cures for Love, Faber and Faber Ltd, 2008, pour la langue anglaise ; reproduit avec l'accord de l'autrice par l'intermédiaire de United Agents pour la langue française.

Dis-toi sans cesse / *Keep Saying This*

Family Values, Faber and Faber Ltd, 2011, pour la langue anglaise ; reproduit avec l'accord de l'autrice par l'intermédiaire de United Agents pour la langue française.

Selima Hill (1945)

Vache / *Cow*

Gloria : Selected Poems, Bloodaxe Books, 2008, reproduit avec l'accord de Bloodaxe Books.

Portrait de mon amant en animal étrange / *Portrait of My Lover as a Strange Animal*

Ibid.

Peter Reading (1946-2011)

Mélancolique / *Melancholic*

Collected Poems 1997-2003, Bloodaxe Books, 2003, reproduit avec l'accord de Bloodaxe Books.

Afflatus / *Afflatious*

Ibid.

Ruth Padel (1947)

Le Diable en babouin / *The Devil as Baboon*

Darwin : A Life in Poems, Chatto & Windus, 2009, Vintage, 2010, © Ruth Padel, 2009, reproduit avec l'accord de The Random House Group Limited pour la langue anglaise ; reproduit avec l'accord de l'autrice par l'intermédiaire de United Agents pour la langue française.

Penelope Shuttle (1947)

Telle sainte Agnès / *Like St Agnes*
Unsent : New & Selected Poems, Bloodaxe Books, 2012, reproduit avec l'accord de Bloodaxe Books.
Plutôt être d'eau / *Better to Be Water*
Ibid.

George Szirtes (1948)

Églogue : belle journée / *Eclogue: Fair Day*
New & Collected Poems, Bloodaxe Books, 2008, reproduit avec l'accord de Bloodaxe Books.
Peintre équestre / *Horse Painter*
Ibid.

James Fenton (1949)

L'assassin du Staffordshire / *A Staffordshire Murderer*
Yellow Tulips, Poems 1968-2011, Faber and Faber Ltd, 2012, pour la langue anglaise ; reproduit avec l'accord de l'auteur par l'intermédiaire de United Agents pour la langue française.

Philip Gross (1952)

Entreterre I / *Betweenland I*
The Water Table, Bloodaxe Books, 2009, reproduit avec l'accord de Bloodaxe Books.
Entreterre III / *Betweenland III*
Ibid.
Severn Song / *Severn Song*
Ibid.

Andrew Motion (1952)

Vétéran / *Veteran*
The Cinder Path, Faber and Faber Ltd, 2009, pour la langue anglaise, © Andrew Motion, 2009, reproduit avec l'accord de The Wylie Agency (UK) Limited, pour la langue anglaise.

Sean O'Brien (1952)

Fantaisie sur un thème de James Wright / *Fantasia on a Theme of James Wright*
The Drowned Book, 2007, *Collected Poems*, Picador Poetry, 2012, © Sean O'Brien, 2012, reproduit avec l'accord de Pan Macmillan par l'intermédiaire de PLS.

L'île engloutie / *Sunk Island*
November, 2011, *Collected Poems*, Picador Poetry, 2012, © Sean O'Brien, 2012, reproduit avec l'accord de Pan Macmillan par l'intermédiaire de PLS.

Pascale Petit (1953)

Le cerf blessé / *The Wounded Deer*
What the Water Gave Me, Seren Books, 2010.

Ce que l'eau m'a donné IV / *What the Water Gave Me IV*
Ibid.

Ce que l'eau m'a donné VI / *What the Water Gave Me VI*
Ibid.

Jo Shapcott (1953)

Léger déraillement / *Somewhat Unravelled*
Of Mutability, Faber and Faber Ltd, 2010.

Carol Ann Duffy (1955)

Petit chaperon rouge / *Little Red-Cap*
The World's Wife, Picador Poetry, 1999, © Ann Duffy, 1999, reproduit avec l'accord de Pan Macmillan par l'intermédiaire de PLS pour la langue anglaise, reproduit avec l'accord de l'autrice par l'intermédiaire de Rogers, Coleridge & White Ltd., 20 Powis Mews, London W11 1JN, UK, pour la langue française.

Eurydice / *Eurydice*
Ibid.

Lachlan Mackinnon (1956)

Petit jour / *Small Hours*
Small Hours, Faber and Faber Ltd, 2010.

Stephen Romer (1957)

Ermenonville / *Ermenonville*
Yellow Studio, Carcanet Press, 2008.
L' atelier jaune / *Yellow Studio*
Ibid.

Lavinia Greenlaw (1962)

La salle de dissection / *The Dissection Room*
Minsk, Faber and Faber Ltd, 2003.

Glyn Maxwell (1962)

La blancheur / *This Whiteness*
Pluto, Picador Poetry, 2013, © Glyn Maxwell, 2013, reproduit avec l'accord de Pan Macmillan par l'intermédiaire de PLS.

Simon Armitage (1963)

Aux serveuses des salons de thé *Merrie England* d'Huddersfield / *To the Women of the Merrie England Coffee Houses, Huddersfield*
Paper Aeroplane, Selected Poems 1989-2014, Faber and Faber Ltd, 2014, pour la langue anglaise, © Simon Armitage, 2014, pour la langue française.
Grimpe, Dennis / *Hop In, Dennis*
Ibid.

Michael Symmons Roberts (1963)

Peau / *Pelt*
Corpus, Jonathan Cape Poetry, © Michael Symmons Roberts, 2004, reproduit avec l'accord de The Random House Group Limited.

Daljit Nagra (1966)

Dans une ville blanche / *In a White Town*
Look We Have Coming to Dover !, Faber and Faber Ltd, 2007.

Alice Oswald (1966)

À part / *Aside*
Falling Awake, Jonathan Cape Poetry, © Alice Oswald, 2016, reproduit avec l'accord de The Random House Group Limited, pour la langue anglaise ; reproduit avec l'accord de l'autrice par l'intermédiaire de United Agents pour la langue française.
Dart (extrait) – un rêveur / *Dart (extract) – a dreamer*
Dart, Faber and Faber Ltd, 2002, pour la langue anglaise ; reproduit avec l'accord de l'autrice par l'intermédiaire de United Agents pour la langue française.

Fiona Sampson (1968)

Patineuse / *Skater*
Rough Music, Carcanet, 2010.

Pays de Galles

Gillian Clarke (1937)

Ne pas / *Not*
A Recipe for Water, Carcanet Press, 2009.
Recette de l'eau / *A Recipe for Water*
Ibid.

Robert Minhinnick (1952)

Un renard au musée national du pays de Galles / *The Fox in the National Museum Of Wales*
King Drifwood, Carcanet Press, 2008.

D'embouchure à embouchure (extrait) / *Mouth to Mouth (extract)*
Diary of The Last Man, Carcanet Press, 2017.

Gwyneth Lewis (1959)

Confession d'un poète / *A Poet's Confession*
Keeping Mum, 2003, in *Chaotic Angels : Poems in English*, Bloodaxe Books, 2005, reproduit avec l'accord de Bloodaxe Books.
Aphasie / *Aphasia*
Ibid.
L'ange de la dépression / *Angel of Depression*
Ibid.
L'ange de la guérison / *Angel of Healing*
Ibid.

Écosse

Edwin Morgan (1920-2010)

En Argyll / *In Argyll*
New Selected Poems, Carcanet Press, 2000.
Une mouette / *A Gull*
Cathures, Carcanet Press, 2003.
Le Déluge / *The Great Flood*
New Selected Poems, Carcanet Press, 2000.

Douglas Dunn (1942)

L'après-midi de l'année / *The Year's Afternoon*
The Year's Afternoon, Faber and Faber Ltd, 2000, pour la langue anglaise ; reproduit avec l'accord de Douglas Dunn par l'intermédiaire de United Agents pour la langue française.

Liz Lochhead (1947)

Filles du Lanarkshire / *Lanarkshire Girls*
The Colour of Black & White, Poems, 1984-2003, Birlinn Limited, © Liz Lochhead, 2003, reproduit avec l'accord de Birlinn Limited par l'intermédiaire de PLS.
La Dame de Shalott / *Lady of Shalott*
Ibid.

John Burnside (1955)

Renard polaire / *Arctic Fox*
Gift Songs, Jonathan Cape, 2007, © John Burnside, 2007 pour la langue anglaise ; reproduit avec l'accord de l'auteur par l'intermédiaire de United Agents pour la langue française.
La Brière / *La Brière*
Ibid.

Robin Robertson (1955)

Tombé en disgrâce / *Fall from Grace*
The Wrecking Light, Picador, 2010, © Robin Robertson, 2010, reproduit avec l'accord de Pan Macmillan par l'intermédiaire de PLS.
À Roane Head / *At Roane Head*
Ibid.

Jackie Kay (1961)

Dans mon pays / *In My Country*
Other Lovers, 1993 in *Darling : New and Selected Poems*, Bloodaxe Books, 2007, reproduit avec l'accord de Bloodaxe Books.
Masque de milieu de vie / *Mid Life Mask*
Ibid.

Kathleen Jamie (1962)

Reine des prés / *Meadowsweet*
Jizzen, Picador Poetry, 1993.

Le faucon et son ombre / *Hawk and Shadow*
The Overhaul, Picador Poetry, 2012, © Kathleen Jamie, 2012, reproduit avec l'accord de Pan Macmillan par l'intermédiaire de PLS.

Don Paterson (1963)

Pieux mensonge / *The White Lie*
Landing Light, Faber and Faber Ltd, 2009.

BIBLIOGRAPHIE SÉLECTIVE DES AUTEURS

Angleterre

Michael Hamburger

Collected Poems (1941-1994), Anvil Press, 1999 ; *Intersections,* Anvil Press, 2000 ; *A Diary of Non Events*, Anvil Press, 2002 ; *Wild and Wounded, Shorter Poems 2000-2003,* Anvil Press, 2004 ; *Circling the Square*, Anvil Press, 2007 ; *A Michael Hamburger Reader* (sous la direction de Dennis O'Driscoll), Carcanet Press, 2017.

Charles Tomlinson

Cracks in the Universe, Carcanet, 2006 ; *New Collected Poems*, Carcanet, 2009.

U. A. Fanthorpe

Consequences, Peterloo Poets, 2000 ; *Queuing for the Sun*, Peterloo Poets, 2003 ; *New and Collected Poems*, Enitharmon Press, 2010.

Elaine Feinstein

Collected Poems and Translations, Carcanet Press, 2002 ; *Talking to the Dead*, Carcanet Press, 2007 ; *Cities*, Carcanet Press 2010 ; *The Clinic, Memory, New and Selected Poems*, Carcanet 2017.

Roy Fisher

The Long and Short of It: Poems 1955-2005, Bloodaxe Books, 2005 ; *Standard Midland*, Bloodaxe Books, 2010 ; *Slakki: New & Neglected Poems*, Bloodaxe Books, 2016.

Derek Walcott

Tiepolo's Hound, Faber & Faber, 2000 ; *The Prodigal*, Faber & Faber, 2005 ; *White Egrets*, Faber & Faber, 2010 ; *The Poetry of Derek Walcott* 1948-2013, Farrar, Straus & Giroux, 2014.

Ruth Fainlight

Burning Wire, Bloodaxe Books, 2002 ; *Moon Wheels*, Bloodaxe Books, 2006 ; *New and Collected Poems*, Bloodaxe Books, 2010 ; *Somewhere Else Entirely*, Bloodaxe Books, 2018.

Geoffrey Hill

Speech ! Speech !, Counterpoint, 2000 ; *The Orchards of Syon*, Penguin Books, 2002 ; *Scenes from Comus*, Penguin Books, 2005 ; *A Treatise of Civil Power*, Penguin Books, 2007 ; *Oraclau/Oracles*, Clutag Press, 2010 ; *Clavics*, Enitharmon Press, 2011 ; *Odi Barbare*, Clutag Press, 2012 ; *Broken Hierarchies, Poems 1952-2012*, Oxford University Press, 2013.

Anne Stevenson

Granny Scarecrow, Bloodaxe Books, 2000 ; *A Report from the Border*, Bloodaxe Books, 2002 ; *Poems 1955-2005*, Bloodaxe Books, 2005 ; *Stone Milk*, Bloodaxe Books, 2007 ; *Astonishment*, Bloodaxe Books, 2012 ; *Completing the Circle*, Bloodaxe Books, 2020.

Fleur Adcock

Poems 1960-2000, Bloodaxe Books, 2000 ; *Dragon Talk*, Bloodaxe Books, 2010 ; *Glass Wings*, Bloodaxe Books, 2013 ; *The Land Ballot*, 2015 ; *Hoard*, Bloodaxe Books, 2017.

J. H. Prynne

Collected Poems, Bloodaxe Books, 2015 ; *To Pollen*, 2006 ; *STREAK~ ~ ~ WILLING ~ ~ ~ ENTOURAGE ARTESIAN*, 2009 ; *Or Scissel*, Shearman Books, 2018.

Tony Harrison

Collected Poems, Penguin Books, 2016.

Roger McGough

Collected Poems, Penguin Books, 2003 ; *That Awkward Age*, Penguin Books, 2010 ; *As Far as I Know*, Penguin Books, 2013.

Tom Raworth

Collected Poems, Carcanet, 2003 ; *Windmills in Flames*, Carcanet, 2012 ; *As When, A Selection*, Carcanet, 2015 ; *Structure From Motion*, Edge Books, 2015.

Hugo Williams

Collected Poems, Faber & Faber, 2002 ; *Dear Room*, Faber & Faber, 2006 ; *West End Final*, Faber & Faber, 2009 ; *I Knew the Bride*, Faber & Faber, 2014 ; *Lines off*, Faber & Faber, 2019.

David Harsent

Marriage, Faber & Faber, 2002 ; *Legion*, Faber & Faber, 2005 ; *Selected Poems 1969-2005*, Faber & Faber, 2007 ; *Night*, Faber & Faber, 2011 ; *Fire Songs*, Faber & Faber, 2014 ; *A Bird's Idea of Flight*, Faber & Faber, 2016 ; *Salt*, Faber & Faber, 2017.

Craig Raine

Collected Poems 1978-1999, Picador, 1999 ; *À la recherche du temps perdu*, Picador, 2000 ; *How Snow Falls*, Atlantic Books, 2010.

Carol Rumens

Thinking of Skins, New & Collected Poems, Bloodaxe Books, 1993 ; *Hex*, Bloodaxe Books, 2002 ; *Selected Poems 1968-2004*, Bloodaxe Books, 2004 ; *Blind Spots*, Seren Books, 2008 ; *De Chirico's Threads*, Seren Books, 2010 ; *Animal People*, Seren Books, 2016.

Jeffrey Wainwright

Out of the Air, Carcanet, 1999 ; *Clarity or Death*, Carcanet, 2008 ; *The Reasoner*, Carcanet, 2009 ; *What Must Happen*, Carcanet, 2016.

Wendy Cope

If I Don't Know, Faber & Faber, 2001 ; *Two Cures for Love, Selected Poems 1979-2006*, Faber & Faber, 2008 ; *Family Values*, Faber & *Faber*, 2011 ; *Anecdotal Evidence*, Faber & Faber, 2018.

Selima Hill

Portrait of My Lover as a Horse, Bloodaxe Books, 2002 ; *Gloria: Selected Poems*, Bloodaxe Books, 2008 ; *The Hat*, Bloodaxe Books, 2008 ; *Fruitcake*, Bloodaxe Books, 2009 ; *People Who Like Meatballs*, Bloodaxe Books, 2012 ; *The Sparkling Jewel of Naturalism*, Bloodaxe Books, 2014 ; *Jutland*, Bloodaxe Books, 2015 ; *The Magnitude of My Sublime Existence*, Bloodaxe Books, 2016 ; *Splash like Jesus*, Bloodaxe Books, 2017.

Peter Reading

Faunal, Bloodaxe Books, 2002 ; *Collected Poems 1997-2003*, Bloodaxe Books, 2003 ; *-273.15*, Bloodaxe Books, 2005 ; *Vendange Tardive*, Bloodaxe Books, 2010.

Ruth Padel

Voodoo Shop, Chatto & Windus, 2002 ; *The Soho Leopard*, Chatto & Windus, 2004 ; *Darwin, A Life in Poems*,

Chatto & Windus, 2009 ; *The Mara Crossing*, Chatto & Windus, 2012 ; *Learning to Make an Oud in Nazareth*, Chatto & Windus, 2011 ; *Tidings, a Christmas Journey*, Chatto & Windus, 2016, *Emerald*, Chatto & Windus, 2018.

Penelope Shuttle

Redgrove's Wife, Bloodaxe Books, 2006 ; *Sandgrain and Hourglass*, Bloodaxe Books, 2010 ; *Unsent, Selected Poems 1980-2012*, Bloodaxe Books, 2012 ; *In the Snowy Air*, Templar Poetry, 2016 ; *Will you Walk a little Faster*, Bloodaxe Books, 2017.

George Szirtes

The Budapest File, Bloodaxe Books, 2000 ; *An English Apocalypse*, Bloodaxe Books, 2001 ; *Reel*, Bloodaxe Books, 2004 ; *New & Collected Poems*, Bloodaxe Books, 2008 ; *The Burning of the Book*, Bloodaxe Books, 2009 ; *Bad Machine*, Bloodaxe Books, 2013 ; *Mapping the Delta*, Bloodaxe Books, 2016.

James Fenton

Yellow Tulips, Poems 1968-2011, Faber & Faber, 2012.

Philip Gross

Changes of Address, Poems 1980-1998, Bloodaxe Books, 2001 ; *Mappa Mundi*, Bloodaxe Books, 2003 ; *The Egg of Zero*, Bloodaxe Books, 2006 ; *The Water Table*, Bloodaxe Books, 2009 ; *Off Road to Everywhere*, Salt, 2010 ; *Deep Field*, Bloodaxe Books, 2012 ; *Later*, Bloodaxe Books, 2013 ; *Love Soup of Carbon*, Bloodaxe Books, 2015 ; *A Bright Acoustic*, Bloodaxe Books, 2017 ; *Between the island*, Bloodaxe Books, 2020.

Andrew Motion

Public Property, Faber & Faber, 2002 ; *The Cinder Path*, Faber & Faber, 2009 ; *The Customs House*, Faber & Faber,

2012 ; *Peace Talks*, Faber & Faber, 2015 ; *Essex Clay*, Faber & Faber, 2018.

Sean O'Brien

Downriver, Picador, 2001 ; *Cousin Coat: Selected Poems 1976-2001* (2002) ; *The Drowned Book*, Picador, 2007 ; *November*, Picador, 2011 ; *Collected Poems*, Picador, 2012 ; *The Beautiful Librarians*, Picador, 2015 ; *Europa*, Picador, 2018.

Pascale Petit

The Zoo Father, Seren, 2001 ; *The Huntress*, Seren, 2005 ; *The Wounded Deer*, Smith Doorstop, 2005 ; *The Treekeeper's Tale*, Seren, 2008 ; *What The Water Gave Me*, Seren, 2010 ; *Fauverie*, Seren, 2014 ; *Mama Amazonica*, Bloodaxe Books, 2017.

Jo Shapcott

Her Book: Poems (1988-1998), Faber & Faber, 2006 ; *Tender Taxes*, Faber & Faber, 2001 ; *Of Mutability*, Faber & Faber, 2011.

Carol Ann Duffy

The World's Wife, Picador, 1999 ; *Feminine Gospels*, Picador, 2002 ; *Rapture*, Picador, 2005 ; *The Bees*, Picador, 2011 ; *Collected Poems*, Picador, 2015 ; *Sincerity*, Picador, 2018.

Lachlan Mackinnon

Jupiter Collisions, Faber & Faber, 2003 ; *Small Hours*, Faber & Faber, 2010 ; *Doves*, Faber & Faber, 2017.

Stephen Romer

Idols, 1986, *Plato's Ladder*, 1992, *Tribute*, 1998, *Yellow Studio*, Carcanet, 2008 ; *Set Thy Love In Order, New & Selected Poems*, Carcanet, 2017.

Lavinia Greenlaw

Minsk, Faber & Faber, 2003 ; *The Casual Perfect*, Faber & Faber, 2011 ; *The Built Moment*, Faber & Faber, 2019.

Glyn Maxwell

The Boys at Twilight, Poems 1990-1995, Bloodaxe Books, 2000 ; *Time's Fool*, Picador, 2001 ; *The Sugar Mile*, Picador, 2005 ; *Hide now*, Picador, 2008 ; *One Thousand Nights and Counting, Selected Poems*, Picador, 2011 ; *Pluto*, Picador, 2013.

Simon Armitage

Seeing Stars, Faber & Faber, 2001 ; *Tyrannosaurus Rex Versus the Corduroy Kid*, Faber & Faber, 2006 ; *Out of the Blue*, Enitharmon, 2008 ; *The Not Dead*, Pomona Books, 2008 ; *Stanza Stones*, Enitharmon, 2013 ; *Paper Aeroplane, Selected Poems 1989-2014*, Faber & Faber, 2014 ; *Still, a Poetic Response to Photographs of the Somme Battle*, Enitharmon, 2016 ; *The Unaccompanied*, Faber & Faber, 2017.

Michael Symmons Roberts

Burning Babylon, Cape Poetry, 2001 ; *Corpus*, Cape Poetry, 2004 ; *The Half-healed*, Cape Poetry, 2008 ; *Drysalter*, Cape Poetry, 2013 ; *Selected Poems*, Cape Poetry, 2016 ; *Mancunia*, Cape Poetry, 2017.

Daljit Nagra

Oh my rub !, Smith/Doorstop Books, 2003 ; *Look we Have Coming to Dover !* Faber & Faber, 2007 ; *Tipoo Sultan's Incredible White-Man-Eating-Tiger Toy-Machine*, Faber & Faber, 2011 ; *British Museum*, Faber & Faber, 2017.

Alice Oswald

The Thing in the Gap-Stone Stile, Oxford University Press, 1996 ; *Dart*, Faber & Faber, 2002 ; *Woods etc...*, Faber & Faber,

2005 ; *Weeds and Wild Flowers*, Faber & Faber, 2009 ; *A Sleepwalk on the Severn*, Faber & Faber, 2009 ; *Memorial*, Faber & Faber, 2011 ; *Falling Awake*, Jonathan Cape, 2016 ; *Nobody*, Cape Poetry, 2019.

Fiona Sampson

Folding the Real, Seren Books, 2001 ; *The Distance Between Us*, 2005 ; *Common Prayer*, Carcanet, 2007 ; *Rough Music*, Carcanet, 2010 ; *Coleshill*, Chatto & Windus, 2013 ; *The Catch*, Chatto & Windus, 2016.

Pays de Galles

Gillian Clarke

Making the Beds for the Dead, Carcanet, 2004 ; *Letter From A Far Country*, Carcanet, 2007 ; *A Recipe for Water*, Carcanet, 2009 ; *Ice*, Carcanet, 2012 ; *Selected Poems*, Picador, 2016 ; *Zoology*, Carcanet, 2017.

Robert Minhinnick

After the Hurricane, Carcanet Press, 2002 ; *King Driftwood*, Carcanet Press, 2008 ; *New Selected Poems*, Carcanet Press, 2012 ; *Diary of The Last Man*, Carcanet Press, 2017.

Gwyneth Lewis

Chaotic Angels, Bloodaxe Books, 2003 ; *A Hospital Odyssey*, Bloodaxe Books, 2010 ; *Sparrow Tree*, Bloodaxe Books, 2011.

Écosse

Edwin Morgan

Collected Poems, 1990, suivi de *New Selected Poems*, 2000, *Cathures*, 2002, *A Book of Lives*, 2007, *Dreams and Other Nightmares*, 2010.

Douglas Dunn

The Year's Afternoon, Faber & Faber, 2000 ; *New Selected Poems 1964-2000*, Faber & Faber, 2003 ; *The Noise of a Fly*, Faber & Faber, 2017.

Liz Lochhead

The Colour of Black and White, Poems 1984-2003, Polygon, 2003 ; *A Choosing, Selected Poems*, Polygon, 2011 ; *Fugitive Colours*, Polygon, 2016.

John Burnside

The Colour of Black and White, Poems 1984-2003, Polygon, 2003 ; *A Choosing, Selected Poems*, Polygon, 2011.

Robin Robertson

Slow air, Picador, 2002 ; *Swithering*, Picador, 2006 ; *The Wrecking Light*, Picador, 2010 ; *Hill of Doors*, Picador, 2013 ; *Sailing The Forest, Collected Poems*, Picador, 2014 ; *The Long Take*, Picador, 2018.

Jackie Kay

Life Mask, Bloodaxe Books, 2005 ; *Darling,New and Selected Poems*, Bloodaxe Books, 2007 ; *The Empathetic Store*, Mariscat Press, 2015 ; *Bantam*, Picador, 2017.

Kathleen Jamie

Mr and Mrs Scoland are Dead, Poems 1980-1994, Bloodaxe Books, 2002 ; *The Tree House*, Picador, 2004 ; *Waterlight: Selected Poems*, 2007 ; *The Overhaul*, Picador, 2012 ; *The Bonniest Company*, Picador, 2015.

Don Paterson

Landing Light, Graywolf Press, 2003 ; *Rain*, Faber & Faber, 2009 ; *Selected Poems*, Faber & Faber, 2012 ; *40 Sonnets*, Faber & Faber, 2015.

Bibliographie générale

Anthologie bilingue

BENSIMON Paul, BRUGIÈRE Bernard, PIQUET François, RÉMY Michel, *Anthologie bilingue de la poésie anglaise*, Éditions Gallimard, 2005.

Anthologies en anglais

ARMITAGE Simon, CRAWFORD Robert (eds), *The Penguin Book of Poetry from Britain and Ireland since 1945*, Penguin Books, 1998.

CRAWFORD Robert, IMLAH Mick, *The New Penguin Book of Scottish Verse*, Penguin Press, 2000.

HULSE Michael, KENNEDY David, MORLEY David (eds), *The New Poetry*, Bloodaxe, 1993.

LUMSDEN Roddy (ed), *Identity Parade, New British and Irish Poets*, Bloodaxe, 2010.

O'BRIEN Sean, (ed) *The Firebox, Poetry in Britain and Ireland after 1945*, Picador, 1998.

REES-JONES Deryn, *Modern Women Poets*, Bloodaxe, 2005.

Études sur la poésie

CORCORAN, Neil (ed), *Twentieth Century English Poetry*, Cambridge University Press, 2007.
DOWSON Jane (ed), *Twentieth Century British and Irish Women's Poetry*, Cambridge University Press, 2011.
O'BRIEN Sean, *The Deregulated Muse, Essays on Contemporary British and Irish Poetry*, Bloodaxe, 1998.
REES-JONES Deryn, *Consorting with Angels, Essays on Modern Women Poets*, Bloodaxe, 2005.
ROBINSON Peter (ed), *The Oxford Handbook of Contemporary British & Irish Poetry*, Oxford University Press, 2013.
SAMPSON Fiona, *Beyond the Lyric*, Chatto & Windus, 2012.
WHEATLEY David, *Contemporary British Poetry*, Palgrave, 2015.

1. *Tous les poèmes sont traduits de l'anglais par Martine De Clercq, à l'exception des poèmes suivis d'un astérisque, qui sont traduits par Jacques Darras.*

Pays de Galles

Écosse

DOSSIER

Le domaine anglo-saxon en Poésie / Gallimard

L'Île rebelle. Anthologie de poésie britannique au tournant du XXIe siècle. Préface de Jacques Darras. Choix de Martine De Clercq. Traductions de Martine De Clercq et Jacques Darras. Édition bilingue.

Wystan Hugh AUDEN. *Poésies choisies.* Préface de Guy Goffette. Introduction de Claude Guillot. Traduction de Jean Lambert.

William BLAKE. *Le Mariage du Ciel et de l'Enfer et autres poèmes.* Choix, présentation et traduction de Jacques Darras. Édition bilingue.

Emily BRONTË. *Poèmes (1836-1846).* Présentation, choix et traduction de Pierre Leyris. Édition bilingue.

Elizabeth BROWNING. *Sonnets portugais* et autres poèmes. Présentation et traduction de Lauraine Jungelson. Édition bilingue.

Lord BYRON. *Le Corsaire* précédé de *Oraison vénitienne,* de *Le Giaour* et de *Mazeppa.* Présentation et traduction de Jean Pavans. Édition bilingue.

Samuel Taylor COLERIDGE. *La Ballade du Vieux Marin* (poèmes et prose). Présentation, choix et traduction de Jacques Darras. Édition bilingue.

Emily DICKINSON. *Quatrains et autres poèmes brefs.* Présentation et traduction de Claire Malroux. Édition bilingue.

Emily DICKINSON. *Car l'adieu, c'est la nuit.* Présentation, choix et traduction de Claire Malroux. Édition bilingue.

John DONNE. *Poèmes.* Préface de Jean-Roger Poisson. Traduction de Jean Fuzier et Yves Denis. Édition bilingue.

William FAULKNER. *Le Faune de marbre. Un rameau vert.* Traductions de René-Noël Raimbault et Alain Suied. Postface de Michel Gresset.

Thomas HARDY. *Poèmes du Wessex et autres poèmes.* Présentation, choix et traduction de Frédéric Jacques Temple.

Seamus HEANEY. *La Lucarne* suivi de *L'Étrange et le Connu.* Préface de Jacques Darras. Traduction de Patrick Hersant.

Ted HUGHES. *Birthday Letters.* Présentation et traduction de Sylvie Doizelet.

John KEATS. *Poèmes et poésies.* Édition présentée et annotée par Marc Porée. Choix et traduction de Paul Gallimard.

David Herbert LAWRENCE. *Poèmes.* Présentation, choix et traduction de Lorand Gaspar et Sarah Clair. Édition bilingue.

Herman MELVILLE. *Poèmes de guerre* suivis d'un *Supplément.* Présentation et traductions de Pierre Leyris et Philippe Jaworski. Édition bilingue.

John MILTON. *Le Paradis perdu.* Édition présentée et annotée par Robert Ellrodt. Traduction de Chateaubriand.

Sylvia PLATH. *Arbres d'hiver* précédé de *La Traversée.* Présentation de Sylvie Doizelet. Traductions de Françoise Morvan et Valérie Rouzeau. Édition bilingue.

Sylvia PLATH. *Ariel.* Présentation et traduction de Valérie Rouzeau.

Edgar Allan POE. *Poèmes* suivis de *La Genèse d'un poème.* Préface de Jean-Louis Curtis. Traductions de Stéphane Mallarmé et Charles Baudelaire.

William SHAKESPEARE. *Les Sonnets* précédés de *Vénus et Adonis* et du *Viol de Lucrèce.* Présentation et traduction d'Yves Bonnefoy.

William SHAKESPEARE. *Sonnets.* Préface et traduction de Pierre Jean Jouve.

Percy Bysshe SHELLEY. *La Révolte de l'Islam.* Préface de Judith Brouste. Traduction de Jean Pavans. Édition bilingue.

Dylan THOMAS. *Vision et Prière* et autres poèmes. Présentation et traduction d'Alain Suied.

Kenneth WHITE. *Un monde ouvert* (anthologie personnelle). Préface de Gilles Plazy. Traductions de Marie-Claude White, Patrick Guyon, Philippe Jaworski et Pierre Leyris.

Walt WHITMAN. *Feuilles d'herbe.* Traduction intégrale et présentation de Jacques Darras.

William WORDSWORTH. *Poèmes.* Présentation, choix et traduction de François-René Daillie. Édition bilingue.

William Butler YEATS. *Quarante-cinq poèmes* suivis de *La Résurrection.* Préface, choix et traduction d'Yves Bonnefoy. Édition bilingue.

Fleuve profond, sombre rivière. Les « Negro Spirituals ». Présentation et traduction de Marguerite Yourcenar.

DERNIÈRES PARUTIONS

457. Kiki Dimoula	*Le Peu du monde* suivi de *Je te salue Jamais.*
458. Marina Tsvétaïéva	*Insomnie* et autres poèmes.
459. Franck Venaille	*La Descente de l'Escaut* suivi de *Tragique.*
460. Bernard Manciet	*L'Enterrement à Sabres.*
461. ***	*Quelqu'un plus tard se souviendra de nous.*
462. Herberto Helder	*Le poème continu.*
463. Francisco de Quevedo	*Les Furies et les Peines.* 102 sonnets.
464. ***	*Les Poètes de la Méditerranée.*
465. René Char & Zao Wou-Ki	*Effilage du sac de jute.*
466. ***	*Poètes en partance.*
467. Sylvia Plath	*Ariel.*
468. André du Bouchet	*Ici en deux.*
469. L. G. Damas	*Black-Label* et autres poèmes.
470. Philippe Jaccottet	*L'encre serait de l'ombre.*
471. ***	*Mon beau navire ô ma mémoire* Un siècle de poésie française. Gallimard 1911-2011.
472. ***	*Éros émerveillé.* Anthologie de la poésie érotique française.
473. William Cliff	*America* suivi de *En Orient.*
474. Rafael Alberti	*Marin à terre* suivi de *L'Amante* et de *L'Aube de la giroflée.*

475. *** *Il pleut des étoiles dans notre lit.* Cinq poètes du Grand Nord
476. Pier Paolo Pasolini *Sonnets.*
477. Thomas Hardy *Poèmes du Wessex* et autres poèmes.
478. Michel Deguy *Comme si Comme ça.* Poèmes 1980-2007.
479. Kabîr *La Flûte de l'Infini.*
480. Dante Alighieri *La Comédie.* Enfer – Purgatoire – Paradis.
481. William Blake *Le Mariage du Ciel et de l'Enfer* et autres poèmes.
482. Paul Verlaine *Cellulairement* suivi de *Mes Prisons.*
483. *** *Poèmes à dire.* Une anthologie de poésie contemporaine francophone.
484. *** *Je voudrais tant que tu te souviennes.* Poèmes mis en chansons de Rutebeuf à Boris Vian.
485. Pablo Neruda *Vaguedivague.*
486. Robert Desnos *Contrée* suivi de *Calixto.*
487. Arun Kolatkar *Kala Ghoda.* Poèmes de Bombay.
488. Paul de Roux *Entrevoir* suivi de *Le front contre la vitre* et de *La halte obscure.*
489. Guy Goffette *Un manteau de fortune* suivi de *L'adieu aux lisières* et de *Tombeau du Capricorne.*
490. Yves Bonnefoy *L'Heure présente* et autres textes.
491. Juan Gelman *Vers le sud* et autres poèmes.
492. Michel Leiris *Glossaire j'y serre mes gloses* suivi de *Bagatelles végétales.*
493. Michel Houellebecq *Non réconcilié.* Anthologie personnelle 1991-2013.
494. Henri Michaux *À distance* suivi de *Annonciation.*
495. Henri Michaux *Moments.* Traversées du temps.
496. Roger Gilbert-Lecomte *La Vie l'Amour la Mort le Vide et le Vent* et autres textes.
497. Philippe Jaccottet *L'entretien des muses.* Chroniques de poésie.
498. Philippe Jaccottet *Une transaction secrète.* Lectures de poésie.

499. Ingeborg Bachmann — *Toute personne qui tombe a des ailes*. Poèmes 1942-1967.
500. Yves Bonnefoy — *Les planches courbes* précédé de *Ce qui fut sans lumière* et de *La Vie errante*.
501. Ted Hughes — *Birthday Letters*.
502. Luís de Camões — *Les Lusiades*.
503. Xavier Bordes — *La Pierre Amour*.
504. Alain Duault — *Où vont nos nuits perdues* et autres poèmes.
505. Richard Rognet — *Élégies pour le temps de vivre* suivi de *Dans les méandres des saisons*.
506. Anise Koltz — *Somnambule du jour*. Poèmes choisis.
507. Zéno Bianu — *Infiniment proche* et *Le désespoir n'existe pas*.
508. Jacques Darras — *L'indiscipline de l'eau*. Anthologie personnelle 1988-2012.
509. Jean-Pierre Lemaire — *Le pays derrière les larmes*. Poèmes choisis.
510. James Sacré — *Figures qui bougent un peu* et autres poèmes.
511. Abdellatif Laâbi — *L'Arbre à poèmes*. Anthologie personnelle 1992-2012.
512. Olivier Barbarant — *Odes dérisoires* et autres poèmes.
513. Emmanuel Hocquard — *Les Élégies*.
514. Vénus Khoury-Ghata — *Les mots étaient des loups*. Poèmes choisis.
515. Luis de Gongora — *Fable de Polyphème et Galatée*.
516. Jacques Roubaud — *Je suis un crabe ponctuel*. Anthologie personnelle 1967-2014.
517. Percy Bysshe Shelley — *La Révolte de l'Islam*.
518. Charles Vildrac — *Chants du désespéré 1914-1920*.
519. Pierre Reverdy & Pablo Picasso — *Le Chant des morts*.
520. Gérard Chaliand — *Feu nomade* et autres poèmes.
521. François Cheng — *La vraie gloire est ici*.
522. Nimrod — *J'aurais un royaume en bois flottés*. Anthologie personnelle 1989-2016.

523. Hawad — *Furigraphie.* Poésies 1985-2015.

524. *** — *Du cloître à la place publique.* Les poètes médiévaux du Nord de la France (XIIe-XIIIe siècles).

525. Charles Dobzynski — *Je est un Juif, roman.*

526. Jean-Pierre Siméon — *Lettre à la femme aimée au sujet de la mort* et autres poèmes.

527. Andrée Chedid — *Rythmes.*

528. Roland Dubillard — *Je dirai que je suis tombé* suivi de *La boîte à outils.*

529. Jean-Claude Pirotte — *Ajoie* précédé de *Passage des ombres* et de *Cette âme perdue.*

530. Serge Pey — *Mathématique générale de l'infini.*

531. René Char & Alberto Giacometti — *Le Visage nuptial* suivi de *Retour amont.*

532. Wislawa Szymborska — *De la mort sans exagérer.* Poèmes 1957-2009.

533. Adonis — *Lexique amoureux.*

534. François Pétrarque — *Canzoniere.*

535. Guillaume Apollinaire — *Tout terriblement.* Anthologie illustrée de poèmes.

536. Volker Braun — *Poèmes choisis.*

537. Seamus Heaney — *La lucarne* suivi de *L'étrange et le connu.*

538. Lord Byron — *Le corsaire* et autres poèmes orientaux.

539. Jean-Marie Barnaud — *Sous l'imperturbable clarté.* Choix de poèmes 1983-2014.

540. Christine de Pizan — *Cent ballades d'amant et de dame.*

541. Marie-Claire Bancquart — *Terre énergumène* et autres poèmes.

542. François Cheng — *Enfin le royaume.* Quatrains.

543. Jean-Paul Michel — *« Défends-toi, Beauté violente ! »* précédé de *Le plus réel est ce hasard, et ce feu.*

544. Louis Aragon — *La Grande Gaîté* suivi de *Tout ne finit pas par des chansons.*

545. Georges Perros — *Poèmes bleus.*

546. Armand Gatti — *Comme battements d'ailes.* Poésie 1961-1999.

547. Joris-Karl Huysmans — *Le Drageoir aux épices* suivi de *Croquis parisiens.*

548. Frédéric Jacques Temple — *La chasse infinie* et autres poèmes.
549. Paul Valet — *La parole qui me porte* et autres poèmes.
550. André Velter — *La vie en dansant* suivi d'*Au Cabaret de l'éphémère* et d'*Avec un peu plus de ciel*.
551. *** — *Un feu au cœur du vent*. Trésor de la poésie indienne des Védas au XXIe siècle.
552. Andrée Chedid — *Textes pour un poème* suivi de *Poèmes pour un texte* 1949-1991.
553. Lydie Dattas — *Le Livre des anges* suivi de *La Nuit spirituelle* et de *Carnet d'une allumeuse*.
554. Charles Juliet — *Pour plus de lumière*. Anthologie personnelle 1990-2012.
555. Jehan Rictus — *Les Soliloques du pauvre* suivi de *Le Cœur populaire*.
556. Rûmî — *Cette lumière est mon désir*. Le Livre de Shams de Tabrîz.
557. François Sureau — *La Chanson de Passavant*.
558. Éric Sarner — *Sugar* et autres poèmes.
559. Erri De Luca — *Aller simple* suivi de *L'hôte impénitent*.
560. Aksinia Mihaylova — *Ciel à perdre* suivi de *Le jardin des hommes*.
561. Clément Marot — *Les Épîtres*.
562. *** — *Le Sommet de la route et l'Ombre de la croix*. Six poètes chrétiens du XXe siècle.
563. Alicia Gallienne — *L'autre moitié du songe m'appartient*.
564. Théocrite — *Les Magiciennes* et autres idylles.
565. Robert Desnos — *Sommeils*.
566. Roberto Juarroz — *Poésies verticales* I - II- III - IV - XI.
567. Tahar Ben Jelloun — *Douleur et lumière du monde* précédé de *Que la blessure se ferme* et suivi de poèmes inédits.
568. Denise Desautels — *L'angle noir de la joie* suivi de *D'où surgit parfois un bras d'horizon*.
569. Jack Kerouac — *Mexico City Blues*.
570. Luis Buñuel — *Le chien andalou* et autres textes poétiques.

Ce volume,
le cinq cent soixante-treizième de la collection Poésie
a été composé par Nord Compo
et achevé d'imprimer sur les presses
de l'imprimerie Novoprint
le 15 novembre 2022
Dépôt légal : novembre 2022

ISBN 978-2-07-287912-8 / Imprimé en Espagne

361594